U0097377

古典詩歌研究彙刊

第五輯

龔鵬程 主編

第4冊

詩可以怨：漢魏怨詩研究

高莉芬 著

國家圖書館出版品預行編目資料

詩可以怨：漢魏怨詩研究／高莉芬 著 — 初版 — 台北縣永和
市：花木蘭文化出版社，2008〔民 96〕

序 2+ 目 2+162 面；17×24 公分
（古典詩歌研究彙刊 第五輯；第 4 冊）
ISBN　978-986-6528-53-8（精裝）
1. 中國詩　2. 詩評　3. 漢代詩歌　4. 三國文學

820.9102　　　　　　　　　　　　　　　98000878

ISBN - 978-986-6528-53-8

9 789866 528538

古典詩歌研究彙刊
第五輯　第 四 冊　　　　　ISBN：978-986-6528-53-8

詩可以怨：漢魏怨詩研究

作　　者　高莉芬
主　　編　龔鵬程
總 編 輯　杜潔祥
出　　版　花木蘭文化出版社
發 行 所　花木蘭文化出版社
發 行 人　高小娟
聯絡地址　台北縣永和市中正路五九五號七樓之三
　　　　　電話：02-2923-1455／傳眞：02-2923-1452
網　　址　http://www.huamulan.tw 信箱 sut81518@ms59.hinet.net
印　　刷　普羅文化出版廣告事業
初　　版　2009 年 3 月
定　　價　第五輯 20 冊（精裝）新台幣 28,000 元

詩可以怨：漢魏怨詩研究

高莉芬 著

作者簡介

高莉芬，國立政治大學中國文學研究所博士。現任國立政治大學中國文學系教授。多年來從事古典詩歌以及神話學之研究與教學，學術研究領域為中國古典文學、神話學、文學理論、民俗學等。撰有《絕唱：漢代歌詩人類學》、《蓬萊神話：神山、海洋與洲島的神聖敘事》、《元嘉詩人用典研究》等；合著有《臺灣五十年來（1949-2001）中國文學批評研究綜述》等論著。以及〈原型與象徵：漢魏六朝詩歌的採桑女及其多重文化意涵〉、〈空間與象徵：蓬萊神話及其文化意涵研究〉、〈神聖的秩序：〈楚帛書・甲篇〉中的創世神話及其宇宙觀〉等多篇學術論文。

提　　要

　　怨詩，是中國古典文學史上極為突出的文學現象。在現實生活中，個人時有挫折與不幸的遭遇，而這些由挫折與不幸所引發的怨怒情緒，卻常因客觀因素的阻礙而不能外洩；因此古人往往藉由詩歌以發抒被壓抑的怨情，孔子亦強調「詩可以怨」的功能，「怨詩」之作，實對詩人與當時社會具有重要的意義。在中國文學史上頗多抒寫怨情的詩篇，尤其漢魏之時出現大量的怨詩，是頗值得注意的現象。本論文以「詩可以怨：漢魏怨詩研究」為題，對此論題做深入的探究。

　　本文先界定漢魏怨詩之範圍與意義，進而考察其產生因緣，再探索其精神內涵與外現之藝術形式，最後說明漢魏怨詩承先開新之價值與其於文學史上的地位。第一章緒論。說明研究動機、研究範圍與方法。第二章自時代背景、文學思潮與哲學思想三方面，論其時代語境。第三章探討漢魏怨詩的抒情內容，分析其精神內涵與思想意識。第四章討論漢魏怨詩之抒情方式，並究其意象之創造。第五章結論。論述漢魏怨詩之興寄美學、閨怨書寫典範之建立與詩學精神之發揚。漢魏怨詩引起後代詩人大量的擬作，「怨」不僅止於詩歌的抽象情緒內容，逐漸發展為中國古典詩歌風格的一種。在中國詩歌發展史上，實有其重要的意義與價值。

目 次

自　序

　　本碩士學位論文約計十二萬字，參考文獻以逯欽立所輯校的《先秦漢魏晉南北朝詩》一書為主，旁及漢魏六朝詩歌選集，如《昭明文選》、《樂府詩集》、《玉台新詠》等，並以中外學者相關論著為輔。本文探討漢魏怨詩的產生背景、主要內容精神，及其表現技巧，藉以了解漢魏怨詩獨特的面目及影響價值。

　　撰寫碩士學位論文期間，蒙黃師景進細心裁正，諄諄指導，師恩情重，永銘心懷。另外尚感謝口試委員邱燮友老師、謝海平老師給予本論文諸多寶貴意見，特此誌謝。唯筆者資質不敏，時間倉促，疏漏難免，尚祈博雅君子，有所指正。

高莉芬　謹

識於國立政治大學中國文學研究所

第一章　緒　論

第一節　前言：訴怨的心靈

　　怨詩，是中國古典文學史上極爲突出的特點。孔子論詩言：「詩可以怨」，即從讀者的角度強調了詩歌可以抒發怨情的功能。鍾嶸《詩品》亦言：「詩可以群，可以怨」則從作者的角度強調人生經驗中的怨情，做爲詩歌創作的原動力。不論是作者創作，還是讀者接受，在現實生活中，個人時有挫折與不幸的遭遇，而這些由挫折與不幸所引發的怨怒情緒，卻常因客觀因素的阻礙而不能外洩，詩人往往藉詩歌以發抒被壓抑的怨情，藉由詩歌以訴怨。因此研究「怨詩」可以探索詩人的心靈，在古典文學研究上具有重要的意義。在中國文學史上，頗多抒寫怨情的詩篇，就時代而論，尤以漢魏爲然。其時大量出現的怨詩，是頗值得注意的現象。然歷來的文學研究，卻鮮有以「怨詩」爲主題的論著。因此筆者擬以「詩可以怨：漢魏怨詩研究」爲題，期能對此問題做較深入的探討與研究。

第二節　怨詩的界說

　　人所以能超越其他動物，是因爲具有超越其他動物的智慧與理性，並且能辨別是非善惡，有了是非善惡的觀念，便有情緒的變化。

情緒的變化是人類生命意志的最原始活動力。美國社會學家顧里（C. H. Cooley）說：

> 所謂人性，據我們所瞭解的是人類具有優於下等動物的那些情緒與衝動。並且它們是屬於全體人類的，而不是屬於任何一個特殊種族或時間的，它特別是指同情心與含有同情心的許多情緒。如愛情、怨恨、奢望、虛榮心、英雄崇拜，和對社會的是非感。〔註1〕

而這些情緒的變化，也正是激起作家從事文學創作的因素。其中又以「怨恨」情緒尤能引起作家創作動機。因為在現實生活與理想追求中，往往以逆境居多，或因倫理追求之打擊、失敗而造成，或因生命不諧，有志難伸而引起。當面對阻礙與挫折時，皆易產生怨恨的情緒〔註2〕。精神分析學家佛洛依德就認為，作家所以提筆，是想藉作者為其「受挫的慾望」找尋一種「替代性的滿足」〔註3〕。在文學作品中，詩歌尤能適當地表現出個人的喜怒哀樂之情〔註4〕。本文以漢魏時期抒發怨情的詩歌為研究主題，正是想了解詩人所遭遇生命不諧的種種問題與情感，同時亦了解這些問題與情感在詩歌文學中是如何表現出來。

　　怨，是一種被壓抑而不完全的怒情。劉勰《文心雕龍‧明詩篇》云：「人稟七情，應物斯感，感物吟志，莫非自然。」〔註5〕其中七情

〔註1〕顧里（Charles Horton Cooley）：《人性與社會秩序》（Human Nature and the Social Order）引自周伯乃：〈中國古典文學中的情愛觀〉，收入王更生等著：《中國文學的探討》（臺北：中央文物供應社，1981年），頁141。

〔註2〕顏崑陽：「個我遭遇的順逆，無疑是引發情緒的重大原因。」故當遭逆遇困時，哀怨的心理是常人都有的心態。參見顏崑陽：《喜怒哀樂》（臺北：故鄉出版社，1982年），頁13。

〔註3〕王溢嘉編譯：〈佛洛依德的理論及運用〉，《精神分析與文學》（臺北：野鵝出版社，1985年），頁30～31。

〔註4〕朱光潛：《詩論》（臺北：漢京文化事業公司，1982年），頁8。

〔註5〕〔梁〕劉勰編，周振甫注：〈明詩〉第6，《文心雕龍注釋》（臺北：里仁書局，1984年），頁83。

一般註家採《禮記・禮運篇》之說：「何為人情？喜、怒、哀、懼、愛、惡、欲，七者弗學而能。」〔註6〕所謂「情」，也就是情緒，可以說是人心自然之動〔註7〕。這七情之中，以怒最為激烈〔註8〕。宋代程明道曰：「人之情，易發而難治者，唯怒為甚。」〔註9〕當人面對現實生活中的阻礙、挫折時，極易產生憤怒的情緒。而憤怒情緒的外洩，往往引發攻擊的行為。西爾格德博士（Ernes R. Hilgard）論道：

> 挫折──攻擊假設說（frustration－agression hypothesis）假設：當個人邁向目標的努力受到阻礙時，個人會產生攻擊性驅力，激發攻擊行為，傷害或毀壞使自己受挫的人或物體。（Dollard 等人，1939）……由於到處有挫折，必然會產生攻擊性驅力。〔註10〕

攻擊的行為必然帶來破壞與傷害，這種衝擊性的行動，在中國傳統的道德觀中是不被讚揚的。「忍」即是傳統重要的德性之一，所謂「小不忍則亂大謀」，於是忿怒的情緒或因外來力量的鎮壓；或出於理性意識的自我壓制；或倫理道德的規範；只有強自控制。但憤怒並不因此而消失，乃轉化為怨的情緒，或恨的情緒。通常由憤怒帶來的破壞行為的完成，必有一受到破壞的對象，當這對象給予憤怒者不可抗拒的力量時，那種不得外現的憤怒，通常也會轉化為怨恨。因此「怨」可以說是類屬於「怒」的一種情緒。東漢許慎《說

〔註6〕〔漢〕鄭玄注，〔唐〕孔穎達疏：《禮記注疏》，卷22，頁 4a，《十三經注疏》（臺北：藝文印書館，1982 年），頁 431。

〔註7〕見鄭毓瑜：〈詩歌創作過程的兩種模式──詩緣情與詩言志〉一文，收於《中外文學》1983 年第 9 期，頁 15。

〔註8〕儒家以喜、怒、哀、懼、愛、惡、欲為七情，佛家以喜、怒、憂、懼、愛、憎、欲為七情。這七種情緒，在情緒心理學上而言，都屬於單純性的情緒。

〔註9〕〔宋〕黎靖德編，王星賢點校：〈程子之書一〉，《朱子語類》（北京：中華書局，1986 年），卷 95，頁 2444。

〔註10〕〔美〕西爾格德博士等（Ernes. R. Hilgard etc.）著，鄭伯薰、張東峰編譯：《心理學》（Introduction to Psychology）（臺北：桂冠圖書股份有限公司，1985 年），頁 473。

文解字》云：

> 悹，怨也；怨，悹也。〔註11〕

又云：「恨，怨也。」〔註12〕可見怨就是悹，就是恨。

《尚書》：「詩言志，歌永言。」〔註13〕詩歌原本即是個人情志發抒的心聲。但先秦以來，在以「溫柔敦厚，詩教也」〔註14〕為理想準則的要求下，漢魏詩人雖然在人生的歷程上遭遇客觀因素的阻礙，限制而有挫折、失志的不幸或不平，但詩人大都以儒家傳統的禮教去節制不滿現狀的憤怒，於是「怒」的激動就在自制性的約束下，由向外的攻擊轉而為向內的怨恨，並因而形成古代文學「怨而不怒」的特色。另外，詩人賦詩以宣洩生命怨情，易使性情復歸於平靜，有時這種「怨」的宣洩，也帶有「刺」的諷諭。《詩序正義》云：

> 包管萬慮，其名曰心，感物而動，乃呼為志。志之所適，
> 外物感焉。言悅豫之志，則和樂興而頌聲作；憂愁之志，
> 則哀傷起而怨刺生。〔註15〕

因此「怨詩」之作，其情感是積極而深沉的。歷來學者或對於「詩可以怨」的詩學精神有較多的關注，如錢鍾書在《七綴集》中對「詩可以怨」的探討。〔註16〕但「怨詩」在古今詩評及近代古典文學研究中並未被特別重視而做專門探討，然翻檢漢魏詩集，「怨詩」卻是漢魏存在的文學現象。本文即就漢魏詩歌中，摘其內容以抒發「怨」情為主的詩歌做為探討與研究。

〔註11〕〔漢〕許慎撰，〔清〕段玉裁注：《說文解字注》（臺北：黎明文化事業股份有限公司，1993年），卷19，頁43a。

〔註12〕同上註，頁44a。

〔註13〕〔漢〕孔安國傳，〔唐〕孔穎達疏：《尚書正義》，卷3，頁26a，《十三經注疏》（臺北：藝文印書館，1982年），頁46。

〔註14〕〔漢〕鄭玄注，〔唐〕孔穎達疏：《禮記注疏》，卷50，頁1a，《十三經注疏》，頁845。

〔註15〕〔漢〕毛亨傳，〔漢〕鄭玄箋，〔唐〕孔穎達疏：《毛詩正義》，卷1之1，頁5a，《十三經注疏》，頁13。

〔註16〕錢鍾書：〈詩可以怨〉，《七綴集》（上海：上海古籍出版社，1985年），頁101～116。

第三節　研究範圍與方法

一、研究範圍

　　古代怨詩甚多，限於個人的時間與能力，僅以漢魏怨詩爲研究對象。漢魏詩歌中，依《文選》〔註17〕、《玉台新詠》〔註18〕、《樂府詩集》〔註19〕及逯欽立校輯之《先秦漢魏晉南北朝詩》〔註20〕所收錄爲主，其詩題本即明標爲〈怨詩〉或〈怨歌〉者，計有七首，是漢魏詩歌中，重覆出現最多的詩題。茲詳列於后：

　　　　班婕妤——怨詩一首〔註21〕

　　　　張　衡——怨詩一首〔註22〕

　　　　王昭君——怨曠思惟歌一首〔註23〕

　　　　相和楚調曲——怨詩行一首〔註24〕

　　　　阮　瑀——怨詩一首〔註25〕

　　　　曹　植——怨詩行一首〔註26〕

　　　　曹　植——怨歌行一首〔註27〕

　　　　另外尚有東漢竇玄妻之〈古怨歌〉一首，不見於《先秦漢魏晉南

〔註17〕〔梁〕蕭統編，〔唐〕李善注：《文選》（臺北：華正書局，1982年）。

〔註18〕〔陳〕徐陵撰：《玉臺新詠》（臺北：世界書局，1962年）。

〔註19〕〔宋〕郭茂倩編撰：《樂府詩集》（臺北：里仁書局，1984年）。

〔註20〕逯欽立輯校：《先秦漢魏晉南北朝詩》（臺北：木鐸出版社，1983年）。

〔註21〕同上註，《漢詩》，卷2，頁116～117。

〔註22〕同上註，《漢詩》，卷6，頁179。

〔註23〕同上註，《漢詩》，卷11，頁315；《樂府詩集》作〈昭君怨〉；〔宋〕郭茂倩編撰：《樂府詩集》，卷59，頁853～854；《古詩紀》，卷12作〈怨詩〉；〔明〕馮惟訥編：《古詩紀》，卷12，頁18b～19a，收入《景印文淵閣四庫全書》集部第1379冊（臺北：臺灣商務印書館，1983年），頁95a～96b。

〔註24〕逯欽立輯校：《先秦漢魏晉南北朝詩》，《漢詩》，卷9，頁275。

〔註25〕同上註，《魏詩》，卷3，頁381～382。

〔註26〕同上註，《魏詩》，卷6，頁426～427。

〔註27〕同上註，《魏詩》，卷7，頁459。

北朝詩》中，但《藝文類聚》卷三十有收錄〔註28〕，而明清沈德潛《古詩源》漢詩卷二亦收錄之〔註29〕，故一併討論。

　　以上所列爲明標「怨」爲題之詩，然亦有未以「怨」標詩題，內容卻與〈怨詩〉抒發相同怨情，旨趣相同之詩歌，在漢魏時期此類篇什頗多。例如：曹植之〈浮萍篇〉、〈種葛篇〉與班婕妤之〈怨詩〉同寫失寵遭棄的怨情，並未以「怨」名篇；又如古詩〈橘柚垂華實〉、繁欽〈詠蕙詩〉等皆以佳卉善果託寓懷才不遇之怨情，與張衡〈怨詩〉詠秋蘭之佳同出一轍；至若古詩〈青青陵上栢〉、〈驅車上東門〉中感歎「人生天地間，忽如遠行客」〔註30〕、「人生忽如寄，壽無金石固」〔註31〕的無常之怨與樂府楚調〈怨詩行〉中：「天道悠且長，人命一何促」〔註32〕的思想，毫無差異，其主旨都是在發抒生命不諧的怨歎！而劉楨之失題詩「天地無期竟」〔註33〕，與阮瑀〈怨詩〉之作，不論在思想內容，技巧表現上更爲雷同。以上詩例與標題爲〈怨詩〉之作在題材的選取，情感內容，以及表現方式上皆極爲類似，風格亦頗相同，若名之〈怨詩〉實無不可！在漢魏詩歌中，抒寫怨情的詩作極多，可謂漢魏詩壇十分突出的特色〔註34〕。今依其怨情內容分類，本文所擬探討的漢魏怨詩之作，表列如下：

〔註28〕〔唐〕歐陽詢：《藝文類聚》，卷30，頁11a，收入《景印文淵閣四庫全書》（臺北：臺灣商務印書館，1983年），子部第887冊，頁628b。

〔註29〕〔清〕沈德潛：《古詩源》（長沙：岳麓書社，1988年），頁44。

〔註30〕逯欽立輯校：〈青春陵上栢〉，《漢詩》，卷12，《先秦漢魏晉南北朝詩》，頁329。

〔註31〕逯欽立輯校：〈驅車上東門〉，《漢詩》，卷12，《先秦漢魏晉南北朝詩》，頁332。

〔註32〕逯欽立輯校：〈怨詩行〉，《漢詩》，卷9，《先秦漢魏晉南北朝詩》，頁275。

〔註33〕收入逯欽立輯校：〈詩〉，《魏詩》，卷3，《先秦漢魏晉南北朝詩》，頁373。

〔註34〕以上所例舉是整篇與〈怨詩〉抒發相同怨情的作品。依據逯欽立《先秦漢魏晉南北朝詩》中收錄，共計約有一百三十首。至於非寫「怨情」，然以〈怨詩〉的慣用句法與思想爲起句，或穿插於詩中者，則不可勝數。

表一

內容 時代	女 子 之 怨		男 子 之 怨		死生無常之怨	
漢	美人歌	司馬相如	怨詩	張 衡	怨詩行	相和曲
	答秦嘉詩	徐 淑	見志詩	酈 炎	長歌行	相和曲
	董嬌饒詩	宋子侯	臨終詩	孔 融	西門行	瑟調曲
	怨曠思惟歌	王昭君	雜詩	孔 融	滿歌行	大 曲
	怨 詩	班婕妤	魯生歌	趙 壹	青青陵上栢	古 詩
	怨 歌	竇玄妻	趙歧歌	趙 壹	今日良宴會	古 詩
	離 歌	樂府古辭	蘭若生春陽	古 詩	東城高且長	古 詩
	行行重行行	古 詩	橘柚垂華實	古 詩	東城高且長	古 詩
	青青河畔草	古 詩	陂 操	樂 府	驅車上東門	古 詩
	涉江采芙蓉	古 詩	猗蘭操	樂 府	去者日以疎	古 詩
	冉冉孤生竹	古 詩	貞女引	樂 府	生年不滿百	古 詩
	孟冬寒氣至	古 詩	箕山操	樂 府		
	客從遠方來	古 詩	龍蛇歌	樂 府		
	明月何皎皎	古 詩	信立退怨歌			
	凜凜歲云暮	古 詩				
	結髮爲夫妻	古 詩				
	上山采蘼蕪	古 詩				
	白頭吟	楚調曲				
	古豔歌	樂府古辭				
	別鶴操	琴曲歌辭				
魏	情詩	徐 幹	從軍詩	王 粲	怨 詩	阮 瑀
	室思詩六首	徐 幹	雜詩「鷙鳥化 爲鳩」、「聯翩 飛鸞鳥」	王 粲	老人詩	阮 瑀
	於清河見挽 船士新婚與 妻別詩	徐 幹	遊覽詩二首	陳 琳	丹霞蔽日行	曹 丕
	定情詩	繁 欽	贈五官中郎將 詩四首	劉 楨	善哉行	曹 丕
	燕歌行二首	曹 丕	贈從弟詩三首	劉 楨	大牆上蒿行	曹 丕
	清河作詩	曹 丕	報趙淑麗詩	應 瑒	薤露行	曹 植
	代劉勳妻王 氏雜詩	曹 丕	侍五官中郎將 建章台集詩	應 瑒	野田黃雀行	曹 植
	寡婦詩	曹 丕	詠蕙詩	繁 欽	送應氏詩其二	曹 植

內容 時代	女子之怨		男子之怨		死生無常之怨	
魏	雜詩「西北有織婦」、「南國有佳人」、「攬衣出中閨」	曹　植	思慕詩	吳　質	月重輪行	曹　叡
	種葛篇	曹　植	贈毋丘儉詩	杜　摯	天地無期竟詩	劉　楨
	浮萍篇	曹　植	贈毋丘荆州詩	杜　摯	百一詩其二	應　瑒
	棄婦詩	曹　植	怨歌行	曹　植	贈嵇康詩其一	郭遐叔
	怨詩行	曹　植	吁嗟篇	曹　植	四言贈兄秀才入軍詩其七	嵇　康
	代劉勳妻王氏雜詩	曹　植	鰕䱇篇	曹　植	五言詩其一	嵇　康
	種瓜篇	曹　叡	當牆欲高行	曹　植		
	塘上行	甄皇后	朔風詩	曹　植		
			贈徐幹詩	曹　植		
			贈丁儀詩	曹　植		
			贈王粲詩	曹　植		
			贈白馬王彪詩	曹　植		
			喜雨詩	曹　植		
			三良詩	曹　植		
			雜詩「轉蓬離本根」、「僕夫早嚴駕」、「飛觀百尺樓」	曹　植		
			言志詩	曹　植		
			失題詩「雙鶴俱遨遊」	曹　植		
			言志詩二首	何　晏		
			述志詩二首	嵇　康		
			五言詩其一二	嵇　康		
			答二郭詩其二	嵇　康		

　　除了以上表列的怨詩外，漢魏時代尚有蔡琰的〈悲憤詩〉與阮籍的《詠懷詩》與〈怨詩〉所發抒的情感、內容頗為相近。唯二詩於詩題已明標為「悲憤」、「詠懷」，且於文學史上已成定論，為避免混淆複雜，故僅做為本文探討時之旁證。

　　六朝時代已有文學的各種分類，見於當時批評著作與詩文選集。如曹丕的《典論論文》、陸機的《文賦》、摯虞的《文章流別集》、李充的《翰林論》、劉勰的《文心雕龍》、任昉的《文章始》，以及蕭統的《文選》等。但大都是一般的文體分類，而專就詩作進一步分的則很少。對於詩再加以分類者〔註35〕，只有《昭明文選》。《文選》於詩下分廿三子類，分別為：

　1. 補　亡　　2. 述　德　　3. 勸　勵　　4. 獻　詩　　5. 公　讌
　6. 祖　餞　　7. 詠　史　　8. 百　一　　9. 遊　仙　10. 招　隱
11. 反招隱　12. 遊　覽　13. 詠　懷　14. 哀　傷　15. 贈　答
16. 行　旅　17. 軍　戎　18. 郊　廟　19. 樂　府　20. 挽　歌
21. 雜　歌　22. 雜　詩　23. 雜　擬

　　廿三類中，大抵依「題材、內容」的標準而作分類，唯有幾類不符此一標準，如補亡、百一、樂府、雜詩、雜詩、雜擬，不過分類的爭議，本節不擬討論。觀《文選》的分類，魏晉詩歌中常見的詩題皆為網羅無遺，如詠懷、遊仙、招隱、挽歌等，分別成為文學史的一個類型。推究其分類原則，或許有下列數端：

　　1. 詩題的雷同及題材內容的類似。
　　2. 文人的彼此模仿和創造新體。
　　3. 這些詩題具有特別的時代精神和社會意義。

〔註35〕華倫《文學論》中指出：「類型，我們認為它是文學作品的一種組合，在理論上是基於外在形式（特別的韻律和結構）以及內在形式（態度、語調、目的——更明白的說：題材和讀者）為共同的基礎，表面上的基礎則是其中之一（譬如「牧歌」和「諷刺」就是內在形式說；雙音步詩和平德爾體頌歌，則是就外在形式說的）。」見〔美〕韋勒克（Rene Wellek）、〔美〕華倫（Austin Warren）合著：〈文學的類型〉，《文學論》（臺北：志文出版社，1990 年），頁 387～388。若將例証換為中國的詩類，則古詩、樂府是基於外在形式的分類，而遊仙詩、田園詩、山水詩、宮體詩等則是基於內在形式的分類。本文〈怨詩〉亦可說是就「內容題材」分類，若依華倫所析，則屬於內在形式的分類。

4. 梁朝以前，對這些詩題已視爲文學的特殊型態。〔註 36〕

由於以上因素，使這些詩題，易於指認其類〔註 37〕。今以〈怨詩〉相証，發覺除了第四點外，怨詩皆可符合上述條件：如詩題及題材之雷同；又〈怨詩〉作者也有相互模仿之習，如曹丕、曹植皆有〈代劉勳出妻子王氏雜詩〉；最重要的是〈怨詩〉之作，大都激生於「不平則鳴」的人生挫折，而此挫折不遂又與時代背景、社會現況有極密切的關係，是以最能表現當世的時代精神與社會意義。故而〈怨詩〉雖未出現於《文選》的分類中，卻具備獨立成爲詩歌特定類型的條件。在文學史上雖然一直未被提及，做有系統的探討，但卻有重要的意義與影響。降至唐代，雖然在「怨」的情感內容上有消長的變化〔註 38〕，但「怨」已成爲詩體的一種〔註 39〕，具有特殊的風格，這是極爲有力的證據。故漢魏〈怨詩〉應可視爲重要的文學現象加以探究。

早在《詩經》中，即有怨詩之作的產生〔註 40〕，然本文選取漢魏爲研究範圍，除了限於個人的時間與能力外，尚有原因如下：

1. 「漢魏」在文學史上佔有開展承轉的地位。試考察古今有關詩文選編或批評論著，文學史上的「漢魏」常與「六朝」對舉〔註 41〕。

〔註 36〕李正治：《六朝詠懷組詩研究》（臺北：國立臺灣師範大學國文研究所碩士論文，1980 年），頁 60。

〔註 37〕六朝盛行之田園詩、山水詩、詠物詩等特定的類型也大都具有上述條件。

〔註 38〕唐代以失寵怨棄之作爲最多，懷才不遇與死生無常之怨亦皆有之，至宋代詩人發抒死生無常之歎者，則大爲減少。

〔註 39〕唐代《皎然詩式》有「十九體」之說，「怨」是其中一體。〔唐〕皎然：《五卷本皎然詩式》（臺北：廣文出版社，1982 年），頁 10；元稹《樂府古題序》亦視「怨」爲詩體的一種；〔唐〕元稹：〈樂府古題序〉，卷 23，《元氏長慶集》（京都：中文出版社，1972 年），頁 282。

〔註 40〕朱東潤：〈詩心論發凡〉，《讀詩四論》（臺北：東昇文化事業有限公司，1980 年），頁 102。

〔註 41〕〔宋〕胡仔編《苕溪漁隱叢話》（臺北：世界書局，1961 年）的時代分類，卷 1、卷 2 爲〈國風漢魏六朝〉，〔宋〕嚴羽《滄浪詩話》（臺北：廣文書局，1972 年）第二十四條謂「少陵詩憲章漢魏，而取材六朝」，六朝均與漢魏對舉。〔明〕張溥編《漢魏百三家集》，〔清〕

「漢魏」在文學史，特別是詩歌史上佔有承先起後的機運，其中「建安文學」尤為變遷之關鍵，而在漢魏之際大量出現的〈怨詩〉應具有深遠之時代意義與文學價值。

2. 在先秦《詩經》作者的吟諷中，雖然有所謂的「心之憂矣，我歌且謠」（《魏風·園有桃》）〔註42〕，「君子作歌，維以告哀」（《小雅·四月》）等訴怨告哀之作〔註43〕，但大都是單純地歌詠農業社會日常生活中的喜怒哀樂之情。然漢魏之際，由於政治、社會、以至學術風氣均遭逢巨大轉變，使此期〈怨詩〉之作具有深沈的精神內涵。在個人意識的覺醒下，〈怨詩〉作者感受到生命在亂離世界的激怨，祈慕和幻滅，此種情懷一逕流下，縱啟六朝個人感傷文學之先聲〔註44〕，對於詠懷詩人也有精神上之啟發。另外，本文雖以漢魏為期，實著重於東漢末年至曹魏時期，蓋因〈怨詩〉的大量出現仍是在動盪的東漢末年。劉紀華論《漢魏之際文學的形式與內容》說：

> 他們（儒者）轉而追求個人的價值，或求肉體之長生，或求精神之超脫，或求情感之發洩，或求才華之得售。這種轉變，自然便直接的反映在文學上。〔註45〕

大量〈怨詩〉之作，正是此種精神的最好說明。

嚴可均編《全上古三代秦漢三國六朝文》（北京：中華書局，1995 年），以及近人蕭滌非著《漢魏六朝樂府文學史》（臺北：長安出版社，1981 年）亦沿用之。

〔註42〕〔漢〕毛亨撰，〔漢〕鄭玄箋，〔唐〕孔穎達疏：《毛詩正義》，卷 5 之 3，頁 6a，《十三經注疏》，頁 208。

〔註43〕〔漢〕毛亨撰，〔漢〕鄭玄箋，〔唐〕孔穎達疏：《毛詩正義》，卷 13 之 1，頁 18b～19a，《十三經注疏》，頁 443～444。

〔註44〕日本學者吉川幸次郎〈推移的悲哀〉一文，與小川環樹《論中國詩》一書中，皆將漢魏以來，大量以抒寫悲哀情感為主的詩歌，稱為感傷文學。譚汝謙等編：《論中國詩》（香港：香港中文大學出版社，1986 年）。〔日〕吉川幸次郎著，鄭清茂譯：〈推移的悲哀－古詩十九首的主題〉，《中外文學》第 6 卷第 4 期（1977 年 9 月），頁 24～54。

〔註45〕劉紀華：《漢魏之際文學的形式與內容》（臺北：世紀書局，1978 年），頁 4。

二、研究方法

本篇論文研究方法以漢魏詩歌中，以「怨」標題的詩歌為主，旁及非以〈怨〉標題，然性質與標題為「怨詩」的詩歌相同的作品為研究對象。後者主要採用兩種方法，其一為比較式，即以未以「怨」為題，而內容主要是抒發怨情的詩歌，與直接以「怨」為題的〈怨詩〉做比較，從而確立其主抒怨情的特色。例如以楚調曲〈怨詩行〉與〈青青陵上柏〉相較；又如以阮瑀〈怨詩〉與劉楨〈天地無期竟詩〉相比較。其次，再參考後代詩評家之分析，例如：漢代徐淑的〈答秦嘉詩〉，主寫夫婦分離之情，鍾嶸《詩品》卷中評曰：「夫妻事既可傷，文亦悽怨。」〔註46〕，凡此雖未以「怨」名篇之詩，但評論詩者皆特別強調詩歌中「怨」的特色與精神，故一併討論。

首先考察怨詩的產生背景。文學現象乃依憑作家、文學傳統及存在環境而起，怨詩在漢魏時期大量產生，除研究外在條件（時代背景、社會現況與個人處境）外，亦研究內在的文學傳統，從內外兩方面討論漢魏怨詩之產生背景。其次探究怨詩的思想內容。以詩題為〈怨詩〉之作為主，旁及漢魏其他整篇寫怨的詩作。歸納為婦女之怨——久待傷別與失寵怨棄、男子之怨——懷才不遇與憂時傷生，與全人類的死生無常之怨三端。再其次則分析怨詩的表現技巧：大分為觸景興怨、托物寄怨、直述其怨與映襯抒怨四大類型。最後說明漢魏怨詩的特色及影響價值。

本文除了橫向詳析怨詩的抒情內容，主要大分為三類外，亦縱向注意此內容於時代的演變考察。漢代以寫婦女傷別怨棄之怨的作品為多，曹魏則以抒懷才不遇之怨為眾。而此三大主要內容又隨著時代的推演，而有消長的變化：例如失寵怨棄的「閨怨」詩至唐代詩壇而大放異彩，普遍受到詩人的重視，創作甚多。而在漢魏一向為詩人低吟的死生無常之怨，至宋代的詩歌中逐漸在銷聲匿跡，宋詩已不再遍存

〔註46〕〔梁〕鍾嶸撰，汪中選注：《詩品注》（臺北：正中書局，1985年），卷中，頁127。

歎逝嗟老之音。

　　在抒情方式方面，一般論詩之技巧者，大都就其聲韻、修辭及句式之設計探討。漢魏怨詩在聲韻上雖然也有雙聲、疊韻等技巧，在修辭上也有類疊、頂眞、對句的設計，但是這些大都是漢魏詩歌普遍的表現技巧，並非僅爲〈怨詩〉作者所採用，因此本文不擬依此做探究。而以「觸景興怨」、「托物寄怨」、「直述寫怨」、「映襯抒怨」四種方式以探究怨詩作者的抒情表現。

　　本論文所研究的詩歌以逯欽立校輯之《先秦漢魏晉南北朝詩》一書所收錄爲主，至於其中某些詩篇涉及作者眞僞問題，如楚調曲〈白頭吟〉，及〈昭君怨〉的作者眞僞問題，前人學者探究辨證頗多，眾說紛紜，然大都認爲是漢人之作無疑，本文不擬作辨僞考證問題，而著重其內容精神的探討。

　　一般對於魏晉六朝詩的分類，以其題材內容而分爲詠懷詩、玄理詩、遊仙詩、田園詩、山水詩、宮體詩六類。而產生於漢魏時期之〈怨詩〉，雖有存在的事實，然而由於內容不易界定，易滋誤解而妾身未明。但〈怨詩〉在漢魏時期的大量產生，卻是詩歌史上不容忽視的事實。在另一方面，它對於六朝文風，乃至唐詩內容方面亦有頗大的啓發，故實應給予怨詩在文學史上明確的地位與評價。

第二章　漢魏怨詩的時代語境

第一節　政治紛亂與士人之怨

　　對現實生活或個人生命做深刻反省後而吟唱出的怨詩，在先秦作品已見端倪〔註1〕。但是這類訴怨告哀的詩歌在文壇上大量出現，則是在東漢末年，特別是漢魏之際的時代。此與當時紊亂的政局有密切的關係。

　　東漢和帝一代（西元 89～105 年）是漢帝國興衰的轉捩期。自和帝開始，君王皆短命或無嗣，因此由幼主繼位，母后臨朝。女后爲了鞏固自己的政權於不墜，故而重用自己的父兄，造成外戚專權預政，養成專橫驕奢之習。當幼君漸長，便藉宦官力量排除外戚，從此外戚與宦官互相爭權，肆無忌憚，終使國家綱紀日益墜落。桓、靈二帝時，賣爵的歪風公然盛行，終至於「立國之紀，埽地而無餘」〔註2〕的地步。在此種情形下，有部分知識份子藉阿附宦官或外戚以求顯達；但亦有部份知識份子羞與外戚、宦官爲伍，而互相標榜，

〔註1〕見朱東潤〈詩心論發凡〉曾指出《詩經》中已有抒寫哀怨的詩歌，該文收入《讀詩四論》中。朱東潤：《讀詩四論》（臺北：東昇出版社，1980 年），頁 89～107。

〔註2〕〔清〕王夫之：《讀通鑑論》（北京：中華書局，1975 年），卷8，頁243。

詆毀執政者〔註 3〕。後者即所謂的清流勢力。但這種樹立群黨，互相譏評的風氣，卻招來了兩次的黨錮之禍，朝士廷臣，被誅殺、流徙、禁錮者不計其數〔註 4〕，「朝野崩離，綱紀文章蕩然」〔註 5〕。此後不但朝廷善類一變，更給予豪俊之夫以可乘之機。東漢王朝崩潰的前夕，政治上的腐化已達頂點，在這種情況下，士人執守經書，慷慨議論已不足以匡俗濟世，士人普遍都有仕途窘迫的悲慨，這種情形自然反映於文學作品中。例如在漢末文人之作品——《古詩十九首》中，除了突顯人命短促，死生無常的悲傷外，藉著那些棄妻怨婦，逐臣遊子的口中，傾吐出的盡是失意沈淪的怨歎。

再者，漢代自武帝罷黜百家，獨尊儒術後，經學昌盛，對於經學之傳授有所謂的「家法」，不肯輕易示人，故有傳子習慣。常有某家之學累世相傳，歷數十百年而不墜，因而產生不少的累世經學之家。這種士大夫的傳襲勢力，造成所謂「門第」。而漢代中央政府採取察舉與徵辟的方式，又大都以通達經學為上選，故而累世經學之家，常常能產生累世公卿，在社會上長久受到尊敬，而有特殊的地位，此即所謂「世族」。到了東漢中期以後，察舉及徵辟逐漸重視門第，而不注重真才實學，故而仕途逐漸被少數巨族弟子所壟斷。但另一方面，原本自武帝以來施行的養士政策，發展到東漢質帝時，太學生已有三萬多人，而且太學生的成分已不局限於貴族子弟。在東漢中期以後，這大批脫離生產的知識分子其出路，就是冀靠著選舉制度，祈盼有朝

〔註 3〕如《後漢書》，卷 67〈黨錮列傳〉李膺傳曰：「南陽樊陵求為門徒，膺謝不受，陵後以阿附宦官，致位太尉，為節志者所羞。」見〔南朝·宋〕范曄：〈黨錮列傳〉，《後漢書》（臺北：鼎文書局，1981 年），卷 67，頁 2191。又《後漢書》，卷 63〈李杜列傳〉李固之子燮傳曰：「先是潁川甄邵諂附梁冀，為鄴令。有同歲生得罪於冀，亡奔邵，邵偽納而陰以告冀，冀即捕殺之，冀即捕殺之。邵當遷為郡守，會母亡，邵且埋屍於馬屋，先受封，然後發喪。」見〔南朝·宋〕范曄：〈李杜列傳〉，《後漢書》，卷 63，頁 2091。

〔註 4〕如《後漢書》，卷 67〈黨錮列傳〉。

〔註 5〕同上註，卷 67，頁 2189。

一日能躋身仕途，平步青雲。但是如前所述，東漢中期以後，察舉辟召已被世族所壟斷。隨著政府的腐敗惡化，所謂的「選舉制度」根本已經名存實亡。所謂「舉秀才，不知書；察孝廉，父別居。寒素清白濁如泥，高弟良將怯如雞」〔註6〕。這首民謠，正是人民對於政治現實的憤怒與嘲諷！

　　政治的不合理，朝綱的敗壞，受到壓抑的必然是出身社會中下階層的一般知識份子。趙壹在〈刺世疾邪賦〉中有一首詩道：

> 河清不可俟，人命不可延。順風激靡草，富貴者稱賢。文籍雖滿腹，不如一囊錢。伊優北堂上，抗髒倚門邊。〔註7〕

這首詩明白地揭露了身處腐敗朝政下的士人的矛盾痛苦，這些失意的文人，其中就有當年胸懷大志，冀展長才而游學京師的太學生。他們或奔走權門，或遊京師、謁州郡，以求一官半職的出路。在漢魏詩歌中不少的遊子生活，正是漢代知識份子離鄉背景、飄流異地，即傳統「遊學」生活方式的真實寫照〔註8〕。徐幹在《中論‧譴交篇》中曾敘述漢末遊宦風氣之盛，以及公卿大夫、州牧、郡守下及小司等，莫不以接待賓客為務的情形。所謂「冠蓋填門，儒服塞道，飢不暇餐，倦不獲已」〔註9〕。徐幹並對此社會病態提出批判：

> 且夫交游者出也，或身殘於他邦；或長幼而不歸；父母懷煢獨之思，室人報東山之哀，親戚隔絕，閨門分離，無罪無辜，而亡命是效。……非仁人之情也。〔註10〕

他們雖然也屬於統治階層中的最基層，但實際上已成為漢末大批流亡人民中的一部分了。漢代民歌〈悲歌〉即是流浪者的悲音：

〔註6〕〈時人為貢舉語〉，收於逯欽立輯校：《漢詩》，卷8，《先秦漢魏晉南北朝詩》（臺北：木鐸出版社，1983年），頁242。

〔註7〕逯欽立輯校：《漢詩》，卷6，《先秦漢魏晉南北朝詩》，頁190。

〔註8〕見〔宋〕司馬光：〈孝質皇帝紀〉，《資治通鑑》（北京：北京古籍出版社，1956年），卷53，頁1705～1735。記載漢末游學風氣之盛行。

〔註9〕〔漢〕徐幹：〈譴交第十二〉，《中論》（臺北：世界書局，1975年），卷下，頁27。

〔註10〕同上註，頁28。

> 悲歌可以當泣，遠望可以當歸。思念故鄉，鬱鬱纍纍。欲
> 歸家無人，欲渡河無船。心中不能言，腸中車輪轉。〔註11〕

所謂「思還故閭里，欲歸道無因」〔註12〕。家園在戰火的摧毀下已殘破不堪。時代擾攘不定，使得這批脫離生產行列，而出外遊學的知識份子，陷於有家歸不得困境。只有四處流徙，逃難避禍。《魏志‧邴原傳》云：

> 黃巾起，原將家屬入海，住鬱洲山中…送至遼東…一年中
> 往歸原居者數百家，游學之士，教授之聲，不絕。〔註13〕

又《後漢書‧劉表傳》云：

> 關西、兗、豫學士歸者蓋有千數，表安慰賑贍，皆得資全。
> 〔註14〕

政治的腐化與黑暗，不但仕人普遍有失路之怨，更甚者是有家歸不得的悲哀，於是在外有遊子傷時羈旅之痛；在內則有棄妻怨婦，閨孤寂的怨情。曹植〈怨詩行〉云：「借問歎者誰？自云宕子妻。夫行踰十載，賤妾常獨棲。」〔註15〕鮮活地披露了黑暗政治下，喪失人倫之愛的寡妻悲哀。漢魏之際大量出現的閨怨作品，實與失軌腐敗的政治環境有密切的關係。

外戚與宦官爭權奪利下的漢室，早已搖搖欲墜。最後借助袁紹、袁術、董卓等武人的力量，才剷除了宦官集團。但漢室也因而成為袁紹、董卓相爭的局面，長期陷於分裂狀態。尤其自曹擁帝許都後，形成三國分立的局面，最後由曹操一統紛亂的天下。曹操當政後，由於自身乃宦官之後，向為世所輕鄙，因而仇視高門。在得

〔註11〕 逯欽立輯校：《漢詩》，卷10，《先秦漢魏晉南北朝詩》，頁282。
〔註12〕 見《古詩十九首》中〈明月何皎皎〉一語，見逯欽立輯校：《漢詩》，卷12，《先秦漢魏晉南北朝詩》，頁334。
〔註13〕 〔晉〕陳壽撰，〔宋〕裴松之注，盧弼集解：〈邴原〉，《魏書》，卷11，頁24b～25a，《三國志集解》（臺北：商務印書館，1956年），頁356～357。
〔註14〕 〔南朝‧宋〕范曄：〈袁紹劉表列傳〉，《後漢書》（臺北：鼎文書局，1981年），卷74下，頁2421。
〔註15〕 逯欽立輯校：《魏詩》，卷7，《先秦漢魏晉南北朝詩》，頁459。

權之後，便肆意摧殘望族。其時之文人命蹇，動輒有殺生之禍，政
治的壓迫更形熾烈。例如《後漢書》卷七十〈孔融、荀彧傳〉，載
二人之誅曰：

> 融聞人之善，若出諸己，言有可采者，必演而成之。面告
> 其短，而退稱所長，薦達賢士，多所隊進。知而未言，以
> 爲己過，故海內英俊皆信服之。曹操既積嫌忌，而郗慮復
> 搆成其罪，遂令丞相軍謀祭酒路粹枉狀奏融。……下獄棄
> 市，時年五十六，妻子皆被誅。〔註16〕

> 彧曰：「曹公本興義兵，以匡漢朝。雖勳庸崇著，猶秉忠貞
> 之節。君子愛人以德，不宜如此。」事遂寢，操心不能平。……
> 彧病留壽春，操饋之食，發視，乃空器也，於是飲藥而卒。
> 〔註17〕

卷五十四〈楊修傳〉，載修之誅曰：

> 及操自平漢中，欲因討劉備而不得進，欲守之又難爲功。
> 護軍不知進止何依，操於是出教，唯曰「雞肋」而已。外
> 曹莫能曉，修獨曰：「夫雞肋，食之則無所得，棄之則如可
> 惜，公歸計決矣。」乃令外白稍嚴，操於此迴師，修之幾
> 決，多有此類。修又嘗出行，籌操有問外事，乃逆爲答記，
> 勅守舍兒：「若有令出，依次通之。」既而果然，如是者三，
> 操怪其速，使廉之，知狀，於此忌脩。且以袁術之甥，慮
> 爲後患，遂因事殺之。〔註18〕

其他命喪曹操手中者，尚有華佗、路粹、崔琰、許攸、晏圭、魏諷、
劉偉等人。至其子曹丕即位，由於以篡弒得天下，故對臣下深懷戒
心，其弟曹植即倍受壓迫，丁儀、丁廙爲曹植之羽翼，終難逃身死
之惡運；此期的文人，所承受的痛苦，不單純地僅是出路難覓，離
鄉背井的悲哀，更有著對生命極度的恐懼與不安，即所謂的「憂生
之嗟！」例如建安七子之一阮瑀有〈怨詩〉之作，即道出其時文人

〔註16〕〔南朝·宋〕范曄：〈鄭孔荀列傳〉，《後漢書》，卷60，頁2277~2278。
〔註17〕同上註，頁2290。
〔註18〕〔南朝·宋〕范曄：〈楊震列傳〉，《後漢書》，卷54，頁1789。

普遍的哀情：

> 民生受天命，漂若河中塵，雖稱百齡壽，孰能應應此身，
> 猶獲嬰凶禍，流落恆苦辛。〔註19〕

魏代後期，對文人影響最大的，莫過於執政者的箝制與壓迫。
其時曹馬爭權，明爭暗鬥。在爭權的派系糾紛中，知識份子必須表
明政治立場。司馬氏奪權勝利，族誅曹爽、何晏、夏侯玄以後，原
本附魏的高門大族，在這時轉附司馬氏的很多；而顧念舊國，執義
不屈之士，動輒遭人嫉害，生命多危，終日岌岌不保。尤其素有高
名者，如阮籍、嵇康，更成爲司馬氏之僞儒嫉害的對象〔註20〕。如
《魏氏春秋》中所載：

> 籍性至孝，居喪，雖不率常禮，而毀幾滅性；然爲文俗之
> 士何曾等深所讎疾。〔註21〕

又同書且載及嵇康之爲鍾會所嫉一事：

> 鍾會爲大將軍兄弟所暱，聞康名而造焉。會名公子，以才
> 能貴幸，乘肥衣輕，賓從如雲。康方箕踞而鍛，會至不爲
> 之禮，會深銜之。後因呂安事，而遂譖康焉。〔註22〕

與魏姻戚的嵇康，隱居避世，堅不仕魏，又喜怒不形於色，持身可謂
謹慎。但鍾會記恨嵇康的卑視，竟然不顧呂安案的天理國法，以「欲
助毋丘儉」和「言論放蕩、非毀典謨」加以論罪，構成當時一大冤獄。
可見文人處境艱危的一斑〔註23〕。阮籍在政權轉移之際，採取敷衍的

〔註19〕 朱止谿評曰：「悲生也。或曰：短生悲長世，念亂也。」見黃節：《漢
　　　　魏樂府風箋》，收入《古詩集釋等四種》（臺北：世界書局，1962 年），
　　　　頁 164。
〔註20〕 何曾、鍾會必欲除阮、嵇而後快，藉口禮法而欲加陷害，見於干寶
　　　　《晉記》、《魏氏春秋》、《世說・任誕篇》（世說引注）及《晉書》的
　　　　記載。
〔註21〕 轉引自〔南朝・宋〕劉義慶著，〔南朝・梁〕劉孝標注，余嘉錫箋：
　　　　〈伍誕〉第 23，《世說新語箋疏》（上海：上海古籍出版社，1993 年），
　　　　頁 725。
〔註22〕 同上註，〈簡傲〉第 24，頁 767。
〔註23〕 見《世說新語》〈德行篇〉、〈文學篇〉、〈簡傲篇〉中有記載其時守志
　　　　之文人不少難逃一死，成爲曹馬爭權下悲劇性的犧牲品。參〔南朝・

態度，口不臧否人物，爲嵇康、司馬昭稱爲至慎，但仍爲人所讎疾，幸賴司馬昭「受其通偉，而不加害」〔註24〕。凡此危懼，自嘆無力挽救殘局，既恥於趨炎附勢，朋比爲奸；然又敢怒不敢言，感愴壯志無成，憂感時有喪命之危。阮詩「但恐須臾間，魂氣隨風飄，終身履薄冰，誰知我心焦」〔註25〕，道出詩人對外在環境的憂懼，滿腔憤懣，只有寄情詩文之間。

在政治紊亂的時代中，一些士大夫文人之流，在宦海的沉浮流浪中，無不傷時善感，悲歎人世多艱，命途多舛，於是各求解脫悲哀的人生困境。漢魏之際，社會漸有股服藥飲酒之風〔註26〕，詩中遍存死生無常之念，並興起壯志無成，生命孤寂之歎，吟唱出動人心魄的怨詩。其後兩晉政治亦危殆不安，陸機〈長歌行〉、〈門有車馬客行〉；劉琨〈重贈盧諶詩〉；陶潛〈形影神詩〉、〈歸田園居詩〉、〈飲酒詩〉，皆爲此一陰影下所生的吟詠〔註27〕，帶有濃厚的哀怨之情。

近人張仁青先生於其《魏晉南北朝文學思想史》一書中，成魏晉南北朝罹難名士表〔註28〕，載記該時代中死於非命的名士，合魏、兩晉、宋、齊、梁、陳、北魏、北齊、北周，共計二百有九人，摘錄其中於漢魏之際，戮於曹魏及司馬氏手中者已佔其五十，茲摘移於后，可見其時文人命如雞犬的危況，以爲本節做結。

宋〕劉義慶撰，〔梁〕劉孝標注：《世說新語》（上海：商務印書館，1919 年）。

〔註24〕阮籍諸事參見嵇康〈與山巨源絕交書〉、干寶《晉記》、《魏氏春秋》、《世說新語》中〈德行篇〉、〈任誕篇〉。

〔註25〕逯欽立輯校：《魏詩》，卷 10，《先秦漢魏晉南北朝詩》，頁 503。

〔註26〕參閱王瑤《中古文學史論》中〈文人與藥〉、〈文人與酒〉諸篇。王瑤：《中古文學史論》（臺北：長安出版社，1982 年）。

〔註27〕參閱余英時：〈漢晉之際士之新自覺與新思潮〉，《歷史與思想》（臺北：聯經出版公司，1976 年）。

〔註28〕見張仁青：〈魏晉南北朝文學思想之內因外緣（一）〉第 3 節，《魏晉南北朝文學思想史》（臺北：文史哲出版社，1978 年），頁 199～216。

國號	姓名	歲數	罹難時間 中國紀元	西元	迫害之者	罹難原因	備考
魏	華 佗				曹 操	不為曹操所用。	後漢書方術傳
	董 承		建安五年	200	曹 操	受漢獻帝密詔，令劉備誅曹操。	後漢書獻帝紀
	孔 融	56	建安十三年	208	曹 操	兀傲不馴，為曹操所忌。	後漢書本傳
	荀 彧	50	建安十七年	212	曹 操	不同意曹操進爵魏，自殺。	後漢書本傳
	路 粹		建安十九年	214	曹 操	坐違禁罪。	三國志王粲傳
	崔 琰	58	建安二一年	216	曹 操	有人誣其傲世怨謗。	三國志本傳
	許 攸				曹 操	自恃破袁有功，出言不遜。	三國志崔琰傳
	婁 圭				曹 操	恃舊不虔，曹操以為有腹誹意。	三國志崔琰傳
	吉 本		建安二三年	218	曹 操	見曹操將篡漢，乃聯合起兵伐操。	三國志魏武帝紀
	吉 本		建安二三年	218	曹 操	見曹操將篡漢，乃聯合起兵伐操。	三國志魏武帝紀
	吉 邈		建安二三年	218	曹 操	見曹操將篡漢，乃聯合起兵伐操。	三國志魏武帝紀
	耿 紀		建安二三年	218	曹 操	見曹操將篡漢，乃聯合起兵伐操。	三國志獻帝紀
	韋 晃		建安二三年	218	曹 操	見曹操將篡漢，乃聯合起兵伐操。	三國志獻帝紀
	楊 修		建安二四年	219	曹 操	楊修為袁紹之甥，慮有後患。	三國志陳王傳
	魏 諷		建安二四年	219	曹 操	與陳禕共謀襲鄴，攻曹操	三國志魏武帝紀引世語
	劉 偉		建安二四年	219			二國志劉廙傳注引廙別傳
	丁 儀		黃初元年	220	曹 丕	黨於曹植	三國陳思王傳
	丁 廙		黃初元年	220	曹 丕	黨於曹植	三國陳思王傳

國號	姓　名	歲數	罹難時間 中國紀元	西元	迫害之者	罹難原因	備　考
	曹　爽		嘉平元年	249	司馬懿	與司馬懿爭權，失敗	三國志本傳
	曹　羲		嘉平元年	249	司馬懿	曹爽之難	三國志曹爽傳
	曹　訓		嘉平元年	249	司馬懿	曹爽之難	三國志曹爽傳
	何　晏		嘉平元年	249	司馬懿	曹爽之難	三國志曹爽傳
	鄧　颺		嘉平元年	249	司馬懿	曹爽之難	三國志曹爽傳
	丁　謐		嘉平元年	249	司馬懿	曹爽之難	三國志曹爽傳
	畢　軌		嘉平元年	249	司馬懿	曹爽之難	三國志曹爽傳
	李　勝		嘉平元年	249	司馬懿	曹爽之難	三國志曹爽傳
	張　當		嘉平元年	249	司馬懿	曹爽之難	三國志曹爽傳
	桓　範		嘉平元年	249	司馬懿	曹爽之難	三國志曹爽傳
	王　淩	80	嘉平三年	251	司馬懿	惡司馬懿不正，且齊王不任天位，欲謀廢立，事洩自殺。	三國志本傳
	曹　彪		嘉平三年	251	司馬懿	王淩謀立彪即位許昌，事敗自殺。	三國志本傳
	王　廣		嘉平三年	251	司馬懿	惡司馬懿不臣，欲與父淩謀廢立。	三國志本傳
	勞　精		嘉平三年	251	司馬懿	王淩之難	三國志王淩傳
	單　固		嘉平三年	251	司馬懿	王淩之難	三國志王淩傳
	楊　康		嘉平三年	251	司馬懿	王淩之難	三國志王淩傳
	杜　恕		嘉平四年	252	司馬懿	為幽州刺史，鮮卑寇邊，無表言上，為陳喜劾奏。	三國志杜畿傳
	李　豐		嘉平六年	254	司馬師	惡司馬師專政，欲聯合夏侯玄、張緝共誅之，事洩。	三國志夏侯玄傳
	李　翼		嘉平六年	254	司馬師	李豐之難	三國志夏侯玄傳
	李　韜		嘉平六年	254	司馬師	李豐之難	三國志夏侯玄傳
	夏侯玄		嘉平六年	254	司馬師	惡司馬師專權，與李豐、張緝共謀誅之，事敗。	三國志夏侯玄傳

國號	姓名	歲數	罹難時間		迫害之者	罹難原因	備考
			中國紀元	西元			
	張緝		嘉平六年	254	司馬師	惡司馬師專權，與李豐、張緝共謀誅之，事敗。	三國志夏侯玄傳
	樂敦		嘉平六年	254	司馬師	李豐之難	三國志夏侯玄傳
	劉賢		嘉平六年	254	司馬師	李豐之難	三國志夏侯玄傳
	許允		嘉平六年	254	司馬師	李豐之難	三國志夏侯玄傳
	毋丘儉		正元二年	255	司馬師	感明帝顧命，舉兵討司馬師，失敗。	三國志本傳
	毋丘甸		正元二年	255	司馬師	毋丘儉之難	三國志毋丘儉傳
	諸葛誕		甘露二年	257	司馬昭	見王淩、毋丘儉累見夷藏，懼不自安，遂據壽春反。	三國志本傳
	曹髦	20	景元元年	260	司馬昭	以討司馬昭不克，被弒。	三國魏志高貴鄉公髦紀
	王經		景元元年	260	司馬昭	高貴鄉公之難	三國志魏志高貴鄉公髦紀
	嵇康	40	景元三年	262	司馬昭	以呂安事件，爲鍾會所譖	晉書本傳
	呂安		景元三年	262	司馬昭	兄巽誣其不孝。	晉書嵇康傳
	鄧艾		咸熙元年	264	司馬昭	爲鍾會所構。	三國志本傳
	鍾會		咸熙元年	264	司馬昭	謀反。	三國志本傳

第二節　社會動盪與生民之怨

　　東漢末年，社會政治腐敗，民不聊生，接踵而至的天災人禍，終於加速東漢帝國之崩潰。在東漢中期時，社會動盪的局面已開始萌芽。當時土地兼併的情形，已經十分嚴重。豪強地主已發展到「連棟數百，膏田滿野，奴婢千羣，徒附萬計」〔註29〕的程度。漢和帝（88

────────────

〔註29〕見仲長統〈理亂篇〉，收於〔清〕嚴可均輯校：《全後漢文》，卷88，頁3b，《全上古三代秦漢三國六朝文》（北京：中華書局，1995年），第1冊，頁949。

～108）以後，外戚與宦官交替操縱政權，一方面造成兩大政治勢力之間的劇烈鬥爭——所謂清流與濁流的鬥爭——政治更加黑暗；一方面土地兼併越發嚴重，更加重了對老百姓的壓迫和剝削。加之連年災荒，整個社會動盪不安，終於在靈帝中平元年（184）爆發了黃巾的叛亂。張角率眾到處燒殺劫掠，天下震動。後漢廷派出盧植、皇甫嵩、朱儁等討平。唯局勢雖暫趨穩定，但各地盜匪蠭起，黃巾餘黨，蔓延不已。至此，漢帝國已呈現瓦解形勢〔註30〕。朝廷爲了鎮壓亂賊，乃選重臣出任，並授予大權，以安定地方，但許多州郡長官和地方豪強大族趁機發展自己的實力，從此地方權重，逐漸演成群雄割據的局面〔註31〕。

中平六年（189）靈帝死，皇子辯繼位後，宦官得勢，爲所欲爲。大將軍何進乃私召涼州牧董卓來京誅宦官，以事機不密，反爲宦官所殺。袁紹等乃憤而領兵進宮，殺宦官二千餘人，洛陽大亂，民生悲苦情狀至於「天下大亂兮市爲墟，母不保子兮妻失夫」〔註32〕之地步。不久董卓入京，把持國政，弑少帝，改立獻帝。董卓本人，濫用刑罰，殘殺無辜。初平元年三月（190），董卓徙獻帝於長安，並放火燒洛陽城室，積尸盈路，極盡人間之慘狀。《資治通鑑》卷五十九曰：

> 卓遣軍至陽城，值民會於社下，悉就斬之。駕其車重，載其婦女，以頭繫車轅，歌呼還雒，云攻賊大獲。卓焚燒其頭，以婦女與甲兵爲婢妾。丁亥，車駕西遷，董卓收諸富室，以罪惡誅之，沒入其財物，死者不可勝計；悉驅徙其

〔註30〕除了張角黃巾之亂外，桓帝永壽二年秋十一月，太山賊公孫舉等，寇青、袞，徐三卅；延熹五年四月，長沙賊起，寇桂陽、蒼梧、南海、交阯；延熹八年，桂陽胡蘭，朱蓋等復反，攻沒郡縣，轉寇零陵。靈帝時，建寧三年九月，濟南賊起，攻東平陵；熹中元年十一月，會稽人許生自稱越王，寇郡縣。

〔註31〕見傅樂成：〈漢的興亡與三國的分合〉，《中國通史》（臺北：大中國圖書有限公司，1962年），頁227～233。林瑞翰：《中國通史》（臺北：三民書局，1973年），頁159～168。

〔註32〕見〔南朝・宋〕范曄：〈皇甫嵩朱儁列傳〉第61，《後漢書》（臺北：鼎文書局，1981年），卷71，頁2302。

餘民數百萬口於長安。步騎驅蹙，更相蹈藉，飢餓寇掠，
積尸盈路。卓自留屯畢圭苑中，悉燒宮廟、官府、居家，
二百里內，室屋蕩盡，無復雞犬。〔註33〕

董卓為了重新建立個人的社會基礎，迫使洛陽百姓遷於長安，自己在
長安附近築萬歲塢。此時原本繁華一片的長安城已是「城空四十餘
日，強者四散，羸者相食。二三年閒，關中無復人跡。」，「是時穀一
斛五十萬，豆麥二十萬。人相食啖，白骨委積，臭穢滿路」〔註34〕。
簡直就是人間地獄般地恐怖悽慘！

其後董卓為王允、呂布等合謀刺殺，部將李傕、郭汜等擁兵自立，
相互攻伐，初平三年（192）破長安，「城陷，……傕等放兵略長安老
少，殺之悉盡，死者狼籍」〔註35〕；「時三輔民尚數十萬戶，傕等放
兵劫略，攻剽城邑，人民饑困，二年閒相啖食略盡。」〔註36〕此時天
下大亂，處處軍閥割據，漢廷已名存實亡。在如此長期的大動亂中，
人民生命如草芥，屍骨遍野，天災人禍，交相頻仍，由以下史書記載
可見一斑：

△　（靈帝建寧）三年春正月，河內人婦食夫，河南人夫
　　食婦。（《後漢書》卷八〈孝靈帝紀〉）〔註37〕

△　袁紹之在河北，軍人仰食桑椹。袁術在江、淮，取給
　　蒲蠃。民人相食，州里蕭條。（《三國志·魏書》卷一〈武
　　帝紀〉）〔註38〕

〔註33〕〔宋〕司馬光編著，〔元〕胡三省音註：〈漢紀〉，《資治通鑑》（北
　　　　京：古籍出版社，1956 年），卷59，頁1912。
〔註34〕〔南朝·宋〕范曄：〈董卓列傳〉第62，《後漢書》（臺北：鼎文書局，
　　　　1981 年），卷72，頁2336。
〔註35〕〔晉〕陳壽撰，〔宋〕裴松之注，盧弼集解：〈董卓〉，《魏書》，卷6，
　　　　頁22b，《三國志集解》，頁216。
〔註36〕同上註，〈李傕郭汜〉，《魏書》，卷6，頁25a～25b，《三國志集解》，
　　　　頁218。
〔註37〕〔南朝·宋〕范曄：〈孝靈帝紀〉第8，《後漢書》（臺北：鼎文書局，
　　　　1981 年），卷8，頁331。
〔註38〕〔晉〕陳壽撰，〔宋〕斐松之注，盧弼集解：〈武紀建安二年〉，《魏
　　　　書》，卷1，頁37a，《三國志集解》，頁38。

△　自京師遭董卓之亂，人民流移東出，多依彭城間。遇
　　太祖至，坑殺男女數萬口於泗水，水為不流。陶謙帥
　　其眾軍武原，太祖不得進。引軍從泗南攻取慮，睢陵、
　　夏丘諸縣，皆屠之；雞犬亦盡，墟邑無復行人。〔註39〕

△　是時，宮室燒盡，百官披荊棘，依牆壁間。州郡各擁
　　彊兵，而委輸不至，群僚飢乏，尚書郎以下自出採稆，
　　或飢死牆壁間，或為兵士所殺。〔註40〕

這是戰爭人禍所帶來的悲慘景象〔註41〕在東漢末年，江淮間即吟唱出
反映現況的童謠：「大兵如市，人死如林，持金易粟，粟貴於金。」
（〈漢末江淮間童謠〉）〔註42〕

　　除了人禍以外，天災更毫不留情地肆虐於中土。西漢之時，天災
尚少，降至東漢，水旱蝗災幾乎連年不斷。東漢一百九十五年中，有
災之年一百一十九，無災之年僅七十六〔註43〕。其中災象表現嚴重
者，可由下列史書所載得知：

△　明帝時，王望為青州刺史，……是時州郡災旱，……
　　望行部，道見飢者，裸行草食，五百餘人。（《後漢書‧
　　劉趙淳于江劉周趙列傳》）〔註44〕

△　安帝永初三年，天下水旱，人民相食…。〔註45〕

△　（桓帝建和元年）二月，荊揚二州人多餓死。（《後漢書‧

〔註39〕同上註，〈荀彧〉，《魏書》，卷10，頁7a，《三國志集解》，頁326。
〔註40〕〔南朝‧宋〕范曄：〈孝獻帝紀〉第9，《後漢書》，卷9，頁379。
〔註41〕詳見李劍農：《先秦兩漢經濟史稿》（臺北：華世出版社，1981年），
　　　頁173。
〔註42〕逯欽立輯校：《漢詩》，卷8，《先秦漢魏晉南北朝詩》，頁227。
〔註43〕《述異記》中記載東漢末年饑荒之情形。尚有洛中童謠云：「雖有千
　　　黃金，無如我斗粟，斗粟自可飽，千金何所直？」戰爭帶來了農村
　　　殘破，生產力停頓。加之天災殘害，人民皆飽受饑饉之苦，一粟難
　　　求。參見〔梁〕任昉撰：《述異記》，卷下，頁19。收入〔唐〕鍾輅
　　　纂：《前定錄》（上冊）（北京：中華書局，1991年）。
〔註44〕〔南朝‧宋〕范曄：〈劉趙淳于江劉周趙列傳〉第29，《後漢書》，卷
　　　39，頁1297。
〔註45〕〔唐〕房玄齡等：〈食貨志〉第16，《晉書》（臺北：鼎文書局，1980
　　　年），卷26，頁781。

桓帝紀》）〔註46〕

△　桓帝永興元年，郡國少半遭蝗，河泛數千里，流人十
餘萬戶，所在廩給。〔註47〕

漢末天災現象已頗嚴重，其後曹魏之時，從獻帝建安元年（196）起，
至魏常道鄉公景元四年（263）阮籍卒，其間災變頻繁，更甚前代，
表記如下：

發生年代	西元	災　情	備　註
（獻帝） 建安二年	197	△夏五月‧蝗。	後漢書獻帝紀
		△秋九月，漢水溢，是歲饑江淮間民相食。	
建安十二年	207	△秋七月，大水，傍海道不通。	三國志魏志武帝紀
建安十三年	208	△大疫，吏士多死者。	三國志魏志武帝紀
建安十四年	209	△冬十月，荊州地震。	後漢書獻帝紀
建安十七年	212	△秋七月，洧水、穎水溢。	後漢書獻帝紀
		△螟。	
建安十八年	213	△夏五月，大雨水。	後漢書獻帝紀
		△六月，大水。	後漢書五行志
		△七月，大水，上親避正殿。	後漢書五行志注引
		△八月，以雨不止，且還殿。	獻帝起居注
建安十九年	214	△夏四月，旱。	後漢書獻帝紀
		△五月，雨水	後漢書獻帝紀
建安廿二年	217	△是歲大疫。	後漢書獻帝紀
		△陳思王常說疫氣云：「家家有殭屍之痛，室室有號泣之哀，或闔門而殪，或族而喪者。」	後漢書五行志注引
建安廿四年	219	△八月，漢水溢，流害人民。	後漢書五行志

〔註46〕〔南朝‧宋〕范曄：〈孝桓帝紀〉第7，《後漢書》，卷7，頁289。
〔註47〕〔唐〕房玄齡等撰：〈食貨志〉第17，《晉書》，卷26，頁781。

發 生 年 代	西元	災 情	備 註
（魏文帝） 黃初三年	222	△七月，冀州大蝗，人饑。	晉書五行志
黃初四年	223	△三月，宛許大疫，死者萬數。	宋書五行志
		△六月，大雨霖，伊洛溢，至津陽城門，漂數千家，殺人。	宋書五行志
		△六月，大雨，伊洛溢，殺人民，壞廬宅。	三國志魏志文紀
		△六月廿四辛巳，大出水，舉高四丈五尺。	三國志魏志文紀注引趙一清
黃初六年	225	△是歲大寒，水道冰。	三國志魏志文紀
（明　帝）			
太和元年	227	△秋，數大雨，多暴卒，雷電非常，至殺鳥雀。	晉書五行志
太和二年	228	△五月，大旱。	晉書五行志
太和四年	230	△八月，大雨霖卅餘日，伊洛河漢皆溢，歲以凶饑。	晉書五行志
		△九月，大雨，伊洛河漢水溢。	三國志魏志明帝紀
青龍二年	234	△十一月，京都地震，從東南來，隱隱有聲，搖動屋瓦。	三國志魏志明帝紀
青龍三年	235	△三月，京都大疫。	三國志魏志明帝紀
景初元年	237	△六月戊申，京都地震。	三國志魏志明帝紀
		△秋七月，連雨十日，遼水漲。	三國志魏志明帝紀
		△九月，淫雨，冀兗徐豫四州水出，沒溺殺人，漂失財產。	晉書五行志
（齊王芳）			
正始元年	240	△商風大起數十日，發屋拔樹，動太極東閣	三國志魏志三少帝紀集解引魏略
		△二月，自去冬至此月，不雨。	文獻通考卷三百四
正始二年	241	△冬十二月，南安郡地震。	三國志魏志三少帝紀

發生年代	西元	災　　情	備　　註
正始三年	242	△秋七月甲申，南安郡地震。	三國志魏志三少帝紀
		△冬十二月，魏郡地震。	
正始六年	245	△春二月丁卯，南安郡地震。	三國志魏志三少帝紀
正始九年	248	△冬十二月，大風，發屋折樹。	三國志魏志三少帝紀
		△十二月戊午晦，尤甚，動太極東閣。	晉書五行志
嘉平元年	249	△正月壬辰朔，西北大風，發屋折樹木，昏塵蔽天。	晉書五行志
（高貴鄉公髦）			
正元二年	255	△正月戊戌，大風，行者皆頓伏。	晉書五行志
甘露三年	258	△正月，自去秋至此月，旱。	晉書五行志

　　在短短的六十八年中，天災年數竟達百分之二十六，尤以建安、黃初、太和為甚。其中在建安十二至十四年，十七至十九年間，蟲災、水旱比年迭至。如此兵荒馬亂、困頓顛沛之秋，又苦遭水火災變，生民死於戰亂饑饉之多，真是怵目驚心，慘不忍睹。

　　由於天災不斷，戰禍連連，造成了大量人口的死亡。原在漢桓帝永壽三年時代的人口是五千六百多萬，到晉武帝太康元年時，已減至一千六百多萬〔註48〕。人口銳減的速度，十分驚人，無怪乎《三國志·蔣濟傳》云：

　　　陛下方當恢崇前緒，光濟遺業，誠未得高枕而治也。今雖

〔註48〕據《通典·食貨典》記載，西漢末年平帝元始二年（西元2年），全國有人口五千九百五十九萬四千九百七十八人。〔唐〕杜佑：《通典·食貨典》，卷7，頁3b〜4a，收入《景印文淵閣四庫全書》（臺北：臺灣商務印書館，1983年），史部第603冊，頁71。又據《後漢書·郡國志》記載，東漢桓帝永壽二年（西元156年），全國有人口五千六百四十八萬六千六百五十六人。三國時期，由於戰亂，人口銳減，據統計，當時魏國人口為四百四十三萬二千八百八十一人。蜀國為九十四萬人。吳國為二百三十萬人。〔南朝·宋〕范曄撰：《後漢書》。

有十二州，至於民數，不過漢時一大郡。〔註49〕

至於文人作家的作品中，亦記載了漢魏之際動盪的社會現況。如曹丕之《典論》自序云：

> 初平之元，董卓殺主鴆后，蕩覆王室，是時四海既困中平之政，兼惡卓之凶逆，家家思亂，人人自危。山東牧守，咸以春秋之義，衛人討州吁于濮，言人人皆得討賊。于是大興義兵，名豪大俠，富室強族，飄揚雲會，萬里相赴。克豫之師，戰于榮陽；河內之甲，軍于孟津。卓遂遷大駕，西都長安。而山東大者連郡國，中者嬰城邑，小者聚阡陌，以還相吞滅。會黃巾盛于海嶽，山寇暴于并冀，乘勝轉攻，席卷而南。鄉邑望煙而奔，城郭觀塵而潰，百姓死亡，暴骨如莽。〔註50〕

這是當時曹丕所親聞的目睹的真實記錄。面對這樣動亂的時代，生命隨時都有被鬼佰召喚的可能，死亡的陰影更是如影隨形。漢末樂府〈怨詩行〉中「天道悠且長，人命一何促，百年未幾時，奄若風吹燭」的〔註51〕哀怨，正是掙扎於亂世所有人的共同心靈寫照！

自漢末黃亂的前後起，整個社會日漸動盪，接著便是戰禍不已，疾疫流行，天災肆虐，死亡枕藉，連大批的上層貴族也在所不免。「徐陳應劉，一時俱逝」〔註52〕榮華富貴，在頃刻間喪落。現實生活是如

〔註49〕〔晉〕陳壽撰，〔宋〕裴松之注，盧弼集解：〈蔣濟〉，《魏書》，卷14，頁36b，《三國志集解》，頁453。《集解》云：「潘眉曰：考魏據中原戶六十六萬三千四百二十三，口四百四十三萬二千八百八十一耳。漢時郡國志所載，如汝南戶四十萬四千四百四十八。口二百一十萬七千八百八十八。南陽戶五十二萬八千五百五十一。口二百四十三萬九千六百一十八。豫章戶四十萬六千四百九十六。口百六十六萬八千九百六。漢時一大郡，戶至四五十餘萬，今以全魏十二州戶僅六十六萬，故曰不過漢時一大郡。」

〔註50〕〔清〕嚴可均輯校：《全三國文》，卷8，頁7b，《全上古三代秦漢三國六朝文》第2冊，頁1096。

〔註51〕逯欽立輯校：《先秦漢魏晉南北朝詩》，頁275。

〔註52〕見曹丕《又與吳質書》：「昔年疾疫，親故多離其災，徐陳應劉，一時俱逝，痛可言邪？」收於〔梁〕蕭統編，〔唐〕李善注：〈與吳質書〉，《文選》（臺北：華正書局，1982年），卷42，頁9a，頁591。

此的悲苦，生命宛如朝露，身家毫無保障，命運難以捉摸。詩人的心靈在兵荒馬亂間經歷了生離死別的慘痛，也跟隨著帝國的命運向下沈墜，他們認清了人生充滿著痛苦，悲傷事實，對於世間的一切感到飄忽無憑、茫然不安。他們不是戰禍的直接參予者，就是這巨大變亂的目擊者，對於慘烈的社會現況有著切身的感受。發之於詩篇，頗多訴「怨」之作。劉勰《文心雕龍・時序篇》論曰：

> 觀其時文，雅好慷慨，良由世積亂離，風衰俗怨，並志深而筆長，故梗概而多氣也。〔註53〕

由於「世積亂離」、「風衰俗怨」的刺激，不僅使建安文學充滿了慷慨悲涼的音調，更使漢魏時期出現了大量傾吐生命短促、人生坎坷；歡樂少有而悲哀長多的怨詩。廖蔚卿先生於〈漢代民歌的藝術分析〉一文中指出：

> 詩歌固然能傳播人際親愛喜悅之情，然而人生之不幸：窮賤、幽居、飢寒、勞困等等卻常須由我承負。所以訴「怨」告哀的心理行為是被重視的。〔註54〕

因此探討〈怨詩〉之作，必先知其人生不幸之所痛，而此人生遭遇又實與客觀的社會現況有密不可分的關係。

第三節　詩騷怨刺的承繼與詩人之怨

　　一代有一代之文學，更迭而相乘。兩漢曹魏之詩，中國文學之發展，乃是由最早的詩三百篇，與屈原楚辭的基礎上，推衍發展而來。漢魏之際，大量出現以訴「怨」為主的詩篇，除了動亂時代的刺激之

此疾疫乃建安二十二年流行之大疫。曹植〈說疫氣〉：「家家有僵尸之痛，室室有號泣之哀。」時之人民，不是死於戰禍，就是死於饉荒，不然就在疾疫災病中身亡。見趙幼文校注：《曹植集校注》（臺北：明文書局，1985年），卷1，頁177。

〔註53〕〔梁〕劉勰，周振甫注：〈時序〉第45，《文心雕龍譯注》（臺北：里仁書局，1984年），頁815。

〔註54〕參見廖蔚卿：〈漢代民歌的藝術分析〉，《文學評論》（第6集）（臺北：書評書目出版社，1980年），頁38。

外，亦受到《詩經》與《楚辭》的文學傳統的影響。

先從《詩經》的影響說起。

關於詩歌的傳統觀念，主要的是言志說。此說最早見於《尚書・舜典》記舜命夔典樂的話：

> 詩言志，歌永言，聲依永，律和聲，八音克諧，無相奪倫，
> 神人以和。〔註55〕

其次見於《左傳》襄公廿七年〔註56〕。東周典籍又有許多意思相類的陳述，可看出當時人對詩的共同認識。這種認識亦分別見於社會文化的各個層面。如堯舜以至西周，詩樂列為政教掌理的部門，注重其宣導情志，進而培養德性的功能。孔子承襲了傳統賦詩言志的看法，進而論及詩的作用之分析，提出所謂「興」、「觀」、「群」、「怨」的看法。此說見於《論語・陽貨篇》：

> 小子何莫學夫詩？詩可以興，可以觀，可以群，可以怨。
> 適之事父，遠之事君，多識於鳥獸草木之名。〔註57〕

所謂「怨」，孔安國注：「怨，刺上政也」；朱熹注：「怨而不怒」。朱注只說明了「怨」應有節制，並未說明「可以怨」的含義；而孔注說明了「怨」的含意，但卻偏向於時代與政治的背景，並不十分完全。在李澤厚的《中國美學史》中，將孔子所謂的「可以怨」，就《論語》中孔子的言行析分成三種〔註58〕，茲節錄於左：

> 第一種是對違反仁道者的「怨」。孔子說：「匿怨而友其人，

〔註55〕〔漢〕孔安國傳，〔唐〕孔穎達疏：〈舜典〉，《虞書》，《尚書正義》，
卷3，頁26a，《十三經注疏》（臺北：藝文印書館，1982年），頁46。

〔註56〕《左傳》襄公廿七年，記載趙孟謂七子賦詩，其後文子告訴叔向的
話，有「詩以言志」一語。〔周〕左丘明傳，〔晉〕杜預注，〔唐〕
孔穎達疏：〈春秋疏〉，《春秋左傳正義》，卷38，頁12b，《十三經注
疏》（臺北：藝文印書館，1982年），頁647。這裡賦誦的「詩」，是
《詩經》的詩。

〔註57〕〔魏〕何晏注，〔宋〕邢昺疏：〈陽貨〉，《論語注疏》，卷17，頁5a，
《十三經注疏》（臺北：藝文印書館，1982年），頁156。

〔註58〕李澤厚，劉綱紀：《中國美學史》（臺北：里仁書局，1986年），頁
137。

左丘明恥之，丘亦恥之。」〈公冶長篇〉；……孔子主張「以直報怨」〈憲問篇〉。……第二種是對不良政治的「怨」。孔子說過：「擇其可勞而勞之，又誰怨？」〈堯曰篇〉。……第三種情況是「君子」在仁道無由得行，遭到挫折和打擊時，也可以「怨」。孔子在《論語》中即有不少這一類的怨恨之言。如孔子的得意學生顏淵死後，孔子說：「噫！天喪予！天喪予！」〈先進篇〉表現了極大的悲痛和怨恨。

由李氏的分析可知，孔子肯定了在「仁」的前提之下，人情感表現的正當性與合理性。並且認爲詩是表達人的情感的一種重要手段。

孔子提出「詩可以怨」，其「怨」不僅包涵了孔安國所謂的「刺上政」，對政治的怨刺批判功能而已，清代黃宗羲指出：「怨亦不必專指上政」〔註59〕，同樣地在社會生活各方面，除了君臣關係以外的父子、兄弟、夫婦、朋友等關係，當人們的感情要求無法付諸實現，或甚至遭到壓抑、否定、不合理的對待時，「怨」便是合情合理的。於是透過詩歌來表達出詩人的「怨」也是合理的。孔子刪詩書、定禮樂，對於《詩經》他的看法是：「一言以蔽之，曰：思無邪。」在《詩經》即保有不少男女怨慕的詩篇。可見孔子所說的「怨」，其範圍是廣泛的，其中已包涵了男女愛情的種種憂傷，追求和感歎。孔子提出「詩可以怨」的原則，肯定了詩歌能夠而且應該表現各種人生的不滿與牢騷情緒。

與「可以怨」有密切關連的是「可以觀」，鄭玄注爲「觀風俗之盛衰」因爲社會風俗的盛衰，與人們的情感心理狀態密切相關，而詩歌正可以反映出一定社會時代裡人們的精神心理狀態，《樂記》中所謂：

治世之音安以樂，其政和；亂世之音怨以怒，其政乖；亡國之音哀以思，其民困。聲音之道，與政通也。〔註60〕

〔註59〕〔清〕黃宗羲：〈汪扶晨詩序〉，收入《黃宗羲全集》（第10冊）（杭州：浙江古籍出版社，2005年），頁87。

〔註60〕〔漢〕鄭玄注，〔唐〕孔穎達注：〈樂記〉，《禮記注疏》，卷37，頁4b，《十三經注疏》（臺北：藝文印書館，1982年），頁663。

這種說法，就是對孔子以樂「觀風俗之盛衰」，以詩「怨刺上政」的思想更為具體的發揮。漢代與《樂記》同樣重視詩歌與政治、倫理、社會間密切關係，並延伸這種觀點的是〈詩大序〉：

> 情發於聲，聲成文謂之音。治世之音安以樂，其政和；亂世之音怨以怒，其政乖；亡國之音哀以思，其民困。故正得失、動天地、感鬼神，莫近於詩。先王是以經夫婦、成孝敬、厚人倫、美教化、移風俗。……上以風化下、下以風刺上。主文而譎諫，言之者無罪，聞之者足以戒。……至于王道衰、禮義廢、政教失、國異政、家殊俗，而變風變雅作矣。國史明乎得失之迹，傷人倫之廢，哀刑政之苛，吟詠情性以風其上，達於事變而懷其舊俗者也。故變風發乎情、止乎禮義。發乎情，民之性也；止乎禮義，先王之澤也。〔註61〕。

由此可見，〈詩大序〉將「飢者歌食，勞者歌事」及「告哀」、「歌憂」〔註62〕的緣由，置於政治社會生活的良窳之下，詩歌即是現實生活及環境的反映。因此詩歌的抒發，也必然具備了美刺的作用及目的。這種承自孔子及漢儒詩說，重視詩歌怨刺的文學精神，自然給予漢魏詩壇深遠的影響。漢魏〈怨詩〉之作，即是由於個人的願望不能與現實的政治社會乃至家庭相符合，而發出的怨聲。它們的性格接近於〈詩大序〉所謂的「變風變雅」之作。例如內容以「哀怨」為主的《古詩十九首》〔註63〕，即承自《國風·小雅》的精神，故清代王評曰：「興、

〔註61〕〔漢〕毛亨傳，鄭玄箋，〔唐〕孔穎達疏：〈周南·關雎〉，《毛詩注疏》，1之1，頁6a～14a，《十三經注疏》（臺北：藝文印書館，1982年），頁13～17。

〔註62〕詩三百中，作者的自白：「心之憂矣，我歌且謠。」（《魏風·園有桃》），「君子作歌，惟以告哀」（《小雅·四月》），《韓詩外傳》則有：「饑者歌食，勞者歌事。」之說。

〔註63〕鍾嶸《詩品》，卷上，評《古詩》即言：「其體源出於國風。陸機所擬十四首，文溫以麗，意悲而遠，驚心動魄，可謂幾乎一字千金。其外〈去者日以疏〉，四十五首，雖多哀怨，頗為總雜，舊疑是建安中曹王所製。」〔梁〕鍾嶸著，汪中選注：《詩品注》（臺北：正中書局，1985年），卷上，頁51。

觀、群、怨，詩盡於是矣。……〈詩〉三百篇而下，惟〈十九首〉能然。」〔註64〕；又如漢代班婕妤的〈怨詩〉之作，朱止谿評曰：「怨歌行歌紈扇怨，小雅也」〔註65〕，這些學者都注意到漢代怨詩與詩經怨刺傳統的關係。

其次就《楚辭》的「怨」來探討。

司馬遷言：「屈平之作《離騷》，蓋自怨生也。」〔註66〕怨，不但是《離騷》產生的原因，也是《離騷》思想內容上突出的特點。離騷的「怨」傳統，是承襲自《詩經》的變風、變雅而來的。淮南王《離騷傳序》言：

> 《國風》好色而不淫，《小雅》怨誹而不亂，若《離騷》者，
> 可謂兼之矣。……推此志，雖與日月爭光可也。〔註67〕

對《離騷》可謂推崇備至。後世詩評家亦皆看出《離騷》所具有的「怨」的傳統精神，例如：

> 胡寅說：「《離騷》者，變風變雅之怨而迫；哀而傷者也。」
>
> 〔註68〕

〔註64〕〔清〕王夫之著，舒蕪校點：《薑齋詩話》（北京：人民文學出版社，1998年），頁145～146。

〔註65〕本詩文選作〈怨歌行〉。朱語見黃節之《漢魏樂府風箋》，卷5收錄。黃節：《漢魏樂府風箋》（臺北：臺灣學生書局，1971年），卷5，頁54。

〔註66〕〔漢〕司馬遷撰，〔日〕瀧川龜太郎考證：〈屈原賈生列傳〉第24，頁4，《史記會注考證》（臺北：洪氏出版社，1981年），卷84，頁1010。司馬遷有「發憤著書」之說：「昔西伯拘羑里，演《周易》；孔子厄陳蔡，作《春秋》；屈原放逐，著《離騷》；左丘失明，厥有《國語》；孫子臏腳，而論《兵法》；不韋遷蜀，世傳《呂覽》；韓非囚秦，〈說難〉、〈孤憤〉；《詩》三百篇，大抵聖賢發憤之所為作也。此人皆意有所鬱結，不得通其道也，故述往事，思來者。」（〈太史公自序〉）其所謂「意有所鬱結，不得通其道也」，是一種積極的情緒，即「發憤」。在此觀念下，司馬遷肯定了屈原《離騷》之作，抒「怨」的合理性與必要性。對於漢魏怨詩作者，也有精神上的啟迪作用。

〔註67〕〔宋〕洪興祖補注：《楚辭補注》（臺北：長安出版社，1991年），頁1。

〔註68〕〔宋〕胡寅：〈酒邊詞原序〉，《酒邊詞》，收入《景印文淵閣四庫全

袁宏道説：「《騷》之不襲《雅》也，《雅》之體窮於怨，不
《騷》不足以寄也。」〔註69〕

李維楨指出：「《騷》出於《詩》，而怨於《詩》。以一人之
手，創千古之業。」〔註70〕

黃宗羲也説：「悽戾爲騷之苗裔者，可以怨也。」〔註71〕

他們都看到了《離騷》繼承「詩可以怨」的特點；並進一步地指出《騷》
之怨，比詩之怨表現更爲深刻，是悽戾之祖。梁裴子野就認爲：「若
悱惻芳芬，楚《騷》爲之祖。」〔註72〕。所謂悱惻，就是一種悲痛憐
憫的怨氣，楚《騷》即是這股怨氣之祖。李白也認爲：「哀怨起騷人。」
〔註73〕總之這種承自風雅的「怨」，經過屈原的創作後，有了更大的
發揚。進而影響到漢魏詩壇。

《楚辭》對於漢代文學產生了鉅大的影響，劉勰所謂：「爰自漢
室，迄至成哀，雖世漸百齡，辭人九變，而大抵所歸，祖述《楚辭》，
靈均餘影，於是乎在。」〔註74〕《楚辭》的影響可分精神和形式兩方
面，而精神層面的影響可分精神和形式兩方面，而精神層面的影響特
別值得重視。其原因之一即是漢朝文化其實就是楚國文化的移植，漢
文化就是楚文化〔註75〕；因此以高祖劉邦爲首的政治集團，特別喜好

書》第 1487 冊（臺北：臺灣商務印書館，1983 年），頁 524。

〔註69〕參閱〔明〕袁宏道：〈靈濤閣集序〉，《袁中郎全集》（下）（臺北：清
流出版社，1976 年），頁 4。

〔註70〕見朱熹：《楚辭集注・李維楨序》。

〔註71〕〔清〕黃宗羲：〈汪扶晨詩序〉，收入《黃宗羲全集》（第 10 冊）（杭
州：浙江古籍出版社，2005 年），頁 87。

〔註72〕見〔清〕嚴可均輯校：《全梁文》，卷 53，頁 16a，《全上古三代秦漢
三國六朝文》第 4 冊，頁 3262。

〔註73〕見李白〈古風〉。參見瞿蛻園等校注：〈古詩〉，《李白集校注》（臺北：
里仁書局，1981 年），卷 2，頁 91。

〔註74〕〔南朝・梁〕劉勰著，周振甫等注：〈時序〉第 45，《文心雕龍注釋》
（臺北：里仁書局，1984 年），頁 814。

〔註75〕李長之認爲「漢的文化並不接自周、秦，而是接自楚，還有齊。原
來就政治上說，打倒暴秦的是漢；但就文化上說，得到勝利的乃是
楚。」詳見該書第 1 章，頁 2。參看李長之：《司馬遷之人格與風格》

「楚聲」而加以提倡。另一方面則是因為當時的知識份子，以屈原的「信而見疑，忠而被謗，能無怨乎」的內心「怨」憤，象徵著他們自身的「怨」。於是《楚辭》一系的反覆怨歎，也正抒吐兩漢士人鬱勃悲憤的感情。

　　兩漢如此，除曹魏之世，由於「世積亂離，風衰俗怨」，在大時代環境的刺激下，更使得詩歌在內外因緣的推動下，大量出現以訴怨為主的詩篇。鍾嶸《詩品》評詩即特別強調這一時代「怨」的特色，並歸納其源出於《楚辭》：

　　△　漢都尉李陵詩：其源出於《楚辭》，文多悽愴，怨者之流。〔註76〕

　　△　漢婕妤班姬詩：其源出於李陵，團扇短章，辭旨清捷，怨深文綺，得匹婦之致。〔註77〕

　　△　魏侍中王粲詩：其源出於李陵，發愀愴之詞，文秀而質羸。〔註78〕

可見漢魏怨詩之作，其精神又與楚騷有極密切的關係。

　　《詩經》和《楚辭》是中國文學始源的兩大瓌寶，展現了兩種文學精神。《詩經》乃是歌詠農業社會日常生活中的喜怒哀樂，經漢儒衍申後，著重於對現實政治、社會、倫理的反省與美刺，其所強調的「怨」，在漢代說詩的觀念中，具有「刺」的作用，以〈詩大序〉的理論為代表；而《楚辭》則是抱著關懷社會的人文精神，激切地詠歎士人理想受挫、生不逢時的悲哀，著重在個人失志不遇的怨憤，以王逸〈章句序〉為代表。前者反映個人對生活及環境的怨刺；後者的「遭憂作辭」〔註79〕，則開啟了個人性的抒志怨歎之風。

　　漢魏怨詩的作者，即在這兩大精神的孕育薰染下，又得自司馬遷

（臺北：育幼圖書有限公司，1983年），頁2〜5。

〔註76〕〔梁〕鍾嶸著，汪中選注：《詩品注》，卷上，頁67。

〔註77〕同上註，頁71。

〔註78〕同上註，頁84。

〔註79〕〔清〕嚴可均輯校：《全後漢文》，卷25，頁8a，《全上古三代秦漢三國之朝文》第1冊，頁611。

「發憤著書」說的啓發〔註80〕，再結合大時代動亂之憂，吟唱出千古的悲怨詩情。清代方東樹曰：「愚謂《騷》與《小雅》，特文體不同耳。其憫時病俗，傷憂之情，豈有二哉！」〔註81〕實爲最佳之詮釋！〔註82〕

第四節　儒道思想的興衰與憂生之怨

學術思想左右文學創作，可以由文學史中取得佐證，梁裴子野力主「吟詠情性」與「擯落六藝」互爲因果，其《雕蟲論》云：

> 古者四始六藝，總而爲詩，既形四方之氣，且彰君子之志，勸美懲惡，王化本焉。後之作者，思存枝葉，繁華蘊藻，用以自通，若悱惻芳芬，楚騷爲之祖，靡漫容與，相如和其音。……其五言爲家，則蘇、李自出，曹、劉偉其風力，潘、陸固其枝葉。爰及江左，稱彼顏謝，箴繡鞶帨，無取廟堂。宋初迄于元嘉，多爲經史，大明之代，實好斯文，高才逸韻，頗謝前哲，波流相尚，滋有篤焉。自是閭閻年少，貴游總角，囯不擯落六藝，吟詠情性。」〔註83〕

〔註80〕《中國美學史》一第2編第4章〈司馬遷的美學思想〉中論道：「（司馬遷）充分地肯定了遭到各種打擊迫害的志士仁人們對不公正的待遇和邪惡勢力所產生的強烈的怨恨、不滿是完全合理的、應該的。因而表現這種強烈怨恨、不滿的文學作品，也就是應當加以充分肯定的。」此種思想對漢魏怨詩之作，有極大的影響。參見李澤厚，劉網紀主編：《中國美學史》一（臺北：里仁書局，1986年），頁544。

〔註81〕見〔清〕方東樹：《昭昧詹言》（臺北：廣文書局，1962年），卷3，頁2。

〔註82〕葉嘉瑩於〈鍾嶸《詩品》評詩之理論標準及其實踐〉一文中論道：「《詩經》與《楚辭》雖然就內容本質言，都不外乎『感蕩心靈』的性情之作，可是《詩經》之風格較爲純樸，《楚辭》之風格較爲綺豔，《詩經》之抒情較爲蘊藉，《楚辭》之抒情較爲激揚，這應該是這兩大源流的主要不同之點。」乃是就其抒情的風格劃分其異，但仍以爲兩者皆爲『感蕩心靈』的性情之作。收於柯慶明、林明德主編：《中國古典文學研究叢刊——散文與論評之部》（臺北：巨流圖書公司，1986年），頁221。

〔註83〕參見〔清〕嚴可均輯校：《全梁文》，卷53，頁16a，《全上古三代秦漢三國六朝文》第4冊，頁3262。

裴氏所言，東漢已見端倪。劉大杰云：「每當儒學的理論在當代成爲威權的時候，文學的活動必受其指導與限制。明瞭了這一點，便可知道魏晉儒學的衰微與文學自由發展的關係了。」〔註84〕由此可知，由於儒家學說的日漸式微，相對地老莊思想的復活，才促使漢魏之際，變成有利於個人主義的浪漫文學發展的環境。於是重視個人生命意義而抒情怨歎的怨詩之作，始能適時而生。茲就儒道思想於漢魏之世的興衰之跡分述於後。

儒家學說，自漢武帝獨崇，定於一尊後，儒生的說經，大多雜摻讖諱，資質失眞，故當代儒家實際上已染上了濃厚的方士氣味，當時儒者如董仲舒、韓嬰、匡衡、翼奉、劉向、京房之流，無不染上如此成分。翼奉曾云：

> 易有陰陽，詩有五際，春秋有災異，皆列終始，推得失，
> 考天心，以言王道之危安。〔註85〕

連《詩經》都加以迷信化、神秘化，其他經典，自不待言。至東漢讖諱之說仍盛行不衰，自明帝以下，無不信讖，於是儒者翕然從風。如西京經師之講陰陽災異，此亦由於利祿所趨有關，《後漢書》卷五九〈張衡列傳〉引衡上疏云：

> 立言於前，有徵於後，故智者貴焉，謂之讖書。讖書始出，
> 蓋知之者寡。……成、哀之後，乃始聞之。……殆必虛僞
> 之徒，以要世取資。〔註86〕

其風尙日漸衰敗，除了講陰陽五行，讖緯符命之怪論外，經書之訓詁與注釋，爲利祿所誘，及家法門戶之所限，章句訓釋，也同樣支離破碎。《漢書》卷三六〈楚元王傳〉引劉歆〈移書讓太常博士〉即批評道：

〔註84〕 參見劉大杰：《中國文學發展史》（臺北：華正書局，1980 年），頁230。

〔註85〕 見中華書局編輯部：《魏晉思想論》（臺北：中華書局，1957 年），頁8。

〔註86〕 〔南朝・宋〕范曄：〈張衡列傳〉第 49，《後漢書》，卷 59，頁 1912。

往者綴學之士不思廢絕之闕，苟因陋就寡，分文析字，煩
言碎辭；學者罷老且不能究其一藝。信口說而背傳記，是
末師而非往古。〔註87〕

同書卷三十〈藝文志序〉亦云：

後世經傳既已乖離，博學者又不思多聞闕疑之義，而務碎
義逃難，便辭巧說，破壞形體；說五字之文，至於二三萬
言。後進彌以馳逐，故幼童而守一藝，白首而後能言；安
其所習，毀所不見，終以自蔽。〔註88〕

種種弊端，久而彌烈，至東漢末年，乃至於不可收拾的地步，有識之
士紛紛群起抨擊。如桓譚在《新論》內時露譏諷，揚雄在《法言》中
亦出：「今之學也，非獨為之華藻也，又從而繡其鞶帨」〔註89〕的憤
語。而王充也作《論衡》，其〈謝短〉、〈非韓〉、〈問孔〉諸篇，打破
時人尊古的觀念，並將之攻擊地體無完膚。

儒學之衰微，至此已表露無疑，故《魏志》卷十三〈王肅傳〉注
引《魏略》〈儒宗傳序〉曰：

從初平之元（漢獻帝年號），至建安之末，天下分崩，人懷
苟且，綱紀既衰，儒道尤甚。……正始中，有詔議圜丘，
普延學士，是時郎官及司徒領吏二萬餘人，雖復分布，見
在京師者，尚且萬人，而應書與議者，略無幾人，又是時
朝堂公卿以下四百餘人，其能操筆者未有十人，多皆相從
飽食而退。嗟夫，學業沉隕，乃至于此。〔註90〕

從初平到正始，不到六十年的時間，儒學之崩離墮落，一至於此，令
人慨歎。社會擾亂，固足以使風俗澆薄；儒教的廢弛，也足以使人心
蕩，而士風頹廢的原因，又與曹氏父子的惟才是用、不問德行鄙汙作

〔註87〕〔漢〕班固：〈楚元王傳〉第6，《漢書》，卷36，頁1970。

〔註88〕〔漢〕班固：〈藝文志〉第10，《漢書》，卷30，頁1723。

〔註89〕〔清〕汪榮寶撰：〈寡見〉，卷7，頁7，《法言義疏》（上）（臺北：
世界書局，1981年），頁336。

〔註90〕〔清〕嚴可均輯校：《全三國文》，卷43，頁5a～b，《全上古三代秦
漢六朝文》第2冊，頁1297。

風有關。傅玄〈舉清遠疏〉中云：

> 近者魏武好法術，而天下貴刑名；魏文慕通達，而天下賤
> 守節。〔註91〕

魏武好法術，重功求名，官人只問其才而不論其德，由其三令可知，例如〈舉賢勿拘品行令〉：

> 今天下得無有至德之人，放在民間，及果勇不顧，臨敵力
> 戰；若文俗之吏，高才異質，或堪爲將守；負污辱之名，
> 見笑之行，或不仁不孝，而有治國用兵之術，其各舉所知，
> 勿有所遺。〔註92〕

所謂上有所好，下必從之，魏武帝以相王之極，權傾天下，詔策如此，自然影響當時的世道人心，所以顧亭林說：

> 夫以經術之治，節義之防，光武明章數世爲之而未足，毀
> 方敗常之俗，孟德一人變之而有餘。〔註93〕

至於魏文帝慕通達、虛無放誕之論，於是朝野一片曠達之風。潮流所趨，儒學更加不復振興了。

儒學式微，代之而起的就是老莊思想。老莊哲學本是亂世的產物，既然社會混亂，人命如螻蟻，文人學士，胸中有難言之苦，乃思遁入老莊玄虛領域中，馳騁在飄渺空靈的理想世界裡。東漢以來動亂的時代背景，正好是道家哲學發展的溫床。再加上儒學的式微，於是更助長道家思想的發皇。

儒家至漢末，既已成窮極必變之勢，因此學者往往儒道兼綜，如揚雄之著《法言》，馬融之注《老子》，王充之論自然，張衡之賦《思玄》，莫非如此。建安初，劉表於荊州始立學宮，廣求儒士，使綦毋闓，宋忠等人撰五經章句，謂之後定。《蜀書・李譔傳》曰：

> 與同縣尹默俱游荊州，從司馬徽、宋忠等學，譔具傳其

〔註91〕〔唐〕房玄齡等撰：〈傅玄列傳〉，《晉書》，卷47，頁352。

〔註92〕〔清〕嚴可均輯校：《全三國文》，卷2，頁12a，《全上古三代秦漢三
國六朝文》第2冊，頁1065。

〔註93〕〔清〕顧炎武：〈兩漢風俗〉，《日知錄》（臺北：文史哲出版社，1979
年），卷17，頁377。

業。……著《古文易》、《尚書》、《毛詩》、《三禮》、《左氏
傳》、《太玄指歸》，皆依準賈馬，異於鄭玄。與王氏殊隔，
初不見其所述，而意歸多同。〔註94〕

此王氏乃指王肅。《魏志・王肅傳》言其「從忠讀《太玄》。」由此可
知，荊州之後定五經章句；頗重《太玄》。又《吳志・虞翻傳》言其
「爲《老子》、《論語》、《國語》訓注，皆傳於世。」〔註95〕當時孔、
老並稱，風氣可見一斑。

　　儒學式微，道家學說興起，給予文學的影響，可分爲兩方面來談：
道家哲學主張清靜無爲而順乎自然，所以文學觀也不以教化爲功。文
學觀念，因而明晰。於是東漢以來許多文人不再將文學視爲闡發經義
的工具，而用以多方面的反映現實生活和抒發個人胸中的喜悅與憤
怒。因此重視個人情志抒發的怨詩之作，始能爲文人大量創作，此爲
原因之一。另外，由於道家思想的興起，使漢末以來文人的思想漸趨
玄虛，如馬融、鄭玄、郭泰在思想上皆有此一傾向〔註96〕。而建安之
時「黃巾爲害，萍浮南北」〔註97〕。再與大時代下人生無定的憂慮相
結，玄虛消極的思想，由是產生。如仲長統在《樂志論》中云：

　　安神閨房，思老氏之玄虛；呼吸精和，求至人之彷彿。與
　　達者數子，論道講書，俯仰二儀，錯綜人物。〔註98〕

由於老莊玄虛之言日益興盛，漢末以來的文人也逐漸對於儒家一向避

─────────────────────

〔註94〕〔晉〕陳壽撰，〔宋〕裴松之注，盧弼集解：〈李譔〉，《蜀書》，卷
　　　　42，頁 12a～12b，《三國志集解》，頁 864。
〔註95〕同上註，〈虞翻〉，《吳志》，卷 57，頁 8a，《三國志集解》，頁 1081。
〔註96〕見《後漢書・馬融傳》：「融既飢困，乃悔而歎息，謂其友人曰：『古
　　　　人有言，左手據天下之圖，右手刎其喉，愚夫不爲。』所以然者，
　　　　生貴於天下也。今以曲俗咫尺之羞，滅無貲之軀，殆非老莊所謂也。」
　　　　故往應騭召。」〔南朝・宋〕范曄：〈馬融列傳〉第 50 上，《後漢書》，
　　　　卷 60 上，頁 1953。鄭玄事見《後漢書》本傳。郭太事見《後漢書》
　　　　本傳及《抱朴子・正郭篇》。
〔註97〕鄭玄〈戒子益恩書〉，收入〔清〕嚴可均輯校：《全後漢文》，卷 84，
　　　　頁 3a，《全上古三代秦漢三國六朝文》第 1 冊，頁 926。
〔註98〕〔清〕嚴可均輯校：〈仲長統〉，《全後漢文》，卷 89，頁 9b，《全上
　　　　古三代秦漢六朝文》第 1 冊，頁 956。

而不談的生死問題，抱持著懷疑的態度，進而引發了他們對於生命的深刻反省。如曹植之《髑髏說》〔註99〕即大談生死問題。表面上看來，文人們似乎已認清了人生如寄、死亡難免的事實；但在現實生活中，又有：「鬼伯一何相催促，人命不得少踟躕！」的怨歎。他們不能灑脫地面對鬼伯的到來，於是只帶給詩人更多的掙扎與苦痛。王瑤在《文人與藥》中論曰：

> 道家思想對於一般人的印象，只是這個問題的提出，而非問題的解決；在現實生活中，人們即使懂了，也很難把「生」認為是「附贅懸疣」，將「死」當作「決疪潰癰」的。由詩文史傳的記載中，他們倒是悅生惡死的；你說他「惑」也好，你說他「弱喪不知歸」也好，但實際上是不能那樣「達」的。所以老莊思想中的生死觀，和他們實際生活的感受連接起來，只給人們帶來了更多的生命的痛苦；他們知道死是不可避免的命運，而且認為「死」既是「決疪潰癰」，自然也是「生」的整個結束。死後身名皆空，形神俱滅，眼看著一天天地接近到生命的那一邊，怎麼能不衷心地感到痛苦和悲哀呢！〔註100〕

此論即精闢地道出當世文人的矛盾與苦悶。當世的文人將這種日漸普遍的情緒反映於文學創作中，於是不論是直抒胸臆的樂府或文人詩篇，皆傾洩詩人由懷疑而自覺，乃至激生怨恨的憂生情懷〔註101〕。於是在漢魏詩歌中抒發對於人生短暫、無常的怨恨，乃成為當世詩歌中主要的內容之一了。

劉師培論漢魏之際的文學變遷曰：

〔註99〕高明總編纂，林尹編：《兩漢三國文彙》（臺北：中華叢書編審委員會，1960年），頁110。

〔註100〕見王瑤：〈文人與藥〉，《中古文學史論》（臺北：長安出版社，1982年），頁7～8。

〔註101〕懷疑的精神與哀怨忿憤常常是相互連繫的，例如屈原《天問》之質疑，使其作品中充滿了怨悱之氣；而劉知幾作《史通》，其中有〈疑古〉、〈惑經〉篇，內容充滿極突出的懷疑精神，清浦起龍則以為此乃劉知幾「讀史寄憤，而懸為解」在懷疑中寄託著怨恨。

兩漢之世，戶習七經，雖及子家，必緣經術。魏武治國，
頗雜刑名，文體因之，漸趨清峻，一也；建武以還，士民
秉禮，迨及建安，漸尚通侻，侻則侈陳哀樂，通則漸藻玄
思，二也。……〔註102〕

所謂「通侻」、所謂「侈陳哀樂」，即是重視個人情感毫無顧忌的抒發，
盡情陳吐胸臆的喜樂與怨怒。這是在漢代頌功德、講名教的儒學思想
瓦解下所必然的趨勢。儒家學說的式微、道家思想的興起，帶來的是
——人的覺醒〔註103〕，也帶來了真正抒情、感性的「純」文藝的產
生，於是個人抒志怨歎的〈怨詩〉，就在這樣的因緣下，在漢魏詩壇
展現其豐富而多姿的情貌。

〔註102〕　見劉師培：〈論漢魏之際文學變遷〉，《中古文學史》（臺北：文海出
　　　　　版社，1972 年），頁 9。
〔註103〕　見李澤厚：〈魏晉風度〉，《美的歷程》（臺北：元山書局，1985 年），
　　　　　頁 87。

第三章　漢魏怨詩的抒情內容

第一節　詩可以怨：生命經驗與怨情書寫

　　鍾嶸《詩品》是六朝詩論的代表著作，主要探討漢魏至齊梁間詩歌之流別，其論詩的基本主張，可由〈詩品序〉中得知：

> 氣之動物，物之感人，故搖蕩性情，形諸舞詠。〔註1〕

鍾嶸以爲詩的本質，即是人生命的本質——性情。所謂「搖蕩性情」正是個人喜怒哀樂的心理反應現象〔註2〕。鍾嶸不但認爲詩歌是個人感的表現，更進一步發展孔子論詩的精神，強調「詩可以怨」的現實效用。孔子論詩「興觀群怨」主要從讀者立場來陳明，但鍾嶸的「詩可以怨」則不局限於讀者，也被用來指作者、詩人生命經驗的創作動力：

> 若乃春風春鳥，秋月秋蟬，夏雲暑雨，冬月祁寒，斯四時之感諸詩者也。嘉會寄詩以親，離群託詩以怨。至於楚臣去境，漢妾辭宮。或骨橫朔野，或魂逐飛蓬；或負戈外戍，殺氣雄邊，塞客衣單，孀閨淚盡。又士有解佩出朝，一去忘返。女有揚蛾入寵，再盼傾國。凡斯種種，感蕩心靈，

〔註1〕〔梁〕鍾嶸著，汪中選注：《詩品注》（臺北：正中書局，1985 年），頁 1。

〔註2〕廖蔚卿：《六朝文論》（臺北：聯經出版公司，1985 年），頁 212。

非陳詩何以展其義？非長歌何以騁其情？故曰：詩可以
群，可以怨，使窮賤易安，幽居靡悶，莫尚於詩矣。〔註3〕

其中除了「嘉會寄詩以親」、「女有揚蛾入寵」外，其餘皆可歸之於
「離群託詩以怨」的範圍。這些或生離，或死別之怨，足以「感蕩
心靈」；這種人世間的不諧之情，只有藉「陳詩」、「長歌」的方式以
「展義」、「騁情」。生命中深刻的生命經驗，藉由「詩」、「歌」的創
作被感知書寫，重新定位進而成為審美的對象。可見鍾嶸對「詩以
怨」之重視。

　　細析其「怨」的內容，「楚臣去境」乃男子懷才不遇之怨；「漢妾
辭宮」為女子情愛失寵之怨；而「塞客衣單，孀閨淚盡」為閨怨，可
歸入女子傷別失寵之怨。上述怨情有些或許是歷來才具之士所同悲，
但在漢魏之際特殊的政治、背景下所造成的怨情，卻顯得濃郁而強
烈。今考漢魏詩中，詩題為〈怨詩〉之作，其內容可大分為婦女之怨
──久待傷別與失寵怨棄，男子之怨──懷才不遇與傷時憂生，與全
人類的死生無常之怨，與鍾嶸所論頗多相合。然亦有雖怨而未以「怨」
名詩之篇，本章即以詩題為〈怨詩〉之篇為主，旁及其他發抒相同怨
情之詩，一併討論，以窺漢魏詩人的生命怨情。

第二節　女子之怨：久待傷別與失寵怨棄

　　愛情是文學創作的主要動力之一，也是原始民歌中的重要題材。
只因夫婦之道的建立，使人倫得有所繫。如《周易・序卦》云：

有天地，然後有萬物；有萬物，然後有男女；有男女，然
後有夫婦；有夫婦，然後有父子；有父子，然後有君臣；
有君臣，然後有上下；有上下，然後禮義有所錯。夫婦之
道，不可以不久也，故受之以恆。〔註4〕

〔註3〕〔梁〕鍾嶸著，汪中選注：《詩品注》，頁17。
〔註4〕〔魏〕王弼注，〔晉〕韓康伯注，〔唐〕孔穎達疏：《周易正義》，卷
　　　9，頁12b～13a，《十三經注疏》（臺北：藝文印書館，1982年），頁
　　　187～188。

人類社會秩序的建立，肇端於夫婦。故而男女情感關係的形成，早於生民之始便已具存。在先秦文學——《詩經》中，就有許多抒發男女之情的戀歌。如在十五〈國風〉中，有寫相愛的戀慕，如〈邶風〉中的〈靜女〉；也有寫情變和婚姻失敗的悽惻，如〈邶風〉中的〈柏舟〉、〈谷風〉；〈衛風〉中的〈氓〉等，即是棄婦的怨詩。也有寫兩地相思的愁情，如〈周南〉的〈漢廣〉、〈秦風〉之〈蒹葭〉等。題材豐富且情感多樣性，從懷春、邂逅、思慕、期會、誓願、新婚、恩愛、疑慮、離別，乃至遭棄的種種情態，多采多姿地表現於詩篇之中〔註5〕。朱介凡於《中國歌謠論》中，曾對中國情歌做內容的分析如下：

> 戀愛生活的過程：頌美、意想、抉擇、相思、追求、挑逗、
> 期待、目成、姻緣。
> 戀愛生活的情態：纏綿、迷戀、歡合、浪蕩、偷情、離別、
> 餽贈、逆變、棄負、疑嫉、拒卻、滯難。
> 戀愛生活的德性：教導、激勉、感念、誓願、犧牲、同心、
> 堅貞、永篤。
> 戀愛生活的心境：熱情、喜悅、忘形、憐愛、哀傷、恨怨、
> 寧靜。〔註6〕

在先秦時期，由於「愛情是比較自由，且婚姻的選擇亦有較多的自主力量」〔註7〕，因此，在《詩經》中的男女之愛，雖有遭棄情斷的悲怨，但也有懷春追求的喜悅，在其心境上的變化，正如朱氏所析，充滿多樣化地心情。

　　降至漢代，婚姻制度漸受儒家禮教觀的影響，限制日趨嚴厲，把女性束縛在狹小的處境中，再加上中國傳統社會中原有的重男輕女、

〔註5〕羅師宗濤：〈中國的愛情詩〉，《中國詩歌研究》（臺北：中央文物供應社，1985年），頁209。

〔註6〕朱介凡：《中國歌謠論》（臺北：臺灣中華書局，1974年），頁384～385。

〔註7〕周伯乃：〈中國古典文學中的情愛觀〉，《中國文學的探討》（臺北：中央文物供應社，1981年），頁146。

男尊女卑的觀念〔註8〕，這些不平等的思想，帶給古代女子浮萍般不定的生命里程。今考漢詩中主寫男女之情的詩篇，其中除了〈豔歌羅敷行〉表現妻子對丈夫之讚美；秦嘉〈述婚詩〉之頌美婚姻；及辛延年〈羽林郎〉寫女子貞節不畏強橫的美德外，其餘都傾吐詩人的悲哀與不幸〔註9〕。亦即漢詩中所表現的愛情是：和諧歡樂者少，而分離怨歎者居多。這種訴怨告哀之音，幾乎佔百分之九十以上，頗引人注意。到了曹魏，描寫棄妻之懷或寡婦之情者所流露出纏綿俳側的哀怨，更甚以往。由漢至魏，不論是民間歌謠或文人之作，詩中主角所吟唱出來的，盡是愛情幻滅的哀歌與傷別恨離的怨詩。

　　漢魏時期主寫男女愛情之詩篇，若依朱介凡先生所析分，大都可歸屬於「恨怨」一類。在漢魏「以夫爲天」的社會裡，女子的幸福就決定在一次的婚姻上；一旦遇人不淑，必然註定她此生的悲哀。故而女子的情緒，幾乎全隨其丈夫的動向愛憎而起落。若失寵愛弛，或久遊不歸，形同遺棄，哀怨亦由是而生。不論是文人代言以代吐哀感，或女子親訴怨情，詩人將其起伏波動之心情，一一轉化於文字，形成〈怨詩〉之作。

　　漢魏描寫愛情之怨，其逕以「怨」爲詩題者，計有王昭君之〈怨曠思惟歌〉（又作〈怨詩〉）；班婕妤之〈怨詩〉；竇玄妻之〈古怨歌〉；曹植之〈怨詩行〉四首。乃是直標「怨」爲題目之詩歌中，數量最多的一類。再翻檢今存漢魏詩篇，頗多與上述四首相同，整首詩皆主述怨情之作，雖未以「怨」名篇，實爲怨詩之作。析其表現主題可分爲二類，一爲久待傷別，一爲失寵怨棄，就今現存資料來看，屬於此二類的詩有：

〔註 8〕瞿同祖論道：「中國社會因一向以男性爲中心，有一支配一切男女關係的基本理論，那便是始終認爲女卑於男的主觀意識。」瞿同祖：《中國法律與中國社會》（臺北：里仁書局，1982 年），頁 79。

〔註 9〕漢魏主寫男女愛情之篇，依遼欽立輯校：《先秦漢魏晉南北朝詩》（臺北：木鐸出版社，1983 年）收錄，約近六十首之多。鮮有歡樂和諧之作。

甲、久待傷別

曹植——〈怨詩行〉

漢：司馬相如〈美人歌〉，徐淑〈答秦嘉詩〉，宋子侯〈董嬌饒詩〉、樂府古辭〈離歌〉、古詩〈行行重行行〉、〈青青河畔草〉、〈涉江采芙蓉〉、〈冉冉孤生竹〉、〈孟多寒氣至〉、〈客從遠方來〉、〈明月何皎皎〉、〈凜凜歲云暮〉、〈結髮為夫妻〉〔註10〕。

魏：徐幹〈情詩〉、〈室思詩〉六首、〈於清河見挽船士新婚與妻別〉；繁欽〈定情詩〉、曹丕〈燕歌行〉二首，〈清河作詩〉、曹植〈雜詩〉「西北有織婦」、「南國有佳人」。

乙、失寵怨棄

王昭君——〈怨詩〉又作（〈怨曠思惟歌〉、〈昭君怨〉）

班婕妤——〈怨詩〉

竇玄妻——〈怨歌〉（又作〈古怨歌〉、〈艷歌〉）

漢：樂府楚調曲〈白頭吟〉、樂府古辭〈古豔歌〉、琴曲歌辭〈別鶴操〉、古詩〈上山采蘼蕪〉

魏：甄皇后〈塘上行〉；曹丕〈代劉勳妻王氏雜詩〉、〈寡婦詩〉，曹植〈種葛篇〉、〈浮萍篇〉、〈代劉勳妻王氏雜詩〉、〈棄婦詩〉、〈攬衣出中閨〉；曹叡〈種瓜篇〉。

一、久待傷別

江淹〈別賦〉言：「黯然銷魂者，唯別而已矣。」〔註11〕又云：「有別必怨，有怨必盈。」〔註12〕在天願為比翼鳥，在地願為連理枝，本是天下有情人的想望。但有憾的人間，別離卻常不可免，於是只有將會合

的理想寄託於未來，展開漫長等待。在等待之中，孤寂是一種摧傷，懸想是一番折磨，女子在等待的長流裡，希望一再落空，青春逐漸凋零，其情發之於詩，或文人代寫，或女子自序，皆流露出綿綿低悵的怨情。這類以抒思之情的閨怨之作，乃是漢魏詩篇中極受重視的題材。

漢代自武帝起，對外用兵日趨頻繁，男子或轉戰沙場、或戍守邊防，徵召徭役，離鄉背井成爲當日普遍的現象。桓寬〈鹽鐵論〉道曰：

> 今中國爲一統，而方內不安，徭役遠而外內煩也。古者，
> 無過年之繇，無逾時之役。今近者數千里，遠者過萬里，
> 歷二期。長子不還，父母愁憂，妻子詠歎，憤懑之恨發動
> 於心，慕思之積痛於骨髓。〔註13〕

所謂「妻子詠歎」，「憤懑之情發於心」，匹夫匹婦這種不平的憤怒，卻受制於強大外力的壓制不得發洩，於是詩人乃將「憤懑」的怨情轉化，在其筆下成爲征夫怨婦的怨詩〔註14〕。降至漢魏之際，戰爭益形擴大，次數更頻以往，它帶來的是家破人亡，妻離子散；「邊城多健少，內舍多寡婦」〔註15〕的悲劇，觸目皆是。閨怨之作由是而生。

然而大半寫等待怨思的作品，揆其詩意，並非全由戰亂而悖離，又與當時社會風氣日漸浮華，夫婦情分澆薄有關。再加上漢末盛行的游宦之風，男人爲求名逐利，乃拋棄糟糠，奔走權門，社會上出現了許多所謂的「遊子」或「宕子」的長期羈旅。在安定社會裡，如孟子所云：「內無怨女，外無曠夫」〔註16〕；反之，既有飄泊壓涯，思歸不得的遊子，自有空閨寂寞、憶遠懷人的「怨婦」。漢魏怨詩作者乃

〔註13〕 〔漢〕桓寬：〈繇役第四九〉，卷9，《鹽鐵論》（臺北：臺灣商務印書館，1956年），頁164。

〔註14〕 漢魏詩中亦有寫征夫之怨者，如樂府〈東光〉、〈十五從軍征〉、曹操〈卻東門行〉、陳琳〈飲馬長城窟〉等。參逯欽立輯校：《先秦漢魏晉南北朝詩》。

〔註15〕 〔東漢〕陳琳：〈飲馬長城窟行〉，收於逯欽立輯校：《魏詩》，卷3，《先秦漢魏晉南北朝詩》，頁367。

〔註16〕 〔漢〕趙岐注，〔宋〕孫奭疏：《孟子注疏》，卷2上，頁15a，《十三經注疏》（臺北：藝文印書館，1982年），頁360。

透過這種突出的社會現象，寫出他們的人生感慨。

　　曹植〈怨詩行〉即吐露宕子妻的久待怨思：

　　　明月照高樓，流光正徘徊，上有愁思婦，悲歎有餘哀。借
　　　問歎者誰？自云客子妻。夫行踰十載，賤妾常獨棲。念君
　　　過於渴，思君劇於飢。君作高山柏，妾為濁水泥。北風行
　　　蕭蕭，烈烈入吾耳。心中念故人，淚墮不能止。浮沈各異
　　　路，會合當何諧。願作東北風，吹我入君懷。君懷常不開，
　　　賤妾當何依？恩情中道絕，流止任東西。我欲竟此曲，此
　　　曲悲且長。今日樂相樂，別後莫相忘。〔註17〕

此篇收於《樂府詩集》卷四十一，《詩紀》云：「即七哀詩。」《文選》
詩部「哀傷類」收有曹植〈七哀詩〉〔註18〕，與此篇相同，僅數句
略有差異。所謂「七哀」，註曰：「痛而哀，義而哀，感而哀，怨而
哀，耳目聞見而哀，口歎而哀，鼻酸而哀。」〔註19〕。曹植〈怨詩
行〉若依上註所析，乃是偏重「怨而哀」的傷情。詩中月夜高樓是
時空背景，淒清的深夜中思婦的愁歎聲，感染了無情大地；「夫行踰
十載，賤妾常獨棲」，「君作高山柏，妾為濁水泥」，鮮明地對照下，
突出了思婦的哀怨。然而「君懷良不開，賤妾當何依？」對方的寡
情輕義，終使自己的長期等待，遭遇挫折與希望的幻滅。詩中無一
怨字而怨自明。論者或以為此詩明寫閨情，暗喻己懷。張玉穀《古
詩賞析》卷九評曰：

　　　此閨怨詩，即謂懷君之作亦可。〔註20〕

──────────

〔註17〕〔魏〕曹植：〈怨詩行〉，收於〔宋〕郭茂倩編撰：《樂府詩集》（臺
　　　　北：里仁書局，1984 年），頁 610～611。

〔註18〕〔魏〕曹植：〈七哀詩〉，收於〔梁〕蕭統編，〔唐〕李善注：《文選》
　　　　（臺北：華正書局，1982 年），卷 23，頁 15a。

〔註19〕同一首詩，而標題為〈七哀詩〉、〈怨詩行〉兩種，再由其註釋：「怨
　　　　而哀」以觀，可見「哀」、「怨」之意極為接近。〔梁〕蕭統編，〔唐〕
　　　　李善等注：〈七哀詩〉，卷 23，頁 19a，《六臣注文選》（北京：中華
　　　　書局，1987 年），頁 428。

〔註20〕〔清〕張玉穀：《古詩賞析》，卷9，收錄於《續修四庫全書・集部・
　　　　總集類》（上海：上海古籍出版社，1995 年），頁 668。

怨詩之作或爲文人抒志之依托，但漢魏大量的閨怨之作，也是當日社會現況的反映，才促使敏感的文人懷悲憫之心，藉端興諷。

曹植另有〈雜詩〉七首，其中「西北有織婦」，同樣流露與〈怨詩行〉相同久待之怨思：〔註21〕

> 西北有織婦，綺縞何繽紛，明晨秉機杼，日昃不成文，太息終長夜，悲嘯入青雲，妾身守空閨，良人行從軍，自期三年歸，今已歷九春。飛鳥遶樹翔，嗷嗷鳴索群，願爲南流景，馳光見我君。

詩中織婦，良人從軍遠征，一別九春，與〈怨詩〉中「夫行踰十載」的宕子妻，同有沈淪的悲悽，實爲〈怨詩〉之同調。漢魏與〈怨詩〉相同敘述思婦久待的怨情，篇什眾多，實爲當時社會之眞實寫照。而其濃厚之消極情緒，是當時雜亂生活中普通人生觀的反映。今試析於後。

時代擾攘不安，分離的苦澀，相思的懸念成爲亂世人民普遍的心聲。《古詩十九首》大都爲遊子思婦之怨。鍾嶸評古詩：「其外去者日以疎四十五首，雖多哀怨，頗爲總雜，舊疑是建安中曹王所製。」〔註22〕鍾嶸即強調其古詩之情以「哀怨」爲主，而鄭振鐸在《中國俗文學史》中亦道：「古詩十九首以情詩爲主，大抵這些情詩都是思婦懷人之作。」〔註23〕這些思婦懷人之怨情，大都來自於「有別必有怨」的長久等待：

> △　行行重行行，與君生別離，相去萬餘里，各在天一涯……相去日已遠，衣帶日已緩，浮雲蔽白日，遊子不顧返，思君令人老，歲月忽已晚，棄捐勿復道，努力加餐飯。(古詩〈行行重行行〉) 〔註24〕
>
> △　青青河畔草，鬱鬱園中柳，盈盈樓上女，皎皎當窗

〔註21〕〔魏〕曹植：〈雜詩〉，收於逯欽立輯校：《魏詩》，卷7，《先秦漢魏晉南北朝詩》，頁457。

〔註22〕〔梁〕鍾嶸著，汪中選注：《詩品注》，卷上，頁51。

〔註23〕鄭振鐸：《中國俗文學史》（上冊）（臺北：商務書局，1986年），頁55。

〔註24〕逯欽立輯校：《漢詩》，卷12，《先秦漢魏晉南北朝詩》，頁329。

　　牖。……昔爲倡家女，今爲蕩子婦，蕩子行不歸，空
　　牀難獨守。(古詩〈青青河畔草〉) 〔註25〕

△　庭中有奇樹，綠葉發華滋。攀條折其榮，將以遺所思。
　　馨香盈懷袖，路遠莫致之，此物何足貢，但感別經時。
　　〔註26〕

△　憂愁不能寐，攬衣起徘徊，客行雖云樂，不如早旋歸。
　　出戶獨徬徨，愁思當告誰，引領還入房，淚下沾裳衣。
　　(古詩〈明月何皎皎〉) 〔註27〕

△　孟冬寒氣至，北風何慘慄。愁多知夜長，仰觀眾星
　　列。……客從遠方來，遺我一書札，上言長相思，下
　　言久離別。置書懷袖中，三歲字不滅，一心抱區區，
　　懼君不識察。(古詩〈孟冬寒氣至〉) 〔註28〕

這些詩篇，雖然字面上無一「怨」字，但在「但感別經時」縷縷的相
思中，卻流動著深徹的哀怨。如陸時雍評〈行行重行行〉曰：「『浮雲
蔽白日，遊子不顧返』，怨何溫也。『棄捐勿復道，努力加餐飯』，前
爲廢食，今乃加餐，亦無奈而自寬云耳。『衣帶日已緩』一語，韻甚。
『浮雲蔽白日』，意有所指，此詩人所爲善怨。」〔註29〕；又如張琦
評〈孟冬寒氣至〉曰：「『懼君不識察』，不言怨，深於怨矣」〔註30〕。
這組詩乃承繼漢儒說詩的精神：在「溫柔敦厚」的基礎上發展而來，
故屬於「怨而不怨」的怨，具有敦厚持久的涵容性。陳祚明評〈庭中
有奇樹〉曰：

　　古詩之佳，全在語有含蓄，若究其本指，則別離必無會時。

〔註25〕同上註。
〔註26〕同上註，頁331。
〔註27〕同上註，頁334。
〔註28〕同上註，頁333。
〔註29〕見〈古詩鏡〉，收於〔明〕劉履等撰：《古詩十九首集釋》，收入楊家
　　　　駱主編：《古詩集釋等四種》(臺北：世界書局，1962年)，卷2，頁
　　　　2。
〔註30〕收於〔明〕劉履等撰：《古詩十九首集釋》，收入楊家駱主編：《古詩
　　　　集釋等四種》，卷2，頁26。

棄捐定已決絕。懷抱實足貴重，而君不我知，此怨極切，
乃必冀倖於必不可知之遇，揣君恩之未薄，謙才能之未優，
蓋立言之體應爾。言情不盡，其情乃長。此風雅溫柔敦厚
之遺。就其言而反思之，乃窮本旨，所謂怨而不怒，淺夫
盡言，索然無餘味矣。〔註31〕

漢人溫柔敦厚的心靈所持發的怨情，是怨之愈深；而表現之手法愈婉
轉深刻，表現的手法愈含蓄平淡，其中所包涵的怨意愈是深厚不盡。
除了古詩外，漢代徐淑的〈答秦嘉詩〉亦寫夫婦分離，孤妾久待的傷
感：

妾身兮不令，嬰疾兮來歸。沈滯兮家門，歷時兮不差。曠
廢兮侍覲，情敬兮有違。君今兮奉命，遠適兮京師。悠悠
兮離別，無因兮敘懷。瞻望兮踴躍，佇立兮徘徊。思君兮
感結，夢想兮容暉。君發兮引邁，去我兮日乖。恨無兮羽
翼，高飛兮相追。長吟兮永歎，淚下兮沾衣。〔註32〕

詩人在天各一方、縈思的等待中，由傷感之情而漸轉爲急切怨思；「恨
無兮羽翼」一句，正道出詩飲悲怨離愁。《詩品》卷中評此詩曰：「夫
妻事既可傷，文亦悽怨。」〔註33〕詩人的悽怨，正是來於分離的
等待。

　　曹魏時期，社會亂離更甚以往，閨中思婦的怨情成爲當時詩歌中
極爲普遍的題材：

△　高殿鬱崇崇，廣廈悽泠泠，……君行殊不返。我飾爲誰
容，鑪薰闔不用，鏡匣上塵生，綺羅失常色，金翠暗無
精。嘉肴既忘御，旨酒亦常停。顧瞻空寂寂，唯聞燕雀
聲。憂思連相屬，中心如宿醒。(徐幹〈情詩〉)〔註34〕

△　浮雲何洋洋，願因通我辭。飄颻不可寄，徙倚徒相思，

〔註31〕見〈采菽堂古詩選〉，收於〔明〕劉履等撰：《古詩十九首集釋》，收
　　　　入楊家駱主編：《古詩集釋等四種》，卷2，頁15。
〔註32〕逯欽立輯校：《漢詩》，卷6，《先秦漢魏晉南北朝詩》，頁188。
〔註33〕〔梁〕鍾嶸著，〔清〕汪中選注：《詩品注》，卷中，頁127。
〔註34〕逯欽立輯校：《魏詩》，卷3，《先秦漢魏晉南北朝詩》，頁376。

　　人離皆復會，君獨無返期。自君之出矣，明鏡暗不治，
　　思君如流水，何有窮已時。（徐幹〈室思詩〉）〔註35〕

△　與君結新婚，宿昔當別離。涼風動秋草，蟋蟀鳴相隨。
　　冽冽寒蟬吟，蟬吟抱枯枝。枯枝時飛揚，身體忽遷移。
　　不悲身遷移，但惜歲月馳。歲月無窮極，會合安可知。

　　（徐幹〈於清河見挽船士新婚與妻別詩〉）〔註36〕

△　念君客遊思斷腸，慊慊思歸戀故鄉，何爲淹留寄他方，
　　賤妾煢煢守空房，憂來思君不敢忘，不覺淚下霑衣裳。

　　（曹丕〈燕歌行〉）〔註37〕

△　別日何易會日難，山川悠遠路漫漫，鬱陶思君未敢言，
　　寄聲浮雲往不還。涕零雨面毀容顏，誰能懷憂獨不歎。
　　展詩清歌聊自寬，樂往哀來摧肺肝，耿耿伏枕不能眠。

　　（曹丕〈燕歌行〉）〔註38〕

張玉穀評〈室思詩〉曰：「室思即閨情也。」「（〈浮雲何洋洋〉篇）此
亦閨怨詩也。」〔註39〕，王夫之評於清河見挽船士新婚與妻別一詩曰：
「無窮其無窮，故動人不已；有度其有度，故含怨何終。」〔註40〕，
至於曹丕〈燕歌行〉之作，則是「婦人思其君子遠行不歸之詞。」〔註
41〕不論是因良人從軍征戍，或游宦經商，「生別離」是造成哀怨的主
因。這一類的閨怨作品中，詩中所強調的是思婦的孤寂與無助。淒清
的空閨，孤單的少婦，獨自忍受長夜的煎熬，面對著夫君不可預知的
返期，在「會面安可知」（〈行行重行行〉）〔註42〕、「良會未有期」（徐

〔註35〕同上註，頁377。
〔註36〕同上註，頁378。
〔註37〕〔梁〕蕭統編，〔唐〕李善注：《文選》，卷27，頁19a～b。
〔註38〕逯欽立輯校：《魏詩》，卷4，《先秦漢魏晉南北朝詩》，頁394～395。
〔註39〕見《古詩賞析》，卷9，收於河北師範學院中文系古典文學教研組編：
　　　　《三曹資料彙編》（北京：中華書局，1980年），頁339。
〔註40〕見《薑齋詩話》，卷4，收於河北師範學院中文系古典文學教研組編：
　　　　《三曹資料彙編》，頁72。
〔註41〕見《選詩補註》，卷2，收於河北師範學院中文系古典文學教研組編：
　　　　《三曹資料彙編》，頁58。
〔註42〕逯欽立輯校：《漢詩》，卷12，《先秦漢魏晉南北朝詩》，頁329。

幹〈室思詩〉）〔註43〕、「會合安可知」（徐幹〈於清河見挽船士新婚與妻別詩〉）〔註44〕的迷惘與懷疑中，同樣也吐露了對未來人生的茫然與不安。

　　久待傷別可分二類，一者如前所述是已婚婦人的閨情，另一者則是及婚少女長久等待的哀怨。漢魏詩中的女性，由於社會地位低落，對於愛情，她們沒有主觀的取捨，只有被動的等待〔註45〕。在詩中表現出對堅貞愛情強烈的企盼；如〈鐃歌上邪〉的「欲與君相知，長命無衰絕」〔註46〕〈白頭吟〉中「聞君有兩意」時，仍懷「願得一心人，白首不相離」〔註47〕的夢想，〈瑟調豔歌何嘗行〉中「若生當相見，亡者會黃泉」〔註48〕皆吐露詩人生死不渝的至情。但所謂堅貞不渝的愛情精神，乃是全由匹婦們所執守，而男性對於愛情或擇妻，大抵是附屬著某些條件，如侍奉父母，如織布，或刀錢功名等。故漢魏詩中，除了思婦外，尚有執著情愛，恐年華老去，怨歎君子不來，在長期等待中的怨女所發出的怨情：

　　△　獨處室兮廓無依，思佳人兮情傷悲，有美人兮來何遲，
　　　　日既暮兮華色衰，敢託身兮長自私。（司馬相如〈美人賦〉）
　　　〔註49〕

　　△　高秋八九月，白露變爲霜。終年會飄墮，安得久馨香？
　　　　秋時自零落，春月復芬芳。何如盛年去，歡愛永相忘。
　　　（宋子侯〈董嬌饒詩〉）〔註50〕

　　△　思君令人老，軒車何來遲？傷彼蕙蘭花，含英揚光輝。

<hr>

〔註43〕逯欽立輯校：《魏詩》，卷3，《先秦漢魏晉南北朝詩》，頁376。
〔註44〕同上註，頁378。
〔註45〕周伯乃：〈中國古典文學中的情愛觀〉，《中國文學的探討》（臺北：中央文物供應社，1981年），頁139～172。
〔註46〕逯欽立輯校：《漢詩》，卷4，《先秦漢魏晉南北朝詩》，頁160～161。
〔註47〕同上註，卷9，頁274。
〔註48〕同上註，頁273。
〔註49〕〔清〕嚴可均輯校：《全漢文》，卷22，頁1b，《全上古三代秦漢三國六朝文》（北京：中華書局，1995年），第1冊，頁245。
〔註50〕逯欽立輯校：《漢詩》，卷7，《先秦漢魏晉南北朝詩》，頁199。

　　過時而不采，將隨秋草萎。君亮執高節，賤妾亦何爲！

　　　　（古詩〈冉冉孤生竹〉）〔註51〕

△　望君不能坐，悲苦愁我心。愛身以何爲？惜我華色時。

　　　　（古詩〈繁欽定情詩〉）〔註52〕

△　南國有佳人，容華若桃李。朝遊江北岸，日夕宿湘沚。
　　時俗薄朱顏，誰爲發皓齒？俛仰歲將暮，榮耀難久恃。

　　　　（曹植〈雜詩〉六首）〔註53〕

這類詩歌中的女子皆以嬌豔花朵自喻，思及一己如「惠蘭花」、「若桃李」的容華，若「過時而不采」，終會「將隨秋草萎」、「安得久馨香」，詩人在這種自覺下，引發對未來時間的不安，不安於在時間長流之推移中，不幸命運的到來〔註54〕。詩人在被動的等待中，只有任憑時間的流逝，流逝去一己的年華青春，「歲將暮」、「日既衰」的淒涼，也正是詩人「華色衰」的無言怨歎。寶香山人評曹植〈南國有佳人〉篇：「怨極而哀」〔註55〕此四字正道出待字閨中少女的共同心聲。

二、失寵怨棄

　　自秦漢以降，婚姻制度受到儒家禮教的影響，漢代社會即以禮教去裁定婦女的生活。在這種體制下，婚姻的成敗，完全受外力擺佈，婦女毫無選擇餘地。再加上所謂的名節、道義、節烈、貞潔的規條，步步爲營，把女子囚錮在狹小的處境中。在漢代特別強調男尊女卑的

〔註51〕同上註，《漢詩》，卷12，頁331。
〔註52〕逯欽立輯校：《魏詩》，卷3，《先秦漢魏晉南北朝詩》，頁386。
〔註53〕〔梁〕蕭統編，〔唐〕李善注：《文選》，卷29，頁16a。
〔註54〕吉川幸次郎於〈推移的悲哀〉（上）、（下）一文中指出《古詩十九首》中普遍存在著對於時間推移流逝的不安感。而此種不安感同樣存在於漢魏人的詩歌中。〔日〕吉川幸次郎著，鄭清茂譯：〈推移的悲哀〉，《中外文學》第6卷第4期（1977年9月），頁24～54，與《中外文學》第6卷第5期（1977年10月），頁113～131。
〔註55〕收於河北師範學院中文系古典文學教研組編：《三曹資料彙編》，頁161。

觀念，而對婦女地位造成嚴重打擊的是劉向的〈列女傳〉，與班昭的
〈女誡〉。如班昭於〈專心〉篇論夫婦曰：

> 夫有再娶之義，婦無二適之文；故曰夫者天也；天固不可
> 逃；夫固不可離也。行違神祇，天則罰之，禮義有愆，夫
> 則薄之……〔註56〕

丈夫地位尊高，妻子只有卑躬曲膝於前，曲不能爭，直不能訟，只能
是丈夫的從屬。又班昭在〈敬慎〉篇中論道：

> 夫婦之好，終身不離。房室周旋，遂生媟黷；媟黷既生，
> 語言過矣；語言既過，縱恣必作；縱恣既作，則侮夫之心
> 生矣。……侮夫不節，譴呵從之；忿怒不止，楚撻從之。
> 夫爲夫婦者，義以和親，恩以好合，楚撻既行，何義之存？
> 譴呵既宣，何恩之有？恩義俱廢，夫婦離矣。〔註57〕

班昭不但灌輸事夫如事天的觀念，更且將丈夫對妻子的關係視爲一種
「恩」德，這種悖謬思想壓制了婦女的生命尊嚴，使許多婦女即使與
丈夫毫無感情，也仍存報「恩」之心，依賴丈夫而活。許多的愛情悲
劇，婚姻失敗即是由這種心理所造成。將此種觀念發揮極至，全然視
女性爲玩物的不幸淵藪，就是宮廷。

　　宮廷中的帝王與后妃，大都立於極其懸殊的地位，帝王可以擁有
「後宮佳麗三千人」，他是絕對的施「恩」者、是施「恩」而非「情」，
后妃只能敬謹地接受投付給她的寂寞或賞識。生命的尊嚴被壓抑難
伸，宮人如同奇禽珍玩般，而寵廢間又無一定理路可尋。失寵傷廢，
得寵憂移，搖擺之際，終究不能如玩物般淡漠無感，然而她們卻無由
反抗，當恩情轉移，或失寵遭棄時，只能低吟著柔委的怨歌。漢代王
昭君的〈怨詩〉與班婕妤之〈怨詩〉抒發的，正是失寵斷恩的哀怨。

　　王昭君〈怨詩〉又見於《樂府詩集》卷五十九〈琴曲歌辭〉題作
〈昭君怨〉，其詩如下：

〔註56〕〔清〕嚴可均輯校：《全後漢文》，卷96，頁5b，《全上古三代秦漢
　　　　三國六朝文》，頁989。
〔註57〕同上註，頁989。

秋木萋萋，其葉萋黄。有鳥處山，集于苞桑。養育毛羽，
形容生光。既得升雲，上遊曲房。離宮絕曠，身體摧藏。
志念抑沈，不得頡頏。雖得委食，心有徊徨。我獨伊何，
改往變常。翩翩之燕，遠集西羌。高山峨峨，河水泱泱。
父兮母兮，道里悠長。嗚呼哀哉！憂心惻傷。〔註58〕

王昭君以公主身分下嫁匈奴王之經過，極為哀怨動人，《漢書·匈奴傳》
〈元帝紀〉以及《西京雜記》皆敘此事甚詳。吳競《樂府古題要解》
引〈琴操〉之言，不提畫工毛延壽畫像事，而採另一說法，其書云：

〈琴操〉載：昭君，齊國王穰女。端正閑麗，未嘗窺看門
戶。穰以其有異于人，求之者皆不與。年十七，獻之元帝。
元帝以地遠不之幸，以備後宮。積五六年，帝每遊後宮，
昭君常恐不出。後單于遣使朝賀，帝宴之，盡召後宮，昭
君乃盛飾而至。帝問：「欲以一女賜單于，誰能行者？」昭
君乃越席請往。時單于使在旁，帝驚恨不及。昭君至匈奴，
單于大悦，以為漢與我厚，縱酒作樂，遣使者報漢，送白
璧一雙，駿馬十疋，胡地珠寶之類。昭君恨帝始不見遇，
乃作怨思之歌。〔註59〕

悲哀是無對象的情感，怨恨卻是有對象的情感。失寵宮人之怨，其對
象無非是另一爭寵的女子，或拋棄自己不顧的君王。此首詩，其怨恨
的對象是君王——「昭君恨始不見遇」的漢元帝。

　　怨恨必起於不平，對宮人而言，不平之事，莫過於有才貌，卻
不得君王的寵愛。此詩開頭以「有鳥黃山，集于苞桑，養育毛羽，
形容生光」暗比自己秀麗的容顏，詩人雖有「既得升雲，上遊曲房」
的際遇，卻不得君王之恩寵，於是有離宮絕曠，身體摧藏之悲痛。
詩歌至此已露怨意。然而更甚者是詩人除了有失寵遭棄的怨恨外，
尚須肩負一般人沒有的遭遇——「我獨伊何，改往變常，翩翩之燕，

〔註58〕〔宋〕郭茂倩撰：《琴曲歌辭三》，《樂府詩集》，卷59，頁853～854。
〔註59〕〔唐〕吳競撰，〔明〕毛晉輯：《樂府古題要解》，收錄於〔清〕丁
　　　　福保輯：《歷代詩話續編》（臺北：木鐸出版社，1988年），頁40～
　　　　41。

遠集西羌」。詩歌在平鋪直敘中，將昭君之怨層層推進，最後之「嗚
呼哀哉，憂心惻傷」怨痛之情溢於言表。詩人有「形容生光」之貌，
本應承恩受寵，卻遭「遠集西羌」之遇，不平的遭遇，帶來不平的
心理，發於詩歌，怨詩之作，自然而生。

　　早於王昭君之前與昭君相同境遇的是烏孫公主，《漢書·西傳域》
曰：

　　　漢元封中，遣江都王建女細君爲公主，以妻焉。……烏孫
　　　昆莫以爲右夫人。匈奴亦遣女妻昆莫，昆莫以爲左夫人。
　　　公主至其國，自治宮室居，歲時一再與昆莫會，置酒飲食，
　　　以幣帛賜王左右貴人。昆莫年老，語言不通，公主悲愁，
　　　乃自作歌曰：「吾家嫁我兮天一方，遠託異國兮烏孫王。穹
　　　廬爲室兮旃爲牆，以肉爲食兮酪爲漿。居常土思兮心內傷，
　　　願爲黃鵠兮歸故鄉。」〔註60〕

此詩不若〈昭君怨〉怨恨激切，其情較偏向於悲哀，但細細讀來，烏
孫公主無奈的哀怨，卻仍鮮明可見。

　　漢代另一首出於后妃之筆的「怨詩」，是漢成帝時班婕妤之〈怨
歌行〉〔註61〕。徐陵《玉臺新詠》收錄此詩，詩前短序云：「昔漢成
帝班婕妤失寵，供養於長信宮，乃作賦自傷，並爲〈怨詩〉一首。」
〔註62〕此做〈怨詩〉。而《昭明文選》亦有收錄，李善注引：「五言·
《歌錄》曰：『〈怨歌行〉，古辭；然言古者有此曲，而班婕妤擬之。
婕妤，帝初即位，選入後宮，始爲少使，俄而大幸，爲婕妤，居增成
舍，後趙飛燕寵盛，婕妤失寵，希復進見。』」〔註63〕其詩如下：

　　　新裂齊紈素，皎潔如霜雪。裁爲合歡扇，團團似明月。出

〔註60〕〔漢〕班固撰：〈西域傳〉第 66 下，《漢書》（臺北：鼎文書局，1981
　　　　年），卷 96 下，頁 3903。
〔註61〕班詩多人疑爲僞作，今採蕭滌非《漢魏六朝樂府文學史》第一編中
　　　　考證，班婕妤之作〈怨歌行〉應是無庸置疑。蕭滌非撰：《漢魏六
　　　　朝樂府文學史》（臺北：長安出版社，1981 年），頁 21。
〔註62〕〔梁〕徐陵編：《玉臺新詠》（臺北：世界書局，1962 年），卷 1，頁 5。
〔註63〕〔梁〕蕭統編，〔唐〕李善注：《文選》，卷 27，頁 17a。

　　入君懷袖，動搖微風發。常恐秋節至，涼風奪炎熱。弃捐
　　篋笥中，恩情中道絕。〔註64〕

此詩以團扇自喻，將見棄憤瀉化作淡淡幽怨。作者雖曾擁有「出入君
懷袖」的恩寵，但卻有「常恐秋節至」的不安，一旦夏去秋來，涼風
驅走暑熱，篋笥便是扇的歸宿。立於主體的君王不再眷顧，從屬的團
扇，只有無奈地接受棄捐的命運，冷眼見君恩斷絕，愛情飄零。

　　昭君之〈怨詩〉與班婕妤之〈怨歌行〉主要呈現的是后妃於寵廢
間被動無奈的地位。她們無從選擇，只能被動地接受君王之恩寵或冷
落。這種不平的主從關係，正是造成怨恨的主因。鍾嶸對班婕妤之作
評價頗高。其言曰：「漢婕妤班姬詩，其源出於李陵。團扇短章，詞
旨清捷，怨深文綺，得匹婦之致。」〔註65〕後世擬作者頗多，對後代
詩壇影響甚為深遠。不平等的男女關係，同樣存在於民間社會中。男
尊女卑，夫貴妻賤，女子在三從四德七出的限制下，動輒得咎，生命
毫無價值。在漢代出妻風氣已盛，周漢昌《兩漢書補正》曰：

　　漢法，以無子出妻為常律。若在後世，駭人聽聞矣。又漢
　　時頗多夫婦之獄，如馮衍兩出其妻，黃允附貴出妻；范升
　　為出妻所控，被繫，幾困於獄，殆一時風氣使然。〔註66〕

家庭中夫婦的關係，只比宮庭中少了君臣關係，其餘仍是上對下的主
從對待。丈夫對於妻妾是恩情的施與者，一旦恩情轉移，棄妻孤妾與
失寵之后妃般，同有無奈的哀怨。漢魏大量以棄婦之怨為題材的詩
作，實是當社會風氣的反映，舉例如下：

　　△　皚如山上雪，皎若雲間月。聞君有兩意，故來相決絕。
　　　　今日斗酒會，明旦溝水頭，躞蹀御溝上，溝水東西流。
　　　　淒淒復淒淒，嫁娶不須啼，願得一心人，白頭不相離。
　　　　竹竿何嫋嫋，魚尾何簁簁。男兒重意氣，何用錢刀為？

〔註64〕同上註，頁 17a～b。
〔註65〕〔梁〕鍾嶸著，汪中選注：《詩品注》，卷上，頁 71。
〔註66〕〔清〕王先謙：〈桓榮列傳〉第 27，頁 1b，《後漢書集解》（臺北：
　　　　藝文印書館，1956 年），卷 67，頁 451。

〈白頭吟〉〔註67〕

△ 煢煢白兔，東走西顧。衣不如新，人不如故。〈古豔歌〉
〔註68〕

△ 將乖比翼兮隔天端，山川悠遠兮路漫漫，攬衣不寐兮
食忘餐。〈別鶴操〉〔註69〕

△ 上山採蘼蕪，下山逢故夫，長跪問故夫，新人復何如？
新人雖言好，未若故人姝。顏色類相似，手爪不相如。
新人從門入，故人從閣去。新人工織縑，故人工織素。
織縑日一匹，織素五丈餘。將縑來比素，新人不如故。
〈上山採蘼蕪〉〔註70〕

△ 蒲生我池中，其葉何離離，傍能行仁義，莫若妾自知。
眾口鑠黃金，使君生別離。念君去我時，獨愁常苦悲。
想見君顏色，感結傷心脾。念君常苦悲，夜夜不能寐。
莫以豪賢故，棄捐素所愛。莫以魚肉賤，棄捐蔥與薤。
莫以麻枲賦，棄捐菅與蒯。出亦復苦愁，入亦復苦愁。
邊地多悲風，樹木何修修。從軍致獨樂，延年壽千秋。
（甄皇后〈塘上行〉）〔註71〕

△ 行年將晚暮，佳人懷異心。恩絕曠不接，我情遂抑沈。
出門當何顧？徘徊步北林。下有交頸獸，仰有雙棲禽。
攀枝長歎息，淚下沾羅襟。良馬知我悲，延頸對我吟。
昔為同池魚，今為商與參。往古皆歡遇，我獨困於今。
棄置委天命，悠悠安可任。（曹植〈種葛篇〉）〔註72〕

△ 浮萍寄清水，隨風東西流。……在昔蒙恩惠，和樂如
瑟琴。何意今摧頹，曠若商與參。茱萸自有芳，不若

〔註67〕 逯欽立輯校：《漢詩》，卷9，《先秦漢魏晉南北朝詩》，頁274。余貫
英評此詩曰：「這是寫男有二心，女表決絕。語氣決絕，而又不捨，
怨慕而抱期望。」余貫英：〈第一部分：漢魏樂府古辭〉，《樂府詩選》
（臺北：華正書局，1983年），頁43。

〔註68〕 逯欽立輯校：《漢詩》，卷10，《先秦漢魏晉南北朝詩》，頁292。

〔註69〕 同上註，《漢詩》，卷11，頁305。

〔註70〕 同上註，《漢詩》，卷12，頁334。

〔註71〕 逯欽立輯校：《魏詩》，卷4，《先秦漢魏晉南北朝詩》，頁406～407。

〔註72〕 同上註，《魏詩》，卷6，頁436。

桂與蘭。新人雖可愛，無若故所歡。行雲有返期，君
恩儻中還。慊慊仰天歎，愁心將何愬。日月不恒處，
人生忽若寓。悲風來入懷，淚下如垂露。發篋造裳衣，
裁縫紈與素。(曹植〈浮萍篇〉) 〔註73〕

△　石榴植前庭，綠葉搖縹青。丹華灼烈烈，璀彩有光榮。
　　光榮曄流離，可以戲淑靈。有鳥飛來集，拊翼以悲鳴。
　　悲鳴夫何爲，丹華實不成。拊心長歎息，無子當歸寧。
　　有子月經天，無子若流星。天月相終始，流星沒無精。
　　棲遲失所宜，下與瓦石并。憂懷從中來，歎息通雞鳴。

　　(曹植〈棄婦詩〉) 〔註74〕

正如曹植〈浮萍篇〉所喻，女子生命宛若「浮萍寄清水，隨風東西流」，
無根浮萍的去從，全由外界的風所左右。是被動的，身不由己的；而
風則是主動的、恣意的。將男女在婚姻中不平等的關係，以自然界意
象做了極佳的詮釋。婦女在家庭中毫無地位保障，於是當施「恩」的
夫君「有兩意」、「懷異心」而導致「恩絕曠不接」時，只有含怨接受
被棄的事實。這些棄婦有因色衰愛弛而遭棄，如曹植〈浮萍篇〉、〈種
葛篇〉；有因丈夫攀權附貴而遭出，如〈白頭吟〉、〈古怨歌〉。其中〈古
怨歌〉事見《藝文類聚》載竇玄事：

後漢竇玄形貌絕異，天子以公主妻之。舊妻與玄書別曰：「棄
妻斥女，敬白竇生；卑賤鄙陋，不如貴人。妾日已遠，彼
日已親。何所告訴，仰呼蒼天。」 〔註75〕

詩人無端遭出，此情可謂怨怒至極〔註76〕。

另外也有因無子而見棄者，民間樂府有〈別鶴操〉，其詩前有序：

別鶴操者，商陵牧子所作也。牧子娶妻五年，無子。父兄

〔註73〕同上註，《魏詩》，卷6，頁424。

〔註74〕同上註，《魏詩》，卷7，頁455。

〔註75〕〔唐〕歐陽詢：《藝文類聚》，卷30，頁 11a，收錄於《景印文淵閣
　　　四庫全書‧子部‧類書類》(臺北：臺灣商務印書館，1983年)，第
　　　887冊，頁628。

〔註76〕謝无量，評之曰：「可謂極怨忿之致矣。」謝无量：〈漢代婦女離文
　　　學〉，《中國婦女文學史》(臺北：中華書局，1977年)，頁37～38。

將欲爲改娶，妻聞之，中夜驚起，倚戶悲嘯。牧子聞之，
援琴鼓之云云。〔註77〕

雖爲牧子所作，但亦間接可見其妻無子遭出之怨。魏代曹植有〈棄婦
詩〉，亦寫相同哀怨，詩例見前，鍾嶸評曰：「怨矣，卻無一字尤人。」
〔註78〕又曹植與曹丕皆有一首〈代劉勳妻王氏雜詩〉。《詩紀》收錄，
前有序曰：

王宋者，平虜將軍劉勳妻也。入門二十餘年，後勳悅山陽
司馬氏女，以宋無子出之。還於道中作詩。〔註79〕

曹丕之詩云：

△ 翩翩牀前帳，張以蔽光輝。昔將爾同去，今將爾同歸。
緘藏篋笥裏，當復何時披？〔註80〕

曹植之詩云：

△ 誰言去婦薄？去婦情更重，千里不唾井，況乃昔所奉？
遠望未爲遙，踟躕不得共。〔註81〕

二詩各擅勝場，將棄婦的哀怨刻劃得委婉動人。曹丕之作，代棄婦之
口以一牀前帳，暗擬己身，昔今強烈之對比，尤爲傷情。當恩情轉移，
失寵遭棄，唯有自處「篋笥」之中，獨嚐孤寂。此詩與班婕妤之〈怨
詩〉相較，一以秋扇見捐自擬，一以牀前帳遭棄暗喻，手法近似，其
怨亦同，有異曲同工之妙。

漢魏除了樂府古詩外，在賦篇頗多此類題材，如曹丕、曹植、王
粲等人有〈出婦賦〉之作〔註82〕，可見當時文人對此種哀怨題材之喜
好，也可知出妻休婦，在當世是一個引人注意的社會問題。

〔註77〕逯欽立輯校：《漢詩》，卷11，《先秦漢魏晉南北朝詩》，頁305。
〔註78〕河北師範學院中文系古典文學教研組編：《三曹資料彙編》，頁139。
〔註79〕逯欽立輯校：《魏詩》，卷4，《先秦漢魏晉南北朝詩》，頁402。
〔註80〕同上註，頁402。
〔註81〕同上註，卷7，頁455。
〔註82〕見《御定歷代賦彙》外集卷19所收錄。又曹丕、王粲、丁廙三人皆
有〈寡婦賦〉之作。〔清〕陳元龍等編：《御定歷代賦彙外集・逸句
補遺》（京都：中文出版社，1974年），卷19。

　　不論是久待的傷別失寵怨棄，「分離」是造成詩人怨情的主因。除此以外，詩人之「怨」也來自於對未來人生的不安與危懼感。如班婕妤的〈怨詩〉即透露這樣情緒：

> 出入君懷袖，動搖微風發。常恐秋節至，涼颷奪炎熱。棄捐篋笥中，恩情中道絕。〔註83〕

以團扇自喻的作者，雖曾有「出入君懷袖」的寵愛，但這種恩寵是帶有危懼感的，時有恩情斷絕之威脅。詩人擔心著不可預期的「秋節」到來而惶惶終日，「常恐」兩字道出內心的不安。此種不安也可由其人生觀探討。《漢書外戚傳·班倢伃傳》云：

> 孝成班倢伃，帝初即位選入後宮，始為少使，蛾而大幸，為倢伃。……鴻嘉三年，趙飛燕譖告許皇后，班倢伃挾媚道，祝詛後宮，詈及主上。許皇后坐廢，考問班倢伃。倢伃對曰：「妾聞『死生有命，富貴在天。』修正尚未蒙福，為邪欲以何望？使鬼神有知，不受不臣之愬；如其無知，愬之何益？故不為也。」〔註84〕

可知班婕妤是贊同「死生有命，富貴在天」之說。在此宿命觀下，詩人擁有「出入君懷袖，動搖微風發」的幸福天命，一旦轉移，只有無奈接受命運的安排，只有「作賦自傷悼」。

　　命運難由己控，幸福恩愛亦非由自己所操縱，詩人自覺在生命長流中的搖擺不定，於是對未來存著不安的情緒，對人生把持著悲觀的態度。鍾嶸《詩品》評曰：「怨綺文深」，吳淇評曰：「其曰『常恐』，若為預慮之詞然者，用意特深，所為怨而不怒者也。」〔註85〕，此預慮不安的怨情，普遍存在於漢魏詩歌中〔註86〕，在其他閨怨作品中，

〔註83〕逯欽立輯校：《漢詩》，卷2，《先秦漢魏晉南北朝詩》，頁117。

〔註84〕〔漢〕班固撰：〈外戚傳〉第67下，《漢書》，卷97下，頁3983～3985。

〔註85〕見黃節：《漢魏樂府風箋》，卷5，收於〔明〕劉履等撰：《古詩集釋等四種》（臺北：世界書局，1962年），頁54。

〔註86〕漢魏詩中，頗多「常恐」的字句，顯示內心極度的惶惶不安。例如：樂府〈長歌行〉：「常恐秋節至，焜黃華葉衰。」逯欽立輯校：《漢詩》，卷9，《先秦漢魏晉南北朝詩》，頁262。應瑒〈侍五官中郎將建章臺

屢見不鮮：

　　△　高秋八九月，白露變為霜，終年會飄墮，安得久馨香。

　　　　（宋子侯〈董嬌饒詩〉）〔註87〕

　　△　與君別交中，繢如新練羅，裂之有餘絲，吐之無還期。

　　　　〈離歌〉〔註88〕

　　△　傷彼蕙蘭花，含英揚光輝，過時而不采，將隨秋草萎。

　　　　（古詩〈冉冉孤生竹〉）〔註89〕

　　△　人靡不有初，想君能終之，別來歷年歲，舊恩何可期。

　　　　（徐幹〈室思詩〉）〔註90〕

　　△　不悲身邊移，但惜歲月馳，歲月無窮極，會合安可知？

　　　　（徐幹〈於清河見挽船士新婚與妻別詩〉）〔註91〕

　　△　歡會難再遇，芝蘭不重榮，人皆棄舊愛，君豈若平生？

　　　　（曹植〈雜詩〉）〔註92〕

　　△　兔絲無根株，蔓延自登緣，萍藻託清流，常恐身不全。

　　　　（曹叡〈種瓜篇〉）〔註93〕

時間流逝，易勾引起往日情懷的回憶，也意識到未來處境的不安與難
以掌握。主觀時間上的距離難能超越，而客觀空間的分離又令人難
堪。詩人無不想超越這層藩籬，於是詩人皆盼化身成自然界中之天
象、動物達成與君相會的心願。如曹植〈怨詩行〉即道出：「願作東
北風，吹我入君懷。」〔註94〕的冀望。其他作品中亦不乏此情：

集詩）：「常恐傷肌骨，身隕沉黃泥。」逯欽立輯校：《魏詩》，卷3，
《先秦漢魏晉南北朝詩》，頁383。劉楨〈贈五言中郎將詩〉：「常恐
游岱宗，不復見故人。」《魏詩》，卷3，頁369～370。曹叡〈種瓜
篇〉：「萍藻託清流，常恐身不全。」逯欽立輯校：《魏詩》，卷5，《先
秦漢魏晉南北朝詩》，頁416～417。

〔註87〕逯欽立輯校：《漢詩》，卷7，《先秦漢魏晉南北朝詩》，頁199。
〔註88〕同上註，《漢詩》，卷10，頁287。
〔註89〕同上註，《漢詩》，卷12，頁331。
〔註90〕逯欽立輯校：《魏詩》，卷3，《先秦漢魏晉南北朝詩》，頁377。
〔註91〕同上註，頁378。
〔註92〕同上註，《魏詩》，卷7，頁458。
〔註93〕同上註，《魏詩》，卷5，頁417。
〔註94〕同上註，《魏詩》，卷7，頁459。

　　△　　恨無分羽翼，高飛兮相追。（徐淑〈答秦嘉詩〉）〔註95〕

　　△　　亮無晨風翼，焉能凌風飛。（古詩〈凜凜歲云暮〉）〔註96〕

　　△　　願爲晨風鳥，雙飛翔北林。（曹丕〈清河作詩〉）〔註97〕

　　△　　願爲雙黃鵠，比翼戲清池。（徐幹〈於清河見挽船士新婚與妻別詩〉）〔註98〕

　　△　　願爲西南風，長逝入君懷。（曹植〈七哀詩〉）〔註99〕

　　△　　願爲南流景，馳光見我君。（曹植〈雜詩〉）〔註100〕

此種寫法成爲〈怨詩〉的特色之一，有形的軀體可以被距離限制其行動，但無形飄盪的思念卻無法控制。詩人藉想像化身成「晨風鳥」或「西南風」，在無拘無束的高飛遨遊中，達成兩情相結的心願。但此種願望終究是不切實際，而幾乎近於絕望的。生命的煎熬就在永無止盡的失望中迴旋，向人類最深沈的哀怨直墜下去。

　　將漢魏寫愛情哀怨的怨詩作一全面性的觀察，可以從其怨因上歸納爲二類：一是及婚少女，在情感未有著落前，產生的寂寞哀怨。如本節「久待的怨思」中所析；另一者是已婚婦女與夫君離別所生的哀怨，若依其離別原因而觀，又可再細分爲三類：

　　（一）丈夫從軍遠征：如漢古詩〈結髮爲夫妻〉、曹植〈雜詩〉、「西北有織婦」的「良人行從軍，自期三年春。」之怨。

　　（二）丈夫遊宦經商：如徐淑的〈答秦嘉詩〉；古詩〈青青河畔草〉、〈明月何皎皎〉等。

　　（三）丈夫愛移、離棄不顧：如班婕妤〈怨詩〉、竇玄妻〈古怨歌〉、及本節「失寵怨棄」中所述棄妻休婦之怨皆屬之。

　　除了以上三類外，尚有許多怨詩，僅含蓄點出因離別而生怨，並未言明爲何離別，其別因極可能爲上述三種之一。就漢魏詩歌而言，

〔註95〕逯欽立輯校：《漢詩》，卷6，《先秦漢魏晉南北朝詩》，頁188。

〔註96〕同上註，《漢詩》，卷12，頁333。

〔註97〕逯欽立輯校：《魏詩》，卷4，《先秦漢魏晉南北朝詩》，頁402。

〔註98〕同上註，《魏詩》，卷3，頁378。

〔註99〕同上註，《魏詩》，卷7，頁458。

〔註100〕同上註，頁457。

其中以第三類之哀怨為最多。

愛情失寵的怨詩感情型態相當複雜，有的偏屬孤寂惆悵之感；有的偏屬悲哀；有的偏屬忿怒。以漢魏怨詩而觀，大都傾向於悲哀與憤怒兩類。悲，《說文》釋之曰：「痛也。」〔註101〕；哀，《說文》釋之曰：「閔也。」〔註102〕又《文心雕龍・哀弔篇》：「哀者，依也，悲實依心，故曰哀也。」〔註103〕這就情緒心理學分析，悲哀（sorrow）是歡樂的反面，其情不若怨、怒般激烈〔註104〕，今考漢魏怨詩之作，愛情受到難以抗拒的力量所拆散，或被命運擺弄，而女子又有濃厚宿命觀點者，怨情偏向於悲哀。如班婕妤〈怨詩〉；而愛情受到傷害，或情理有所不平者，怨情偏向於忿怒，如竇玄妻之〈古怨歌〉。「哀怨」多屬沒有對象，是自煎自熬自憐的情緒，而「怨怒」則有對象，怒時代社會，或怨怒丈夫，或怨怒奪愛者。漢魏怨詩雖然直抒胸臆，傾吐不平，但仍受漢儒說詩「怨而不怒」的影響，其怒是偏向於自憐式的哀思。

劉若愚在〈中國人的一些概念與思想感覺的方式〉一文中論道：

> 中國詩以形形色色的樣相歌詠愛：初次邂逅的興奮，對戀人的渴思，懷疑的苦悶，如願的狂喜，離別的傷心，被遺棄的羞辱和怨恨，死別的最後絕望等等。〔註105〕

但在漢魏詩歌中對愛情的反省，幾乎百分之九十以上是傷別恨離的怨詩。思婦、棄妻、怨女成為當時文人喜好描寫的對象。後世學者，頗多將此類詩作解釋為臣子不遇於君之哀怨。其實文人情感細膩，於傷世之餘，替為命運擺佈的女子代言，藉怨婦之口道出時代亂離

〔註101〕〔漢〕許慎撰，〔清〕段玉裁注：《說文解字注》（臺北：黎明文化事業股份有限公司，1993 年），卷 19，頁 45b。

〔註102〕同上註，卷 3，第 2 篇上，頁 26b。

〔註103〕〔梁〕劉勰著，周振甫注：《文心雕龍注釋》（臺北：里仁書局，1984 年），頁 239。

〔註104〕見馬起華：《心理學》（臺北：帕米爾書店，1968 年），頁 156。

〔註105〕見劉若愚：《中國詩學》（臺北：幼獅文化公司，1977 年），第 5 章，頁 95。

及個人際遇不幸的悲哀。婦女們如此，在亂世中掙扎的文人也有仕途不順、君臣遇合的困苦。這種情懷有部分共通性，是有其轉喻託諷的可能〔註106〕。如曹植之〈怨詩〉〔註107〕，〈棄婦詩〉、〈雜詩〉、〈種葛篇〉等作，就其幽怨纏綿之內容而觀，是極細膩的閨怨之作，但不少學者〔註108〕則採「此種大抵思君之辭」〔註109〕的說法。且不論其是否有所寓託，漢魏文人對此種題材之重視，並大量創作，使得後世有頗多的擬作者，而以閨中婦女的怨情為題材的詩篇——即「閨怨詩」也在中國詩壇上佔頗重要的地位，對於後代詩歌之影響極為深遠。

第三節　男子之怨：懷才不遇與傷時憂生

自春秋末年以來，士人「學而優則仕」的出路，幾已固定，經由政治之參與，實現其經世濟民的懷抱，成為士人追求的最高理想。但人文理想的付諸實現，展現成為具體事功，除了個人的努力修習外，尚須依待外緣因素，兩者結合，才能在紛紜人事世界中，高懸出明淨的理想標的，進而致力於理想的實現完成。於是當士人懷抱著滿腔熱情與用世才華，期待能一展長才壯志時，卻遭遇外在客觀環境的阻撓限制，這種來自於理想落實過程中的扭曲與挫敗，即是時命不遇之哀怨。

時命不遇之怨乃是楚辭精神內涵。裴子野說：「若悱惻芳芬，楚

〔註106〕楊載《詩法家數》云：「古人凡欲諷諫，多借此以喻彼。臣不得于君，多借妻以思其夫，或託物陳喻，以通其意，但觀漢魏古詩及前輩所作可見未嘗有無為而作者。」〔清〕何文煥編，〔元〕楊載著：《詩法家數》，《歷代詩話》（臺北：木鐸出版社，1982 年），頁733。
〔註107〕劉履《選詩補注》評曰：「子建與文帝同母骨肉，今乃浮沉異勢，不相親與，故特以孤妾自喻。」收於河北師範學院中文系古典文學教研組編：《三曹資料彙編》，頁121。
〔註108〕如清代學者沈德潛、陳祚明等皆是。
〔註109〕〔清〕沈德潛：〈魏詩〉，《古詩源》（長沙：岳麓書社，1998 年），頁83。

騷爲之祖。」〔註110〕所謂悱惻，就是一種悲痛憐憫的怨氣。李白亦云：「哀怨起騷人。」〔註111〕這種哀怨是呈現在「士不遇」的基調上。司馬遷嘗分析道：

> 屈平正道直行，竭忠盡智，以事其君，讒人間之，可謂窮矣。信而見疑，忠而被謗，能無怨乎！屈平之作離騷，蓋自怨生也。〔註112〕

「信而見疑，忠而被謗」是人間之大不平！怨之所生即來自於不平，是不得其所之怨，實是懷才不遇士人的共同心聲。漢代雖是大一統之帝國，但君臣遇合之難，使士人普遍懷有不遇之心，在漢代大量「失志賦」中，「哀傷」與「怨憤」是最主要之情懷〔註113〕。

降自漢魏之際，政治紛擾，時局動盪，士人失路之歎，益形突顯；抒寫不遇情懷的〈怨詩〉乃遠承楚騷精神，近受時代刺激，在漢魏時壇上展現其深沈的面貌。唐白居易〈與元九書〉即論道：

> 洎周衰秦興，採詩官廢。上不以詩補察時政，下不以歌洩導人情，乃至於諂成之風動，救失之道缺，于時，六義始刓矣。國風變爲騷辭，五言始於蘇、李，蘇、李，騷人，皆不遇者，各繫其志，發而爲文，故河梁之句，止於傷別；澤畔之吟，歸于怨思。〔註114〕

蘇李騷人不遇之怨思，正是漢魏懷才不遇〈怨詩〉作者的心靈共相。

今考漢魏詩歌，漢代張衡〈怨詩〉與魏代曹植〈怨歌行〉是直接

〔註110〕〔清〕嚴可均輯校：〈雕蟲論並序〉，《全梁文》，卷53，頁16a，《全上古三代秦漢三國六朝文》第4冊，頁3262。

〔註111〕〔唐〕李白：〈古風〉，《李白集校注・一》（臺北：里仁書局，1981年），卷2，頁91。

〔註112〕〔漢〕司馬遷撰，〔日〕瀧川龜太郎考證：〈屈原賈生列傳〉第24，頁3～4，《史記會注考證》（臺北：樂天出版社，1981年），卷84，頁1009～1110。

〔註113〕李國熙：〈失志賦的構成情懷〉，《兩漢魏晉辭賦中失志題材作品之研究》（臺北：中國文化大學中國文學所碩士論文，1986年），第5章，第1節。

〔註114〕〔唐〕白居易著：《白居易集》（臺北：里仁書局，1980年），卷45，頁960～961。

以「怨」標詩題，而內容以抒發懷才不遇之怨情爲主的詩歌。

　　張衡〈怨詩〉云：

　　　猗猗秋蘭，植彼中阿，有馥其芳。有黃其葩。雖曰幽深，
　　　厥美彌嘉，之子之遠，我勞如何？〔註115〕

《太平御覽》卷九引其詩曰：「秋蘭，嘉美人也，嘉而不獲用，故作是詩。」〔註116〕詩人以秋蘭嘉美人，雖有美麗外貌——有黃其葩，以及高雅內涵——有馥其芳，卻未獲人青睞，獨處幽深。詩人詠美人「嘉不獲用」之怨，實則爲抒發己身「懷才不遇」之怨，用意極爲明顯。張衡另有〈四愁詩〉四首，同爲抒寫鬱鬱不得志之胸懷，可爲旁證：

　　　我所思兮在太山，欲往從之梁父艱，側身東望涕霑翰。美
　　　人贈我金錯刀，何以報之英瓊瑤，路遠莫致倚逍遙，何爲
　　　懷憂心煩勞。

　　　我所思兮在桂林，欲往從之湘水深，側身南望涕霑襟。美
　　　人贈我金琅玕，何以報之雙玉盤，路遠莫致倚惆悵，何爲
　　　懷憂心煩傷。

　　　我所思兮在漢陽，欲往從之隴阪長，側身西望涕霑裳。美
　　　人贈我貂襜褕，何以報之明月珠，路遠莫致倚踟躕，何爲
　　　懷憂心煩紆。

　　　我所思兮在鴈門，欲往從之雪紛紛，側身北望涕霑巾。美
　　　人贈我錦繡段，何以報之青玉案，路遠莫致倚增歎，何爲
　　　懷憂心煩惋。〔註117〕

本篇最早見於〈文選〉，前有序文云：

　　　張衡不樂久處機密，陽嘉中出爲河閒相。時國王驕奢，不
　　　遵法度，又多豪右并兼之家。……時天下漸弊，鬱鬱不得

〔註115〕逯欽立輯校：《漢詩》，卷6，《先秦漢魏晉南北朝詩》，頁179。
〔註116〕〔宋〕李昉等奉敕編：《太平御覽》（臺北：臺灣商務印書館，1975
　　　　年），卷983，頁4484-1。
〔註117〕〔梁〕蕭統編，〔唐〕李善注：《雜詩上》，《文選》，卷29，頁12a
　　　　～13a。

志，爲〈四愁詩〉。屈原以美人爲君子，以珍寶爲仁義，以
水深雪雰爲小人。思以道術相報，貽於時君，而懼讒邪不
得以通，其辭曰。〔註118〕

就詩歌內容而觀，詩人所思念的「美人」並非確有其人，顯然是有所
寄托之作。而張衡之〈怨詩〉亦非單純詠物，乃是深寄詩人不遇的哀
怨。

　　另一首以「怨」標題的不遇之篇，則是魏代曹植之〈怨歌行〉：
爲君既不易，爲臣良獨難。忠信事不顯，乃有見疑患。周
公佐成王，金縢功不刊。推心輔王室，二叔反流言，待罪
居東國。泣涕常流連。皇靈大動變，震雷風且寒。拔樹偃
秋稼，天威不可干。素服開金縢。感悟求其端。公旦事既
顯，成王乃哀歎，吾欲竟此曲，此曲悲且長。今日樂相樂，
別後莫相忘。〔註119〕

此詩以「周公佐成王」，卻「待罪居東國」的境遇，自況己之欲盡忠
君國，而不見信於姪皇曹叡。詩人「忠信事不顯，乃有見疑患。」的
不平，正與屈原「信而見疑，忠而被謗」的怨憤相同〔註120〕。明劉
履評〈怨歌行〉曰：
子建在雍丘時，常自憤怨抱利器而無所施，上疏求自試，
明帝既不報，及徙東阿，復上疏言禁錮明時，兄弟乖絕，
恩紀之違，甚於路人。願入侍左右，承答聖問。其年冬，
詔諸王朝。此詩之作，其在入朝之後，燕享之時乎？子建
於明帝爲叔父，故借周公之事，陳古以諷今，庶其有感焉。
惜乎終不見信，雖復加封於陳，亦隆獎虛名而已！〔註121〕

〔註118〕同上註，頁11a～b。
〔註119〕遼欽立輯校：《魏詩》，卷6，《先秦漢魏晉南北朝詩》，頁426～427。
〔註120〕〔清〕陳廷焯：《白雨齋詞話》，卷7：「惟陳王處骨肉之變，發忠愛
之忱，既憫漢亡，又傷魏亂，感物指事，欲語復咽，其本原已與騷
合，故發爲詩歌，覺湘間澤畔之吟，去人未遠。」（北京：人民文
學出版社，1983年），頁182。
〔註121〕《選詩補註》，卷2，收於河北師範學院中文系古典文學教研組編：
《三曹資料彙編》，頁126。

清朱乾亦論道：

> 子建處兄弟危疑之際，歌此以抒其憤鬱，而不達周公之心。
> 〔註 122〕

曹植空負用世之才，卻見疑遭忌，與君王爲骨肉至親，恩疏情絕，形同路人，胸中鬱憤，豈能無怨？〈怨歌行〉之作，不道怨詞，懷才不遇的哀怨卻鮮然可見。鍾嶸評曹植詩曰：

> 情兼雅怨，體被文質，粲溢今古，卓爾不羣。〔註 123〕

廖蔚卿〈鍾嶸詩品析論〉釋謂：

> 曹植詩的「情兼雅怨」用傳統的語言表示，則爲：以「宛轉諷諭」的語言技巧表示了溫柔敦厚的含蓄感情，所以「怨」是曹詩的本質，而「雅」是這「怨」的本質的完美的表現特性。〔註 124〕

在傳統溫柔敦厚的詩歌蘊育下，詩人「常自憤怨」的不遇挫敗乃由怒轉化爲怨，此種「怨」已包含了「諷諭」的作用。

　　掙扎於漢魏亂世的文人與張衡、曹植有「嘉不獲用」、「忠信事不顯，乃有見疑患。」的境遇者頗多，發於篇章頗多以懷才不遇之怨爲主題的詩作。今統計如下：

　　漢：張衡〈怨詩〉〔註 125〕；酈炎〈見志詩〉二首〔註 126〕；孔融〈臨終詩〉〔註 127〕、〈雜詩〉〔註 128〕；古詩〈蘭若生春陽〉〔註 129〕、〈橘柚垂華實〉〔註 130〕，趙壹〈魯生歌〉〔註 131〕、趙歧〈趙歧歌〉

〔註 122〕同上註，頁 198。
〔註 123〕〔梁〕鍾嶸著，汪中選注：《詩品注》，卷上，頁 72。
〔註 124〕見文學評論編輯委員會主編：《文學評論》第 1 集，（臺北：書評書目出版社，1976 年），頁 50。
〔註 125〕逯欽立輯校：《漢詩》，卷 6，《先秦漢魏晉南北朝詩》，頁 179～180。
〔註 126〕同上註，頁 182～183。
〔註 127〕同上註，頁 197。
〔註 128〕〔宋〕章樵註：《古文苑》（臺北：鼎文書局，1973 年），卷 8，頁 211～213。
〔註 129〕逯欽立輯校：《漢詩》，卷 12，《先秦漢魏晉南北朝詩》，頁 335。
〔註 130〕同上註。
〔註 131〕同上註，《漢詩》，卷 6，頁 190。

〔註132〕；樂府〈陬操〉〔註133〕、〈猗蘭操〉〔註134〕、〈貞女引〉〔註135〕、〈箕山操〉〔註136〕、〈龍蛇歌〉〔註137〕、〈信立退怨歌〉〔註138〕等〔註139〕。

魏：王粲〈從軍詩〉〔註140〕、〈雜詩〉「鷙鳥化為鳩」〔註141〕、「聯翩飛鸞鳥」〔註142〕；陳琳〈遊覽詩〉〔註143〕二首；劉楨〈贈五官中郎將詩〉四首〔註144〕，〈贈從弟詩〉三首〔註145〕；應瑒〈報趙淑麗詩〉〔註146〕、〈侍五官中郎將建章台集詩〉〔註147〕；繁欽〈詠蕙詩〉〔註148〕、吳質〈思慕詩〉〔註149〕、杜摯〈贈毌丘儉詩〉〔註150〕、〈贈毌丘荊州詩〉〔註151〕。

曹植〈怨歌行〉〔註152〕、〈吁嗟篇〉〔註153〕、〈鰕鮖篇〉〔註154〕、

〔註132〕同上註，《漢詩》，卷7，頁195。
〔註133〕同上註，《漢詩》，卷11，頁300。
〔註134〕同上註，頁300～301。
〔註135〕同上註，頁306。
〔註136〕同上註，頁308。
〔註137〕同上註，頁311～312。
〔註138〕同上註，頁312～313。
〔註139〕《古詩十九首》中，頗多思婦棄妻之詞，部份學者喜以「臣子不得於君」解釋。本文就詩本身所流露的鮮明內容為分類，故凡思婦棄妻之詞，皆歸納入本章第1節中「女子之怨」討論。
〔註140〕逯欽立輯校：《魏詩》，卷2，《先秦漢魏晉南北朝詩》，頁361～363。
〔註141〕同上註，頁365。
〔註142〕同上註。
〔註143〕同上註，《魏詩》，卷3，頁367～368。
〔註144〕同上註，頁369～370。
〔註145〕同上註，頁371。
〔註146〕同上註，頁382。
〔註147〕同上註，頁383。
〔註148〕同上註，頁385。
〔註149〕同上註，《魏詩》，卷5，頁412。
〔註150〕同上註，頁419～420。
〔註151〕同上註，頁420。
〔註152〕同上註，《魏詩》，卷6，頁426～427。
〔註153〕同上註，頁423。
〔註154〕同上註，頁422～423。

〈豫章行〉二首〔註155〕、〈當牆欲高行〉〔註156〕、〈朔風詩〉〔註157〕、
〈贈徐幹詩〉〔註158〕、〈贈丁儀詩〉、〈贈王粲詩〉〔註159〕、〈贈白馬
王彪詩〉〔註160〕、〈喜雨詩〉〔註161〕、〈三良詩〉〔註162〕、〈雜詩〉「轉
蓬離本根」〔註163〕、「僕夫早嚴駕」〔註164〕、「飛觀百餘尺」〔註165〕、
〈言志詩〉〔註166〕、失題詩〈雙鶴俱遨遊〉〔註167〕〔註168〕。

　　何晏〈言志詩〉二首〔註169〕；嵇康〈述志詩〉二首〔註170〕、〈五
言詩〉二首〔註171〕、〈答二郭詩〉其二〔註172〕〔註173〕。

　　右列詩歌，大都未以「怨」標題，然詩歌情感型態，卻不出懷才
不遇怨歎的範圍。由於後人解詩觀點各異，故似怨非怨、似哀非哀的
作品，莫衷一是。右列詩歌、難能精詳地統攝於「怨」字之下，然卻

〔註155〕同上註，頁 424。
〔註156〕同上註，頁 438。
〔註157〕同上註，《魏詩》，卷7，頁 447。
〔註158〕同上註，頁 450～451。
〔註159〕同上註，頁 451。
〔註160〕同上註，頁 453～454。
〔註161〕同上註，頁 460。
〔註162〕同上註，頁 455。
〔註163〕同上註，頁 456。
〔註164〕同上註，頁 457。
〔註165〕同上註。
〔註166〕同上註，頁 462。
〔註167〕同上註，頁 460。
〔註168〕毛炳生《曹子建詩的詩經淵源研究》一書中，以「雅」「怨」爲子
　　　　建詩作分類。以爲子建〈怨詩〉共有三十七首，今參考毛氏之說，
　　　　益以一己分析所得，子建〈怨詩〉中寫懷才不遇怨情者，計有十八
　　　　首，佔二分之一，爲最多的一種。見毛炳生：《曹子建詩的詩經淵
　　　　源研究》（臺北：文史哲出版社，1985 年）。
〔註169〕逯欽立輯校：《魏詩》，卷8，《先秦漢魏晉南北朝詩》，頁 468。
〔註170〕同上註，《魏詩》，卷9，頁 488～489。
〔註171〕同上註，頁 489。
〔註172〕同上註，頁 487。
〔註173〕阮籍《詠懷詩》中抒發懷才不遇之篇什頗多，實則詩人所詠之懷，
　　　　多爲怨恨之懷，唯《詠懷詩》於文學史上已成定論，爲不使之與〈怨
　　　　詩〉混淆，故於討論時僅作旁證之參考。

有助於對問題的析論探討，明王慎中曰：

> 不得志於時，而寄於詩以宣其怨忿，而道其不平之思，蓋
> 多有其人矣。所謂不得志者，豈以貧賤之故也？材不足以
> 用於世，而沮於貧賤，宜也。又何怨焉？才足以用世，貧
> 且賤焉，其怨也宜也。言之所寄，出於不平，煙雲、水石、
> 蟲魚、鳥獸、草木之見者，皆可怨之物，寫而爲詩，皆不
> 樂之旨，是其人於中雖未宏，而亦其情之所不免與。〔註174〕

今所歸納「懷才不遇」怨詩之作，皆有「不得於時」的困蹇，由於「不得志於時」，故而「寄於詩以宣其怨忿」，詩人之「不樂之旨」正是其難以排解的不遇哀怨。

　　本節以男子不遇的怨情爲主，依其表現內容分爲「懷才不遇」與「傷時憂生」，以進一步探討漢魏詩人不遇怨情。

一、懷才不遇

　　以經世濟民自期的才智之士，當其未與世事深入交接之際，對於未來往往抱持著樂觀與自信。俟其經歷仕途滄桑，明瞭政場複雜後，身處亂世的知識份子，就在現實環境與用世理想的交戰下，精神遭受痛苦的煎熬，有志痛伸的哀怨，使文人由滿腔希望轉變爲失望，最後落入無奈的絕望深淵。在此心態無奈的轉化中，怨恨亦由是而生。此種懷才不遇之恨，正是失意文人共同的情感。

　　曹植是建安時代最卓越的詩人，在其詩中頗多懷才不遇的怨歎。曹植一生，大約可分爲兩期〔註175〕。抒寫不遇之怨篇，大都成於後期。《三國志‧陳思王傳》謂：「植常自憤怨，抱利器而無所施。」

〔註174〕〔明〕王慎中：〈碧梧軒詩序〉《王遵巖家居集》（臺北：閩南同鄉
　　　　會，1975 年），卷 2，頁 26。
〔註175〕林文月：「二十九歲以前爲前期（建安二十五年曹操病亡，曹丕繼
　　　　立爲魏王，時值二十九歲）這一段時間是他無憂無慮的時代，生活
　　　　浪漫而多彩，二十九歲到四十一歲病死爲後期，曹丕的繼立，對曹
　　　　植的生命史說來，是一個轉捩點，他一下子從天之驕子而變爲浮沉
　　　　轉徙的失意人。」，見林文月：〈談談曹氏兄弟的詩〉，《澄輝集》（臺
　　　　北：洪範書店，1985 年），頁 45。

〔註176〕曹植曾上疏〈求自試〉，殺敵靖亂，以功報主的企望十分強烈，但明帝卻僅以「輒優文答報」〔註177〕回應。子建在明帝太和年間的上疏，可表現出由濃厚之期望，挫轉為悵然絕望的不遇哀怨。由其本傳可見：

> 植每欲求別見獨談，論及時政，幸冀試用，終不能得。……
> 悵然絕望。時法制，待藩國既自峻迫，寮屬皆賈豎下才，
> 兵人給其殘老，大數不過二百人。又植以前過事，事事復
> 減半，十一年中而三徙都，常汲汲無歡，遂發疾薨，時年
> 四十一。〔註178〕

就情緒心理學而言，「終不能得」的挫折，「悵然絕望」的無奈與「汲汲無歡」的情緒，正是引發怨恨的最佳因子〔註179〕。故知廖蔚卿先生所論：「怨是曹詩的本質。」，其怨即是來自於壯志不遂的挫折：

> △　吁嗟此轉蓬，居世何獨然？長去本根逝，宿夜無休閒。
> 　　東西經七陌，南北越九阡。卒遇回風起，吹我入雲間。
> 　　自謂終天路，忽然下沉淵。驚飆接我出，故歸彼中田。
> 　　當南而更北，謂東而反西。宕宕當何依，忽亡而復存。
> 　　飄颻周八澤，連翩歷五山。流轉無恒處，誰知吾苦艱？
> 　　願為中林草，秋隨野火燔。糜滅豈不痛，願與根荄連。
> 　　〈吁嗟篇〉〔註180〕

> △　蝦䱷游潢潦，不知江海流。燕雀戲藩柴，安識鴻鵠遊。
> 　　世士此誠明，大德固無儔。駕言登五嶽，然後小陵丘。
> 　　俯觀上路人，勢利惟是謀。讎高念皇家，遠懷柔九州。
> 　　撫劍而雷音，猛氣縱橫浮。汎泊徒嗷嗷，誰知壯士憂？

〔註176〕〔晉〕陳壽撰，〔宋〕裴松之註、盧弼集解：〈陳思王〉，《魏書》，
　　　　《三國志集解》（臺北：藝文印書館，1956 年），卷 19，頁 509。
〔註177〕同上註，頁 515。
〔註178〕同上註，頁 516～517。
〔註179〕見馬起華：《心理學》，頁 150。
〔註180〕王闓運評曰：「此詩當感同根而見減，亦可怨矣。」《湘綺樓說詩》，
　　　　（臺北：廣文書局，1978 年），卷 1。逯欽立輯校：《魏詩》，卷 6，
　　　　《先秦漢魏晉南北朝詩》，頁 423。

〈蝦䱇篇〉〔註181〕

△ 龍欲升天須浮雲，人之仕進待中人。眾口可以鑠金，讒
言三至，慈母不親。憤憤俗間，不辯僞眞，願欲披心自
說陳，君門以九重，道遠河無津。〈當牆欲高行〉〔註182〕

△ 僕夫早嚴駕，吾將遠行遊。遠遊欲何之，吳國爲我仇。
將騁萬里塗，東路安足由。江介多悲風，淮泗馳急流，
願欲一輕濟，惜哉無方舟。閑居非吾志，甘心赴國憂。
〈雜詩其五〉〔註183〕

△ 子好芳草，豈忘爾貽？繁華將茂，秋霜悴之。君不垂眷，
豈云其誠？秋蘭可喻，桂樹冬榮。〈朔風詩其四〉〔註184〕

△ 謁帝承明廬，逝將歸舊疆，清晨發皇邑，日夕過首陽，
伊洛廣且深，欲濟川無梁。汎舟越洪濤，怨彼東路長，
顧瞻戀城闕，引領情內傷。〈贈白馬王彪詩其一〉〔註185〕

子建後期的坎坷人生，藩國頻遷，「無方舟」、「河無津」、「川無梁」
的絕望，使詩人尋覓不得安身立命之所。生命搖擺不安之困境，使子
建詩蒙上濃濃的哀怨色彩。李夢陽云：「嗟呼！植！其音宛，其情危，
其言憤切而有餘悲，殆處危疑之際者乎！」〔註186〕，除了曹植外，
漢魏文人面對著紛濁的政治，回顧個人的理想初衷，黯然而生，不遇
的怨歎，屢見於詩篇：

△ 靈芝生河洲，動搖因洪波。蘭榮一何晚，嚴霜瘁其柯。
哀哉二芳草，不植太山阿。文質道所貴，遭時用有嘉。
絳灌臨衡宰，謂誼崇浮華。賢才抑不用，遠投荊南沙。
抱玉乘龍驥，不逢樂與和。安得孔仲尼，爲世陳四科。

（酈炎〈見志詩〉其二）〔註187〕

〔註181〕同上註，頁423。
〔註182〕同上註，頁438。
〔註183〕同上註，《魏詩》，卷7，頁457。
〔註184〕同上註，頁447。
〔註185〕同上註，頁453。
〔註186〕河北師範學院中文系古典文學教研組編：《三曹資料彙編》，頁127。
〔註187〕逯欽立輯校：《漢詩》，卷6，《先秦漢魏晉南北朝詩》，頁183。

△ 橘柚垂華實，乃在深山側。聞君好我甘，竊獨自雕飾。
　委身玉盤中，歷年冀見食。芳菲不相投，青黃忽改色。
　人儻欲我知，因君爲羽翼。（古詩〈橘柚垂華實〉）〔註 188〕

△ 鷙鳥化爲鳩，遠竄江漢邊。遭遇風雲會，託身鸞鳳間。
　天姿既否戾，受性又不閒。邂逅見逼迫，俛仰不得言。
　（王粲〈雜詩〉其四）〔註 189〕

△ 愴愴懷殷憂，殷憂不可居。徙倚不能坐，出入步踟蹰。
　念蒙聖主恩，榮爵與眾殊。自謂永終身，志氣甫當舒。
　何意中見棄，棄我就黃壚。茕茕靡所恃，淚下如連珠。
　隨沒無所益，身死名不書。慷慨自俛仰，庶幾烈丈夫。
　（吳質〈思慕詩〉）〔註 190〕

△ 騏驥馬不試，婆娑槽櫪間。壯士志未伸，坎軻多辛酸。
　伊摯爲媵臣，呂望身操竿。夷吾困商販，甯戚對牛歎。
　食其處監門，淮陰飢不餐。買臣老負薪，妻畔呼不還。
　釋之宦十年，位不增故官。才非八子倫，而與齊其患。
　無知不在此，表盎未有言。被此篤病久，榮衛動不安。
　聞有韓眾藥，信來給一丸。（杜摯〈贈毌丘儉詩〉）〔註 191〕

△ 鳳凰集南嶽，徘徊孤竹根。於心有不厭，奮翅凌紫氛。
　豈不常勤苦，羞與黃雀羣。何時當來儀，將須聖明君。
　（劉楨〈贈從弟詩三首〉其二）〔註 192〕

△ 簡珠墮沙石，何能中自諧。欲因雲雨會，濯羽陵高梯。
　良遇不可值，伸眉路何階。（應瑒〈侍五官中郎將建章臺集
　詩〉）〔註 193〕

△ 蕙草生山北，托身失所依。植根陰崖側，夙夜懼危頹。
　寒泉浸我根，淒風常徘徊。三光照八極，獨不蒙餘暉。
　葩葉永彫瘁，凝露不暇晞。百卉皆含榮，己獨失時姿。

〔註 188〕同上註，《漢詩》，卷 12，頁 335。
〔註 189〕同上註，《魏詩》，卷 2，頁 365。
〔註 190〕同上註，《魏詩》，卷 5，頁 412。
〔註 191〕同上註，頁 419～420。
〔註 192〕〔梁〕蕭統編，〔唐〕李善注：《文選》，卷 23，頁 32b～33a。
〔註 193〕逯欽立輯校：《魏詩》，卷 3，《先秦漢魏晉南北朝詩》，頁 383。

比我英芳發，鵾鵊鳴已哀。（繁欽〈詠蕙詩〉）〔註194〕

靈芝、蕙草、鶯鳥、騏驥、鳳凰、明珠等爲物中極品，卻有「托身失
所依」的遭遇，詩人藉此以自況一己之壯志與高材未受重用，正與張
衡〈怨篇〉詠秋蘭以喻「嘉而不獲用」的哀怨相同。詩中關注的重心，
正是懷才不遇的怨痛。

二、傷時憂生

懷才不遇，前途不再有樂觀的憧憬，然而平生懷抱又徘徊於深
心，不願終沒世而聲名不稱。詩人的矛盾心情，使他對於時間的流逝，
深感壓迫。季節遷疏，歲月如馳，似將挾帶此生壯懷同去，讓生命留
下一片空白。這悲愴性的察覺，使詩人成爲季節的敏感者，傷春悲秋
以抒解中情。這類詩作中充滿了時間意識。例如：

△ 驚風飄白日，忽然歸西山。圓景光未滿，眾星燦以繁。
　　志士營世業，小人亦不閒。（曹植〈贈徐幹詩〉）〔註195〕

△ 踟躕亦何留，相思無終極。秋風發微涼，寒蟬鳴我側。
　　原野何蕭條，白日忽西匿。（曹植〈贈白馬王彪詩〉）〔註196〕

△ 風飆揚塵起，白日忽已冥。迴身入空房，託夢通精誠。
　　人欲天不違，何懼不合并。（王粲〈雜詩〉）〔註197〕

△ 嘉木凋綠葉，芳草纖紅榮。騁哉日月逝，年命將西傾。
　　建功不及時，鐘鼎何所銘。（陳琳〈遊覽詩〉）〔註198〕

△ 秋日多悲懷，感慨以長歎。終夜不遑寐，敘意於濡翰。
　　明燈曜閨中，清風淒已寒。白露塗前庭，應門重其關。
　　四節相推斥，歲月忽已殫。壯士遠出征，戎事將獨難。
　　涕泣灑衣裳，能不懷所歡。（劉楨〈贈五官中郎將詩〉其三）
　　〔註199〕

〔註194〕同上註，頁385。
〔註195〕同上註，《魏詩》，卷7，頁451。
〔註196〕同上註，頁453。
〔註197〕同上註，《魏詩》，卷2，頁364。
〔註198〕同上註，《魏詩》，卷3，頁368。
〔註199〕同上註，頁370。

詩人形容白日「忽已冥」、「忽西匿」、「忽已彈」，這些「忽」字，不但寫出詩人對時間流逝的敏感；更道出在這快速流轉的時光中，詩人措手不及的恐慌。此已非單純歎逝之筆，而是和自己的「猛志」、「前途」有關的時間之歎。現實挫折壓逼人心，時間又忽轉而逝，兩相摧迫，詩人生命怨情已不經意地自詩句中流出。

　　除了對時間特別敏銳與戀棧外，與「不遇」情懷同時呈現的是「憂生之嗟」。「生」是生命，「憂生」即是憂懼世路險巇和生命短暫無常。此種心境與政治的實際矛盾有關。如曹植與建安七子身仕魏朝；阮籍、嵇康之出仕晉代，皆隨時有罹禍殺身之危，故「憂生」的感觸，也較強烈。吳淇評曹植曰：「大抵子建平生，只為不得于文帝，常有憂生之嗟。」〔註200〕。李善評阮籍《詠懷詩》則云：「嗣宗身仕亂朝，常恐罹謗遇禍，因茲發詠，故每有憂生之嗟。」〔註201〕。皆可見於其詩中生命阽危，人生苦短之怨歎。以「怨」為風格特色的曹植，即明顯地透露憂生之嗟於詩中：

△　雙鶴俱遨遊，相失東海傍。雄飛竄北朔，雌驚赴南湘。棄我交頸歡，離別各異方，不惜萬里道，但恐天網張。
（曹植〈失題詩〉）〔註202〕

除曹植外，其時文人於不遇的傷懷中，普遍帶有憂生畏禍的危懼：

△　蕙草生山北，托身失所依，植根陰崖側，夙夜懼危頹，寒泉浸我根，淒風常徘徊。（繁欽〈詠蕙詩〉）〔註203〕

△　朝雁鳴雲中，音響一何哀。……遠行蒙霜雪，毛羽日摧頹。常恐傷肌骨，身隕沉黃泥。……良遇不可值，伸眉路何階？（應瑒〈侍五官中郎將建章臺集詩〉）〔註204〕

〔註200〕河北師範學院中文系古典文學教研組編：《六朝選詩定論》，卷5，評曹植《情詩》之語。收於《三曹資料彙編》，頁154。
〔註201〕見李善評〈詠懷詩〉其一注，〔梁〕蕭統編，〔唐〕李善注：《文選》，卷23，頁2b。
〔註202〕逯欽立：《魏詩》，卷7，《先秦漢魏晉南北朝詩》，頁460。
〔註203〕同上註，《魏詩》，卷3，頁385。
〔註204〕同上註，頁383。

　　△　鴻鵠比翼遊，羣飛戲太清，常恐天網羅，憂禍一旦并，
　　　　豈若集五湖，順流唼浮萍。逍遙放志意，何爲怵惕驚。
　　　　　（何晏〈言志詩〉）〔註205〕
　　△　良辰不我期，當年值紛華。坎凜趣世教，常恐嬰網羅。
　　　　羲農邈已遠，拊膺獨咨嗟。（嵇康〈答二郭詩〉其二）〔註206〕

這些詩句中，潛伏著詩人深刻的危懼感。由於對未來的不安，一發爲
好景不再的哀情及死亡況味的設想。這種憂生的嗟歎，正與傷時情緒
般，是懷才不遇於時，不遇於世的心靈之怨！〔註207〕

　　憂侯湛有云：「吾聞有其才而不遇者，時也；有其時而不遇者，
命也。」〔註208〕漢魏抒寫不遇怨情的詩篇，「時命」是詩人關注的重
要環節。此種觀念可溯自漢初項羽之〈垓下歌〉已見端倪，其歌曰：

　　力拔山兮氣蓋世，時不利兮騅不逝，
　　騅不逝兮可奈何？虞兮虞兮奈若何？〔註209〕

項羽雖有「力拔山兮氣蓋世」的天生異才，卻遭遇「時不利兮騅不
逝」的不幸情境，最後只有悲吟「虞兮虞兮奈若何」的哀歌。司馬
遷在《項羽本紀》中也將項羽的失敗，歸因於不可抗拒的命運。如
《項羽本紀》言：

　　吾起兵至今八歲矣，身七十餘戰，所當者破，所擊者服，
　　未嘗敗北，遂霸有天下，然今卒困於此，此天之亡我，非
　　戰之罪也。〔註210〕

〔註205〕同上註，《魏詩》，卷8，頁468。
〔註206〕同上註，《魏詩》，卷9，頁487。
〔註207〕庾信〈傷心賦序〉云：「至若曹子建、王仲宣、傅長虞、應德璉、
　　　　劉滔之母，任延之親，書翰傷切，文詞哀痛，千悲萬恨，何可勝言。」
　　　　其千悲萬恨的情緒，即是懷才不遇的悲怨。〔清〕嚴可均輯校：《全
　　　　後周文》，卷9，頁1b，《全上古三代秦漢三國六朝文》第4冊，頁
　　　　3924。
〔註208〕〔唐〕房玄齡：〈夏侯湛傳〉，《晉書》（臺北：鼎文書局，1980年），
　　　　卷55，頁1491。
〔註209〕逯欽立輯校：《漢詩》，卷1，《先秦漢魏晉南北朝詩》，頁89。
〔註210〕〔漢〕司馬遷撰，〔日〕瀧川龜太郎考證：〈項羽本紀〉第7，頁
　　　　70，《史記會注考證》，卷7，頁157。

在「天亡我」的宿命觀下，空負異才的英雄，只能無奈地向天命低頭。
日本學者吉川幸次郎在《中國詩史》中道：

> 人類的一生時幸時不幸，這一切都在命運的掌握中，也就是
> 受到天的操縱。不論人類如何的努力，命中注定的事實是絕
> 對不會改變的。〈垓下歌〉中的命運觀正是如此。〔註211〕

〈垓下歌〉中最重要的轉折處，就在「時不利」三字，「時命」是無
法由一己所操縱，必須待之於客觀時命的相合。漢代頗多「士不遇賦」
〔註212〕，其不遇的情感即來自於對時命反省，如東方朔〈哀命〉；莊
忌〈哀時命〉；王褒〈匡機〉；劉向〈愍命〉；王逸〈傷時〉、〈哀歲〉
等，賦中時序的凋萎，時機的紛亂，不再止於背景式之烘托，而是由
現象納入推理，凝固爲「時命」的詮釋：

> △　哀時命之不合兮，傷楚國之多憂，內懷清之潔白兮，
> 　　遭亂世而離尤，惡耿介之直行兮，世溷濁而不知。（東
> 　　方朔〈自悲〉）〔註213〕

> △　哀時命之不及古人兮，夫何予生之不遘時，往者不可
> 　　扳援兮，倈者不可與期。（嚴忌〈哀時命〉）〔註214〕

賦家有志無「時」，無才無「命」的哀怨，同樣是不遇詩人的怨歎：

> △　靈芝生河洲，動搖因洪波，蘭榮一何晚，嚴霜瘁其柯。
> 　　哀哉二芳草，不植太山阿。文質道所貴，遭時用有嘉。
> 　　絳灌臨衡宰，謂誼崇浮華。賢才抑不用，遠投荊南沙。
> 　　抱玉乘龍驥，不逢樂與和。安得孔仲尼，爲世陳四科。
>
> 　　（酈炎〈見志詩〉）〔註215〕

〔註211〕吉川幸次郎：〈項羽的垓下歌〉，《中國詩史》（臺北：明文書局，1983
　　　　年），頁 35。作者認爲面對早已註定的命運安排下，人類只能束手
　　　　無策地待命，此種觀念是漢代詩歌中極爲普遍的情感。

〔註212〕曹淑娟：〈論漢賦之寫物言志傳統〉，《國立臺灣師範大學國文研究
　　　　所集刊》第 27 期（1983 年 6 月），頁 48～72，對於漢代士人不遇
　　　　情懷，有詳細的討論。

〔註213〕〔清〕嚴可均輯校：《全漢文》，卷 25，頁 4a，《全上古三代秦漢三
　　　　國六朝文》，頁 263。

〔註214〕同上註，卷 19，頁 231。

〔註215〕逯欽立輯校：《漢詩》，卷 6，《先秦漢魏晉南北朝詩》，頁 183。

△　勢家多所宜，欬吐自成珠。被褐懷金玉，蘭蕙化爲芻。
　　賢者雖獨悟，所困在羣愚，且各守爾分，勿復空馳驅，
　　哀哉復哀哉，此是命矣夫。（趙壹〈魯生歌〉）〔註216〕

△　國有逸民，姓趙氏名嘉。有志無時，命也奈何。（趙岐
　　〈歌〉）〔註217〕

詩人懷才不遇的傷痛，以及無法由個人主宰的外在因緣，最後發出的
哀歎是「此是命矣夫」、「命也奈何」，將之歸結於「時命」的慰藉。
漢末文人不遇的怨歎，乃是與其對時命的體驗相互結合。

　　漢人不遇之詩，大都爲東漢之作，此與政治有密切關連。降至曹
魏，政局益形紛亂，文人動輒得咎，遭貶坐廢。詩人濟物救世之志屢
受打擊，自身際遇之困塞，易發爲憤世嫉俗的怨愁。不遇文人的感情
極爲複雜：哀傷、怨怒兼而有之。若罪出於己，發諸詩歌，應是自悔
自傷式的感情；若受冤遭忌，不平於情理，詩中自有怨怒之情。但詩
人在溫柔敦厚的詩教要求下，發之於詩歌，大都是「怨而不怒」。故即
使若曹植有「輔王室」之心，卻反遭「流言」所陷的不平，作詩寄怨，
亦求含蓄。尤其在傳統強固的「忠君」觀念下，臣子絕無怨君怒君之
理，只有將滿腔忿懣轉化爲哀怨，自歎時命不遇。因此漢魏寫不遇之
怨的詩歌，其感情型態大都偏向於悲哀，是一種自憐自傷式的怨情。

　　懷才不遇之怨，自屈賦的啓發後〔註218〕，經過漢魏文人的深刻反
省，益形突顯，且已帶有對紛亂政治的諷諭作用。自此以後，懷才不
遇的怨情，一直縈繞在文人的左右，成爲後代詩歌中十分普遍的表現。

第四節　人生無常之怨

　　生存與死亡，對人類有限的生命而言，是一件蘊含著希望與絕望

〔註216〕同上註，頁 190。

〔註217〕同上註，《漢詩》，卷 7，頁 195。

〔註218〕陳有昇：〈試論屈原賦之「怨」的思想內容和藝術特色——中國古
　　　　　曲悲劇初探〉，收於朱光潛、宗白華等著：《中國古代美學藝術論》
　　　　　（臺北：木鐸出版社，1985 年），頁 143～169。

的事情。古代哲人從萬物的生機裡，體悟出天地大德的生生之理，這種生物之機，就是使生命、宇宙持續長存的內在動力。但是當人面臨對死亡的來到時，無不產生強烈的心靈悸動。老子云：「飄風不終朝，驟雨不終日，孰爲此者？天地。天地尚不能久，而況與人乎？」〔註219〕哲人由外界自然事物的觀察，而反省回歸到人身的感受上，進而體認到宇宙變化遷流的至理，以及人的生命在宇宙中無常的悲哀。

　　先民詩歌中如《詩經・唐風》中〈葛生〉的作者，已言及人終難逃死亡的事實：

　　　　夏之日，冬之夜，百歲之後，歸于其居。

　　　　冬之夜，夏之日，百歲之後，歸于其室。〔註220〕

詩中以「居」、「室」擬況墳墓，塚壙，說明出人對生死問題視之平常自然。生如行旅，死亡就是屋室。詩言日月不居，甚至推言及死亡，但措詞一本溫柔不傷。至若《楚辭》中寫時之過往，死亡的意義，雖已不勝傷情，但大抵因志意而發。屈原眞正的煩憂乃在惟恐無所作爲，才質在時光流逝中衰邁，消失對於自然生命的死亡，屈原並無深切之關懷。〔註221〕蘇洵言：「賢者不悲其身之死，而憂其國之衰。」〔註222〕正是《楚辭》精神的寫照。

　　眞正將人對死亡感受之惶恐與不安，及對生命無常而激起的痛苦與怨恨情緒，一併化爲韻律生動，詞音激切的文辭者，是漢魏的詩歌。

〔註219〕《老子新譯》，23 章，頁 18，收於《老子釋譯》（臺北：里仁書局，1980 年）。

〔註220〕〔漢〕毛亨撰，〔漢〕鄭玄箋，〔唐〕孔穎達疏：《毛詩正義》，卷 6 之 2，頁 13a，《十三經注疏》，（臺北：藝文印書館，1982 年），頁 228。

〔註221〕《楚辭》中只有〈遠遊〉一篇，是眞正對生命產生內在的自覺：「惟天地之無窮兮，哀人生之長勤。往者余弗及兮，來者吾不聞。」〔宋〕洪興祖補注：《楚辭補注》（臺北：長安出版社，1991 年），頁 163〜164。

〔註222〕〔宋〕蘇洵撰：〈管仲論〉，《嘉祐集》（臺北：商務出版社，1977 年），卷 8，頁 7。

今考漢代帝王詩歌中，已普遍存在對生命不安和恐懼感。如漢高祖劉邦的〈大風歌〉云：

大風起兮雲飛揚，威加海內兮歸故鄉，安得猛士兮守四方！
〔註223〕

這本是勝利的凱歌，而高祖的反應卻是：「慷慨傷懷，泣數行下。」
〔註224〕可見歌中帶有濃厚的悲哀情愫。此種情愫正是在天命支配下，人類感到自身的渺小以及對未來不可知生命的不安和危懼〔註225〕。高祖之後，漢代帝王貴族，仍不乏此類慨歎生命無常的哀歌：

△　秋風起兮白雲飛，草木黃落兮鴈南歸。蘭有秀兮菊有
芳，懷佳人兮不能忘。汎樓船合濟汾河，橫中流兮揚
素波，簫鼓鳴兮發櫂歌。歡樂極兮哀情多，少壯幾時
兮奈老何？（漢武帝〈秋風辭〉）〔註226〕

此詩見《漢武帝故事》中記載：

上行幸河東，祠后土，顧視帝京，欣然中流，與羣臣飲燕。
上歡甚，乃自作秋風辭曰。〔註227〕

武帝在飲酒作樂，遊宴高歌之餘，情感急轉而下，觸及了人生最深層的問題。儘管「橫中流兮揚素波，簫鼓鳴兮發櫂歌」但卻令人想到「歡樂極兮哀情多」，只因詩人內心深處隱藏著是「少壯幾時兮奈老何」的惶恐。時間無情地流逝，流走了歡樂，帶走了青春，使人終將走上老去物化的死亡之路，眼前的歡娛，也將隨著老去死亡而劃上休止符。詩中流露出對生命無常的恐懼，悲哀和無奈！同樣地情緒，亦可見於下列王侯的詩歌中：

△　欲久生兮無終，長不樂兮安窮，奉天期兮不得須臾，千
里馬兮駐待路，黃泉下兮幽深，人生要死，何爲苦心？

〔註223〕〔漢〕班固撰：〈高帝紀〉，《漢書》，卷1下，頁74。
〔註224〕〔漢〕司馬遷撰，〔日〕瀧川龜太郎考證：〈高祖本紀〉第8，頁
80～81，《史記會注考證》，頁180。
〔註225〕〔日〕吉川幸次郎：〈漢高祖的大風歌〉，《中國詩史》，頁48。
〔註226〕逯欽立輯校：《漢詩》，卷1，《先秦漢魏晉南北朝詩》，頁94。
〔註227〕同上註，頁94。

　　　　何用爲樂心所喜，出入無悰爲樂亟，萬里召兮郭門閾，
　　　　死不得取代庸，身自逝。〈廣陵王劉胥歌〉〔註228〕

△　　歸空城兮，狗不吠，雞不鳴，橫術何廣廣，兮固知國
　　　　中之無人。〈燕王劉旦歌〉〔註229〕

△　　天道易兮我何艱，棄萬乘兮退守蕃，逆臣見迫兮命不
　　　　延，逝將去汝兮適幽玄。〈後漢少帝劉辯悲歌〉〔註230〕

此三首皆爲臨死前的絕命辭。劉胥於昭帝時，有覬欲帝位之心，後祝
詛事發，惶恐綏死〔註231〕。其詩中不僅有「欲久生兮無終，長不樂
兮安窮」的感傷，且含有極強烈的憂生意識。燕王旦之歌，也是在以
綏自絞前的悲歌〔註232〕，極爲悽涼欲絕。再觀後漢少帝之詩，身爲
帝王卻連一己生命都難保，在逆臣脅迫下，飲藥而死〔註233〕，死前
吟唱的「天道易兮我何艱」，「逆臣見迫兮命不延」的無奈與傷痛，眞
是名副其實的〈悲歌〉，在這三首絕命詩中，對人生榮衰之無常性發
出了最大的感慨。所謂「人生要死，何爲苦心？」的心態，正可以視
爲形體殞滅前對生命做最後的回顧與感歎。詩人的情緒是無奈地悲哀
與悽涼。在漢代的民間樂府中亦不乏此類的悲歌：

△　　薤上露，何易晞，露晞明朝還復落，人死一去何時歸？
　　　　〈古今注薤露歌〉〔註234〕

△　　蒿里誰家地？聚斂魂魄無賢愚？鬼伯一何相催促，人
　　　　命不得少踟躕。〈相和曲蒿里〉〔註235〕

〔註228〕逯欽立輯校：《漢詩》，卷2，《先秦漢魏晉南北朝詩》，頁111。
〔註229〕同上註，頁108。
〔註230〕同上註，《漢詩》，卷7，頁191。
〔註231〕事見〔漢〕班固撰：〈武五子傳〉第33，《漢書》，卷63，頁2762。
〔註232〕同上註。
〔註233〕事見〔南朝・宋〕范曄撰：〈皇后紀〉第10下：「（董）卓乃置弘農
　　　　王於閣上，使郎中令李儒進酖，曰：『服此藥，可以辟惡。』王曰：
　　　　『我無疾，是欲殺我耳！』不肯飲。強飲之，不得已，乃與妻唐姬
　　　　及宮人飲讌別。」《後漢書》，卷10下，頁450～451。
〔註234〕〔南朝・宋〕范曄撰：〈左周黃列傳〉第51，《後漢書》，頁2028。
〔註235〕逯欽立輯校：《漢詩》，卷9，《先秦漢魏晉南北朝詩》，頁257。

此二首是漢代以來流行的挽歌〔註236〕，作者對人生命本身做深刻反省後，發爲吟詠，說明死亡的必然，浮升著生命的無奈心緒。由以上所舉詩例可見，漢代上至帝王貴族，下至市井小民，皆發出對性命短促，生死無常的感歎。他們的情緒是無奈地的接受生命本身的悲劇，如實地面對鬼伯的催促，不做無謂的努力或掙扎，但是詩人們又不能灑脫坦然地正視形神俱滅的事實，因此詩歌中迷漫著濃厚的憂傷情調，詩人的情緒是偏向於無奈自憐的悲哀即（sorrow 或 grief）〔註237〕。

　　在漢代因這種人生無常的領悟，而激生出比〈挽歌〉、〈悲歌〉更強烈的傷痛乃至於怨恨的情感，而發之於詩篇，並直接以「怨」爲題者，在漢代有民間樂府〈怨詩行〉之篇，在魏則有阮瑀的〈怨詩〉之作。皆流露出詩人對於不可避免的自然命運來臨的怨恨。這種人生無常的怨情，與漢末以來政治混亂，殺伐迭興，以及天災疾疫，死亡枕藉的具體時代內容密不可分。在紛亂的時空背景下，不僅販夫走卒朝不保夕，即使貴爲曹氏父子或朝官胥吏，也有風雲旦夕之感，因此反應在詩歌中頗多與〈怨詩〉相同抒發死生無常怨情之作。詩題雖未以「怨」名篇，實即〈怨詩〉之同調。李澤厚於〈美的歷程〉中指出：

> 它們（人生無常的慨歎）與友情、離別、相思、懷鄉、行
> 役、命運、勸慰、願望、勉勵……結合揉雜在一起，使這
> 種生命短促、人生坎坷、歡樂少有，悲傷長多的感喟，愈
> 顯其沉鬱和悲涼。〔註238〕

人生無常的怨歎成爲漢末至六朝的文學中，普遍且典型的特色。在詩

〔註236〕崔豹《古今注》曰：「薤露、蒿里，並喪歌，出田橫門人。橫自殺，門人傷之，爲之悲歌。言人命如薤上之露易晞滅，亦謂人死魂精歸乎蒿里，故有二章。……世亦呼爲挽歌也。」收於〔梁〕蕭統編，〔唐〕李善注：〈挽歌歌三首〉，《文選》，卷28，頁25b～26a。

〔註237〕在情緒心理學上，悲哀輕度爲 sorrow，重則爲 grief 皆不若怨恨（hate）強烈。見馬起華：《心理學》，頁156。劉茂英：《普通心理學》（臺北：大洋出版社，1978 年）第八章〈情緒〉，頁269。亦有相同之說。

〔註238〕李澤厚：〈魏晉風度〉，《美的歷程》（臺北：蒲公英出版社，1985 年），頁88。

中抒發個人感慨，而摻雜人生無常思想的詩例，不勝枚舉，但因其非整首主寫死生無常之怨，故不視之爲〈怨詩〉同調。如漢秦嘉之〈留郡贈婦詩〉三首，主寫與妻別後的思念深情，第一首的開頭即道「人生譬朝露，居世多屯蹇。憂艱常早至，歡會常苦晚。」以人生短促無常，哀多歡少起筆興情，但卻非全詩之主旨。又如蔡琰〈悲憤詩〉，主寫己身坎坷命運，感傷亂離，詩中雖有「人生幾何？懷憂終年歲。」之句，但亦非全篇關注的重心。凡此種皆不屬本節〈怨詩〉範圍，僅做爲討論時之旁證。

今試析漢魏詩中，如樂府〈怨詩行〉、阮瑀〈怨詩〉整首抒寫對死生無常怨歎之情者，有左列詩篇：

漢：相和楚調曲〈怨詩行〉

樂府相和曲〈長歌行〉、瑟調曲〈西門行〉、大曲〈滿歌行〉。古詩十九首〈青青陵上栢〉、〈今日良宴會〉、〈迴車駕言邁〉、〈東城高且長〉、〈驅車上東門〉、〈去者日以疎〉、〈生年不滿百〉。

魏：阮瑀〈怨詩〉。

曹丕〈丹霞蔽日行〉、〈善哉行〉、〈大牆上蒿行〉。

曹植〈薤露行〉、〈野田黃雀行〉、〈送應氏詩〉其二；曹叡〈月重輪行〉、劉楨「天地無期竟」詩；阮瑀〈老人詩〉；應璩〈百一詩〉其二；郭遐叔〈贈嵇康詩〉三首其一；嵇康〈四言贈兄秀才入軍詩〉十八首其七，〈五言詩〉三首其一。

本節將依其表現內容，再詳分爲「無常的感悟」與「永生的追求」兩部份，探究漢魏人生無常的怨情。

一、無常的感悟

由於現實界的窘迫，往往會扭曲了生命的順暢前展，而時間的流動卻不因此而停息。於是原本對於生命萎頓的恐懼和不安，在經過反省與感悟後，乃轉入爲面對無常或死亡的怨歎聲中，怨詩即很自然地凸顯了一個生命型態的特徵。

東漢樂府〈怨詩行〉即是詩人在感悟人生無常後所發出的怨聲：

> 天道悠且長，人命一何促！百年未幾時，奄若風吹燭。嘉
> 賓難再遇，人命不可續。齊度遊四方，各繫太山錄。人間
> 樂未央，忽然歸東嶽。當須盪中情，遊心恣所欲。〔註239〕

天道悠長而人命短促，人間樂未央時，就必須「忽然歸東嶽」。詩人
以強烈的對比手法，突出人生無常的事實，激切的詞旨，顯現了作者
強烈的怨恨。朱止谿註〈怨詩行〉曰：

> 古詩云：「人生忽若寓。」夫寓不可常，怨不一族，曰怨詩
> 行、怨歌行，是怨亦人情乎！君子比於樂焉。末二句即西
> 門行「說呼心所懽」一意，知古人所怨，只是行與願違耳。
> 〔註240〕

詩中人生無常之怨，即是在「行與願違」下所產生的情感。〈怨詩行〉
比〈悲歌〉、〈挽歌〉中無可奈何地接受死亡的態度更為激切。詩人一
方面強調對於生命的悲觀與死亡的不幸；另一方面則反映其對現實人
生強烈的慾求與眷戀。與〈怨詩行〉同一概歎者，是古詩十九首中抒
寫人類終將歸趨於死亡的詩。王瑤在〈文人與藥〉中論道：

> 我們看到了這種思想（時光飄忽和人生短促）在文學裏的
> 大量浮出，是漢末的古詩。像「人生天地間，忽如遠行客」、
> 「人生寄一世，奄忽若飆塵」、「所遇無故物，焉得不速老」、
> 「人生非金石，豈能長壽考」、「四時更變化，歲暮一何速」、
> 「人生忽如寄，壽無金石固」（以上皆十九首中句），這一
> 類句子，表現了多麼強烈的生命的留戀，和對於不可避免
> 的自然命運來臨的憎恨。〔註241〕

在這一類型的詩歌中，與楚調曲〈怨詩行〉相較，不但內容相同，甚
至在寫作遣辭的技巧上都極為相近，所異者僅末以「怨」名篇耳。今
試將十九首中「青青陵上栢」錄之於左，以作比較：

〔註239〕逯欽立輯校：《漢詩》，卷9，《先秦漢魏晉南北朝詩》，頁275。
〔註240〕黃節《漢魏樂府風箋》引朱止谿註《怨詩行》之語，收錄於《古詩
　　　　集釋等四種》，頁53。
〔註241〕王瑤：〈中古文人生活〉，《中古文學史論》，頁6～7。

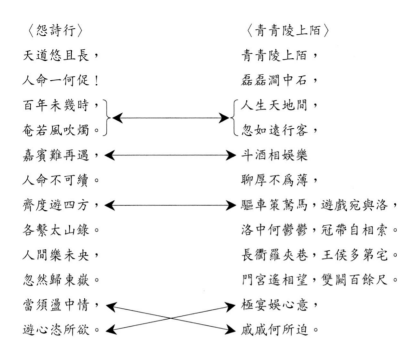

〈怨詩行〉

天道悠且長，

人命一何促！

百年未幾時，

奄若風吹燭。

嘉賓難再遇，

人命不可續。

齊度遊四方，

各繫太山錄。

人間樂未央，

忽然歸東嶽。

當須盪中情，

遊心恣所欲。

〈青青陵上陌〉

青青陵上陌，

磊磊澗中石，

人生天地間，

忽如遠行客，

斗酒相娛樂

聊厚不爲薄，

驅車策駑馬，遊戲宛與洛，

洛中何鬱鬱，冠帶自相索。

長衢羅夾巷，王侯多第宅。

門宮遙相望，雙闕百餘尺。

極宴娛心意，

戚戚何所迫。

　　二詩在第三句時，一則以「奄若風吹燭」，一則以「忽如遠行客」比喻壽命的短暫，用意相當。既然人生苦短，詩人不願束手無策地等待死亡，二詩皆在第五句以下，採用斗酒出遊等及時行樂的方式自處，最後皆以「遊心恣所欲」或「極宴娛心意」的把握有限生命，遊宴享樂作結。不論在內容上，風格上皆十分接近。日本學者吉川幸次郎曾抉出古詩十九首的共同主題——人類意識及自我生存於時間之上而引起之悲哀，其表現可分三類：

　　（一）對不幸時間之持續而起之悲哀。

　　（二）於時間推移中，由幸轉爲不幸之悲哀。

　　（三）感悟人生僅是向終極之不幸——即死亡——推移一
　　　　　段時間而引起之悲哀。〔註242〕

若將第三類中感悟人生短促的詩歌相較，則正如〈青青陵上栢〉

〔註242〕〔日〕吉川幸次郎著，鄭清茂譯：〈推移的悲哀——古詩十九首的
　　　　　主題〉，《中外文學》第6卷第4期（1977年9月），頁25。

一般與楚調曲〈怨詩行〉極爲雷同，舉例如：

  △ 齊心同所願，含意俱未伸，人生寄一世，奄忽若飈塵。

    （〈今日良宴會〉）〔註243〕

  △ 人生非金石，豈能長壽考？奄忽隨物化，榮名以爲寶。

    （〈迴車駕言邁〉）〔註244〕

  △ 浩浩陰陽移，年命若朝露，人生忽如寄，壽無金石固。

    （〈驅車上東門〉）〔註245〕

詩人所流露的情緒，已不僅如〈薤露〉、〈蒿里〉般平實無奈的悲哀而已，是鮮明地陳出對人生有限的不平。除了「推移的悲哀」外，應該更激盪著如王瑤所說的：「對於不可避免的自然命運來臨的憎恨。」這種「恨」即是「怨」，是人生無常的怨恨。

  人生無常的怨也同樣發抒在民間樂府之中：

  △ 青青園中葵，朝露待日晞。陽光布德澤，萬物生光輝。
    常恐秋節至，焜黃華葉衰。百川東到海，何時復西歸？
    少壯不努力，老大徒傷悲。〈相和長歌行〉〔註246〕

  △ 出西門，步念之，今日不作樂，當待何時（一解）？
    夫爲樂，爲樂當及時，何能坐愁怫鬱，當復待來茲（二
    解）？飲醇酒，炙肥牛，請呼心所歡，可用解憂愁（三
    解）。人生不滿百，常懷千歲憂。晝短而夜長，何不秉
    燭遊（四解）？自非仙人王子喬，計會壽命難與期。
    自非仙人王子喬，計會壽命難與期（五解）。人壽非金
    石，年命安可期？貪財愛惜費，但爲後世嗤（六解）。
    〈相和西門行〉〔註247〕

  △ 爲樂未幾時，遭時險巇，逢此百罹。零丁荼毒，愁苦難
    爲。遙望極辰，天曉月移。憂來填心，誰當我知。戚戚
    多思慮，耿耿殊不寧。禍福無形，惟念古人遜位躬耕。

〔註243〕逯欽立輯校：《漢詩》，卷12，《先秦漢魏晉南北朝詩》，頁330。
〔註244〕同上註，頁332。
〔註245〕同上註。
〔註246〕逯欽立輯校：《漢詩》，卷9，《先秦漢魏晉南北朝詩》，頁262。
〔註247〕同上註，頁269。

遂我所願，以茲自寧。自鄙棲棲，守此末榮。暮秋烈風，
昔蹈滄海。心不能安，攬衣瞻夜。北斗闌干，星漢照我。
去自無他，奉事二親。勞心可言，窮達天爲。智者不愁，
多爲少憂。安貧樂道，師彼莊周。遺名者貴，子還同遊，
往者二賢。名垂千秋，飲酒歌舞。樂復何須，照視日月。
日月馳驅，轗軻人間，何有何無，貪財惜費，此一何愚，
鑿石見火，居代幾時？〈大曲滿歌行〉〔註248〕

朱止谿評〈長歌行〉曰：「十九首〈所遇無故物〉、〈生年不滿百〉二篇，與長歌同義。」〔註249〕而十九首中的〈生年不滿百〉一詩，更與〈西門行〉有異曲同工之妙，二者關係密切〔註250〕。漢末從樂府詩歌到文人詩作，人生無常已成爲十分普遍的怨歌。

　　建安、黃初、正始，無論就政治或文學而觀，皆爲漢末的繼承〔註251〕。而漢人對生命有限、人生無常的哀怨，更隨著時代動亂，與政治上日趨嚴酷的壓制，佔據在曹魏文人的心中，詩人親眼目睹天災人禍奪人性命的事實，憂生的情緒更形強烈。阮瑀〈怨詩〉中即潛伏著深刻的性命危之感：

民生受天命，漂若河中塵。雖稱百齡壽，孰能應此身？猶
獲嬰凶禍，流落恆苦辛。〔註252〕

朱止谿評曰：「悲生也。或曰：短生悲長世，念亂也。優緩有餘，可得怨而不傷之慨。」〔註253〕以世情坎壈〔註254〕，在憂患意識下，驚

〔註248〕逯欽立輯校：《漢詩》，卷9，《先秦漢魏晉南北朝詩》，頁275～276。

〔註249〕黃節：《漢魏樂府風箋》，卷2，收入楊家駱主編：《古詩集釋等四種》一書，頁15。

〔註250〕馬茂元：《古詩十九首探索》（高雄：復文出版社，1984年），頁123。

〔註251〕就文學而言，清代葉燮說：「建安、黃初之詩，因於蘇、李與《十九首》者也。」〔清〕葉燮：《原詩》內篇上，收錄於〔清〕丁福保編：《清詩話》（臺北：木鐸出版社，1986年），頁566。

〔註252〕逯欽立輯校：《魏詩》，卷3，《先秦漢魏晉南北朝詩》（臺北：木鐸出版社，1983年），頁381。

〔註253〕黃節：《漢魏樂府風箋》，卷13，收入楊家駱主編：《古詩集釋等四種》一書，頁164。

〔註254〕阮瑀之師蔡邕死於獄中，阮瑀曾又因曹洪徵之不就，雖鞭笞亦不

覺人生的短暫、死亡之陰影揮之不去。其〈老人詩〉云：

> 白髮隨櫛墮，未寒思厚衣。四支易懈惓，行步益疏遲。常恐時歲盡，魂魄忽高飛。自知百年後，堂上生旅葵。〔註255〕

這是宿命的悵惘，「自知」二字，即是感悟到人生無常，縱有大能亦無法擺脫。詩人面對生命無情的事實，不禁發出永恆難解的怨歎〔註256〕！與阮瑀有相同怨情的是七子中的劉楨，其五言詩之作幾乎與阮瑀〈怨詩〉同出一轍：

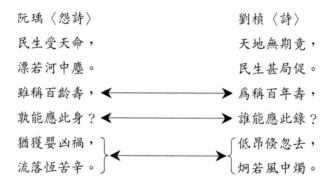

阮瑀〈怨詩〉	劉楨〈詩〉
民生受天命，	天地無期竟，
漂若河中塵。	民生甚局促。
雖稱百齡壽，	爲稱百年壽，
孰能應此身？	誰能應此錄？
猶獲嬰凶禍，	低昂倏忽去，
流落恆苦辛。	炯若風中燭。

二詩情感一致，連遣辭造句也類似。劉楨之作，並無詩題，若以「怨詩」名篇亦無不可。由感悟人生的有限性與無常性，進而產生對生命怨歎之情者，是曹魏乃至魏晉之際文人的共同心聲：

△ 陽春無不長成，草木群類隨大風起，零落若何翩翩，中心獨立一何煢？四時舍我驅馳，今我隱約欲何爲？人生居天壤間，忽如飛鳥棲枯枝。(曹丕〈大牆上蒿行〉)〔註257〕

△ 天地無窮極，陰陽轉相因，人居一世間，忽若風吹塵。

屈。及曹操「連見偪促」、「終怖詣門」。其受迫爲官。心中痛苦危懼尤爲深沉。事見《魏志》本傳。〔晉〕陳壽撰，〔宋〕裴松之注，盧弼集解：《三國志集解》(臺北：藝文印書館，1956年)，頁535。

〔註255〕逯欽立輯校：《魏詩》，卷3，《先秦漢魏晉南北朝詩》，頁381。

〔註256〕阮瑀尚有〈七哀詩〉一首，寫對死亡陰影籠罩的悲哀，但詩中情緒無奈消極，與〈挽歌〉的風格較爲接近。

〔註257〕逯欽立輯校：《魏詩》，卷4，《先秦漢魏晉南北朝詩》，頁396～397。

　　　（曹植〈薤露行〉）〔註258〕

△　年命在桑榆，東岳與我期。長短有常會，遲速不得辭，
　　斗酒當爲樂，無爲待來茲。（應璩〈百一詩〉）〔註259〕

△　人生壽促，天地長久。百年之期，孰云其壽。思欲登
　　仙，以濟不朽。纜彎踟躕，仰顧我友。（嵇康〈四言贈兄
　　秀才入軍詩十八其七〉）〔註260〕

甚至，阮籍《詠懷詩》之作難以「詠懷」名詩，但其中頗多詩篇，主
要在詠歎人生無常的怨情者〔註261〕。陸侃如《中國詩詞發展史》中
評道：

　　我們若能懂得「無常」是阮籍的中心思想，便不難了解《詠
　　懷詩》的意義。〔註262〕

可見詩人所詠之懷，其中人生無常之怨，亦佔有一席之地。自漢末以
來所被關切的生死問題，在〈怨詩〉一系的詠歎下，不但成爲六朝的
典型之音，對於詠懷詩人精神的啓發，與詠懷內容的開展上，也具有
直接且密切的影響〔註263〕。

二、永生的企求

　　漢魏怨詩的作者，在感悟人生的本質竟是飄忽若行旅，急遽若飆
塵，短暫若朝露後，他們不願束手無策地等待鬼伯的催促，於是基於
克服無常的焦慮，以及期望對於死亡——永恆的孤獨——的突破，使
在詩歌中展開種種追求的樣相，劉若愚在〈中國人的一些概念與思想

〔註258〕同上註，頁422。
〔註259〕同上註，《魏詩》，卷8，頁469。
〔註260〕同上註，《魏詩》，卷9，頁482。
〔註261〕例如八十二首中第四、三二、三三、三四、四十、四一首等皆是對
　　　　生命無常的怨歎。
〔註262〕陸侃如、馮沅君著：《中國詩史》（山東：山東大學出版社，1996年），
　　　　頁274。
〔註263〕李正治：〈詠懷組詩的心靈世界〉，《六朝詠懷組詩研究》第四章即
　　　　以「人生有限與無常的感悟」做爲詠懷詩的主要內容之一。（臺北：
　　　　國立臺灣師範大學國文研究碩士論文，1980年）。

感覺的方式〉一文中論曰：

> 大部分中國的讀書人對靈魂不死並無信心，……真正的道
> 家所追求的是回到自然的生命之無限長流中，而不是個人
> 的永久生存；佛家的目標是達到一切意識的停止；儒家不
> 大談論死後的生命。〔註264〕

漢魏之際，大多數的詩人不能在儒道中尋得寄託，而佛家又尚未普遍
〔註265〕，為了追求永生，解脫人生苦悶，於是詩人乃別尋途徑。

一種是榮名的追求。

古人有以立德、立功、立言為三不朽；尋其歸趨，實在於名。若
能無名身後，生命無常即可解脫；有了不朽之名，則一己生命可得延
伸。是以「名」是儒家倫理價值取向下，中國士人的信仰。高友工於
〈文學研究的美學問題〉中論曰：

> 中國文化中人物要留「名」，立「名」，傳「名」，若釋為
> 「名譽」（reputation fame）都有失其深度。至少在中國的
> 各階層中，這「名」都可能作為個人全體人格的表現。在
> 一個不以宗教信仰為中心的文化傳統，「不朽」的問題始
> 終是一個難題。但「名」的觀念的建立是使無宗教信仰者
> 有一個精神不朽的寄託。即是說如「心境」之存在為人生
> 之價值，那麼此「心境」能在其他人的「心境」中繼續存
> 在，則是藝術創作的一種理想，可以與「立功、立德」相
> 比擬。〔註266〕

可知不朽的「名」是根源於中國人追求生命永恆的心靈背景。

掙扎於漢魏之際的文人，普遍懷有人生無常的恐懼，而道出「人
生忽如寄，壽無金石固」的怨歎；部分文人在激起對天命的不平之怨

〔註264〕劉若愚：《中國詩學》（臺北：幼獅文化事業公司，1985年），頁82。
〔註265〕王瑤曰：「莊子所謂『大塊勞我以生，息我以死』的達觀，只能給
　　　　　人帶來了更多的悲哀。」王瑤：〈中古文人生活〉，《中國文學史論》
　　　　　（臺北：長安出版社，1982年），頁9。
〔註266〕高友工：〈文學研究的美學問題（下）：經驗材料的意義與解釋〉，《中
　　　　　外文學》第7卷第12期（1979年5月），頁4344。

的同時，乃思積極奮發，以求不朽之名。古詩〈迴車駕言邁〉全詩吐露詩人面對無常的怨情。最後解說之道即是榮名的追求：

> 迴車駕言邁，悠悠涉長道，四顧何茫茫？東風搖百草，所遇無故物，焉得不速老？盛衰各有時，立身苦不早，人生非金石，豈能長壽考？奄忽隨物化，榮名以爲寶。〔註267〕

詩人怨歎人生終難避免「老化」、「物化」之到來，於是惕悟以榮名的建立，延續精神生命於不朽。

曹魏文人中，建功求名的人生態度表現極爲強烈的是曹植。曹植在〈請招降江東表〉中道：

> 臣聞士之羨永生者，非徒以甘食麗服，宰割萬物而已。將有以補益群生，尊主惠民；使功存於竹帛，名光於後嗣。
> 〔註268〕

曹植對於「永生」的定義，正是「功存於竹帛，名光於後嗣。」建功求名。這也是建安詩人在亂世中，企望用世以求永生不朽的心聲，此種心理可由其〈薤露行〉中看出：

> 天地無窮極，陰陽轉相因，人居一世間，忽若風吹塵。願得展功勤，輸力於明君。懷此王佐才，慷慨獨不群。鱗介尊神龍，走獸宗麒麟。蟲獸猶知德，何況於士人？孔氏刪詩書，王業粲已分。騁我徑寸翰，流藻垂華芬。〔註269〕

詩歌在「願得展功勤」以下，皆述一己建功求名的懷抱，但他們的動機卻主要是來自首四句發自人生短促的怨情，而後才激起詩人建功求名的態度。魏代的建安七子，亦多此種藉建功求名以成永生不朽的心願〔註270〕。

〔註267〕逯欽立輯校：《漢詩》，卷12，《先秦漢魏晉南北朝詩》，頁331～332。
〔註268〕〔清〕嚴可均輯校：《全三國文》，卷14，頁2b～3a，《全上古三代秦漢三國文朝文》第2冊，頁1133～1134。
〔註269〕逯欽立輯校：《魏詩》，卷6，《先秦漢魏晉南北朝詩》，頁422。
〔註270〕徐銀禮：「建安詩人最重要的共同精神是積極的功業思想。」，《建安風骨探析》（臺北：國立臺灣大學中國文學研究所碩士論文，1982年），頁47。

　　漢魏之際的文人——特別是建安七子，雖然普遍有「憂生」之嗟〔註271〕，但卻也有面對無常人生的勇氣，而且正因為領悟人生無常，遍嚐現實流離之苦，才有及時求名以得永生的思想。詩人們在無奈地正視肉體生命終有死亡一日之餘，於是乃冀求留下有價值的精神生命，以此精神生命來參與生生世世人類大生命的洪流之中，與人類大生命同其不朽。不但為一己漂泊的生命尋得安處之道，也達到了擺脫有限生命的孤獨感，獲致另一種的永生不朽。

　　一種是不死神仙的追求。

　　漢魏文人在反省生命及死亡的事實後，激生出求仙的思想。其目的，正如曹植所言，乃在於「永世難老」、「曠代永長生」，也就是追求肉體的永恆，以突破死亡——永恆的孤獨。例如曹植〈遊仙詩〉，其遊仙之動機是來自於積鬱胸中難以排遣的生死無常怨情：

　　　　人生不滿百，戚戚少歡娛。意欲奮六翮，排霧陵紫虛。蟬
　　　　蛻同松喬，翻跡登鼎湖。翱翔九天上，騁轡遠行遠。東觀
　　　　扶桑曜，西臨弱水流。北極登玄渚，南翔陟丹丘。〔註272〕

除了曹植外，魏晉之交的嵇康與阮籍，詩中頗多對仙人的嚮往或仙界的幻遊之情，目的都在企求解脫現實的壓迫，與發自生命無常的怨情。如嵇康之詩：

　　　　人生壽促，天地長久。百年之期，孰云其壽？思欲登仙，
　　　　以濟不朽。纏蜷踟躕，仰顧我友。（嵇康〈四言贈兄秀才入軍詩
　　　　十八其七〉）〔註273〕

又如阮籍《詠懷詩》其三十二首：

　　　　朝陽不再盛，白日忽西幽。去此若俯仰，如何似九秋？人
　　　　生若塵露，天道邈悠悠。齊景升丘山，涕泗紛交流。孔聖
　　　　臨長川，惜逝忽若浮。去者余不及，來者吾不留。願登太

〔註271〕江建俊：〈貴遊與憂生〉，《建安七子學述》（臺北：文史哲出版社，1982年），頁17。

〔註272〕〔唐〕歐陽詢編：《藝文類聚》（臺北：西南書局，1974年），卷78，頁1332。

〔註273〕逯欽立輯校：《魏詩》，卷9，《先秦漢魏晉南北朝詩》，頁482。

華山，上與松子遊。〔註274〕

盤繞作者胸中最大的情結，是對人生無常，時光飄忽的無奈怨歎，而其登仙以遊的思想，不過是詩人的一種手段，藉之以解憂抒怨，獲致永生不朽〔註275〕。

　　文人們雖然在情感上對於神仙，傾慕萬分，視爲理想永生的化身；但在理智上對於神仙卻又抱持著懷疑的態度，此種矛盾在《古詩十九首》中已一語道破：

　　　　△　服食求神仙，多爲藥所誤。〈驅車上東門〉〔註276〕

　　　　△　仙人王子喬，難可與等期。〈生年不滿百〉〔註277〕

曹植也同樣有長生求仙，終歸虛無的怨歎：

　　　　△　苦辛何慮思，天命信可疑。虛無求列仙，松子久吾欺，
　　　　　　變故在斯須，百年誰能持？〈贈白馬王彪詩〉〔註278〕

張戒《歲寒堂詩話》評曰：

　　　　曹子建云：「虛無求列仙，松子久吾欺。」此語雖甚工，而
　　　　意乃怨怒。〔註279〕

詩人的「意乃怨怒」之情，正來自於人生無常的感悟與永生希冀的幻滅。

　　追求永生，不論是在精神上或肉體上，目的是在增加生命的長度。但生處亂世的文人，建功求名之志，常是一廂情願的想法；文人普遍有失路之歎，而服食求仙又不可得，於是乃有另外一種態度，即是現實享樂的追求。

　　既然生命的「長度」難以遇求，就不得不要求生命的「密度」，

〔註274〕同上註，《魏詩》，卷10，頁503。

〔註275〕朱光潛：「人常厭惡有限而追求無限。……苦悶起於人生對於有限的不滿，幻想就是人生對於無限的尋求。」《談美》（臺北：漢京文化事業有限公司，1982年），頁67。

〔註276〕逯欽立輯校：《漢詩》，卷12，《先秦漢魏晉南北朝詩》，頁332。

〔註277〕同上註，頁333。

〔註278〕逯欽立輯校：《魏詩》，卷7，《先秦漢魏晉南北朝詩》，頁454。

〔註279〕河北師範學院中文系古典文學教研組編：《三曹資料彙編》，頁111。

在有限的壽命裡，做最大的把握與享用。飲酒作樂正好可以達成滿足官能享受的慾望。王瑤在《文人與酒》中論曰：

> 因為飲酒是為了增加生命的密度，是為了享樂，所以漢末以來，酒色游宴是尋常連稱的。我們讀〈古詩十九首〉中的「斗酒相娛樂，聊厚不為薄」，「不如飲美酒，被服紈與素」，酒不正是一種生活的享受嗎？……為了「生之難遇而死之易及」，於是儘量把握住這現存的一刻，儘量地去享受的人生態度，正是漢末以來名士們喜歡飲酒的理論的說明。〔註280〕

與〈怨詩行〉同調的古詩十九首之一〈驅車上東門〉〔註281〕即是採取飲酒作樂，縱情遊宴的方法來面對死生無常的怨情：

> 驅車上東門，遙望郭北墓。白楊何蕭蕭，松柏夾廣路。下有陳死人，杳杳即長暮。潛寐黃泉下，千載永不寤。浩浩陰陽移，年命如朝露。人生忽如寄，壽無金石固。萬歲更相送，聖賢莫能度。服食求神仙，多為藥所誤，不如飲美酒，被服紈與素。〔註282〕

至於〈怨詩行〉雖未提及飲酒，但其最後所謂「當須盪中情，游心恣所欲」〔註283〕的態度，仍是一種現實享樂主義的追求。

飲酒行樂，雖然能獲致暫時的快樂與麻醉，但是終究不能解憂抒怨。正始文人嵇康就認為過度的物質慾望，根本是包裹糖衣的毒藥：

> 美色伐性不疑，厚味腊毒難治，如何貪人不思？〈六言詩〉
> 〔註284〕

歌舞酒色與厚味甘旨都是腐敗荒淫的代表，沈迷於官能的享受非但無補於消除生存的焦慮，甚至有害於己身壽命，根本得不償失！詩人們在生命密度的追求上，終究是無奈地落空！

〔註280〕王瑤：〈中古文人生活〉，《中國文學史論》，頁48～50。
〔註281〕馬茂元：「生命無常，及時行樂是十九首裡最常見的思想。」《古詩十九首探索》（高雄：復文圖書出版社，1984年），頁114。
〔註282〕遼欽立輯校：《漢詩》，卷12，《先秦漢魏晉南北朝詩》，頁332。
〔註283〕同上註，《漢詩》，卷9，頁275。
〔註284〕同上註，《魏詩》，卷9，頁490。

　　江淹〈恨賦〉云：「自古皆有死，莫不飲恨而吞聲」〔註285〕，以為「人生到此，天道寧論」〔註286〕。生命有限，人生無常之情，是〈怨詩〉作者「飲恨」的主因。而詩人們急欲超脫人生無常的哀怨；建功求名的用世之志，時受現實挫折的打擊；遊仙不死也不可求；宴享行樂，常常只帶來「樂往哀來摧肺肝」的傷痛，生命的延續反而成為心理的負擔與痛苦。詩人在屢受「行與願違」的挫敗下，唯有飲「恨」而吞聲。此「恨」正是漢魏詩人難以超脫的人生無常的怨恨！

　　漢人對於生命的恐懼與關心，隨著亂世的刺激，到了魏晉成為極普遍且深刻的問題。王瑤在《中古文學史論》中強調，魏晉人普遍存有對生命消滅的恐懼和憎恨〔註287〕。這類情感屢見於詩間：

　　　　△　容華夙夜零，體澤坐自捐，茲物苟難停，吾壽安得延。

　　　　　　（陸機〈長歌行〉）〔註288〕

　　　　△　功業未及見，夕陽忽西流，時哉不我與，去乎若雲浮。

　　　　　　（劉琨〈重贈盧諶詩〉）〔註289〕

　　　　△　借問蜉蝣輩，寧知龜鶴年。（郭璞〈遊仙詩〉）〔註290〕

　　　　△　天地長不沒，山川無改時，草木得常理，霜露榮悴之，

　　　　　　謂人最靈智，獨復不如茲？（陶淵明〈形影神詩〉）〔註291〕

有的只是一、二句起興，有的則全首發抒人生怨歎！人生無常之怨，成為漢魏至六朝的詩歌典型音調，並衍生出遊宴享樂與服食求仙的思想。漢魏人肯定了生命推移向死亡的極限性，對於「天地無期竟，民生甚局促」〔註292〕、「人生壽促、天地長久」〔註293〕天人不平的境遇，發出強烈的怨恨。

〔註285〕〔梁〕蕭統編，〔唐〕李善注：《文選》，頁236。
〔註286〕同上註。
〔註287〕王瑤：〈中古文人生活〉，《中古文學史論》，頁7。
〔註288〕逯欽立輯校：《晉詩》，卷5，《先秦漢魏晉南北朝詩》，頁656。
〔註289〕同上註，《晉詩》，卷11，頁852。
〔註290〕同上註，頁865。
〔註291〕同上註，《晉詩》，卷17，頁989。
〔註292〕同上註，《魏詩》，卷3，頁373。
〔註293〕同上註，《魏詩》，卷9，頁482。

一般而言，哀傷多半是沒有對象的，而與忿怒接近的「怨」的情緒發抒，則有對象。詩人無常的怨情其對象竟是來自於人力無法左右控制的「天命」，因而激發的怨情尤爲深刻感人。這類怨詩有二種傾向：一是如楚調〈怨詩行〉般，詩人以行動——如及時行樂等去對抗無常人生；一者如阮瑀〈怨詩〉，即受迫者已向現實低頭，不再有反抗之心。前者怨情較近於怒，因爲詩人欲求超脫，對抗無常之心，屢受挫折打擊，自是怨怒之情迭起；而後者既已不圖掙扎，感情傾向於自歎式的悲哀。漢魏人生無常之怨，仍以偏向於悲哀情感者較多。最重要的是這種自〈怨詩〉以來，開展的對人生無常有限的反省，流過了兩晉六朝，低迴在唐代詩人的心靈深處。「憂生怨老」乃成爲中國詩人一直揮灑不去的心頭陰影。

結　語

漢魏時期抒寫「怨」情的詩歌，其內容自然不止上述三類而已，有些詩是寫對政治的怨歎〔註294〕；也有寫民生疾苦的哀怨；或寫負戈外戍的征人怨尤〔註295〕等。但這類「怨」情，大都自《詩經》以來即被普遍詠歎的題材，且在漢魏時代數量不若本章所論之主題爲多。

今翻檢漢魏詩集中，就其表現之題材內容而觀，最常出現的重要內容即是抒寫傷別失寵、懷才不遇，與人生無常的怨情。其中傷別失寵之怨，乃是詩人對現實生活的反省；而懷才不遇與人生無常之情，則是詩人對於個人生命的反省。就時代而論，曹魏以降，詩歌題材以後二者爲多，此與個人意識的覺醒有關。李澤厚在《美的歷程》論道：

從東漢末年到魏晉，這種意識形態領域內的新思潮即所謂

〔註294〕廖蔚卿：〈漢代民歌的藝術分析〉一文，漢代樂府中有抒發對政治黑暗的怨諷類詩歌，《文學評論》第6集（臺北：書評書目出版社，1975年），頁78。
〔註295〕陳義成《漢魏六朝樂府研究》第2篇〈漢世樂府〉中，論「庶民心理之一：負戈外戍之憤懣怨尤」（臺北：嘉新文化基金會，1976年）。

新的世界觀、人生觀，和反映在文藝——美學上的同一思
潮的基本特徵，是什麼呢？簡單來說，就是人的覺醒。它
恰好成爲從封建社會逐漸脫身出來的一種歷史前進的音
響。〔註296〕

在人的覺醒下，詩人不僅對現實生活反省，更對個人生命的價值、意
義做反省。當受挫遭阻，或行與願違時，自然激生出怨恨之情。今就
漢魏〈怨詩〉之主要內容分析，大致可歸納其特色如下：

　　一、題材方面——由漢魏怨詩考察可知，當時對同一主題，詩人
喜好以大同小異的篇章來反覆詠歎；不但題材相同，甚至遣辭造句也
類似。如楚調〈怨詩行〉與古詩十九首中第二類感歎人生如寄的詩歌，
頗多雷同。此應是古代詩歌的重要特色之一。

　　二、情感方面——〈怨詩〉之作，不論寫愛情、懷抱或人生大都
屬於情感激盪的作品。時人對於哀怨作品的創作，是有自覺性的。例
如曹丕有〈寡婦詩〉並命諸人同作；又如曹丕、曹植皆有〈代劉勳出
妻子王氏雜詩〉，曹丕、徐幹皆有〈於清河見挽船士新婚與妻別〉詩，
可見詩人對於慘惻哀怨，生離死別等情感的重視與喜好〔註297〕。漢
魏之際，雖然主張以「禮」節制人情的儒家思想日漸式微，但自先秦
以來強調「溫柔敦厚，詩教也」的觀念，仍多少入植人心。因此即使
詩人擺脫儒教的束縛，唱出詞旨激切的怨詩，但大部份「怨」的情緒，
仍是偏向於內斂的悲哀，而非外向的憤怒。

　　三、目的方面——先秦《詩經》的作者，曾有創作自我表白說：
「心之憂矣，我歌且謠」〈魏風・汾沮如〉〔註298〕，「君子作歌，維

〔註296〕李澤厚：〈魏晉風度〉，《美的歷程》（臺北：蒲公英出版社，1985年），
　　　　　頁87。
〔註297〕楊明論漢魏之際文人的情感觀：「當時一種較爲普遍的審美心理要
　　　　　求——即以強烈的情感激盪爲美。」〈魏晉文學批評對情感的重視
　　　　　和魏晉人的情感觀〉，《復旦學報》1985年第1期。
〔註298〕〔漢〕毛亨撰，〔漢〕鄭玄箋，〔唐〕孔穎達疏：《毛詩正義》，卷
　　　　　5之3，頁6a，《十三經注疏》，頁208。

以告哀」〈小雅・四月〉〔註299〕，說明其寫詩的目的，在於抒憂告哀。藉詩歌以發抒胸中積鬱的情愫，這是古代詩歌極重要的現實功能之一；漢魏〈怨詩〉之作亦然。怨詩作者的身分不是棄妻思婦，就是逐臣失意之士，他們同屬於社會上被壓抑的階層。所謂「不平則鳴」，不論寫傷別失寵，懷才不遇或人生無常之情，詩人皆藉詩來達到抒發哀怨，或指陳不平之由的目的，並進而希望此諸事能有所改善。例如漢魏詩人頗好刻劃棄妻怨婦之情，實則是藉女子之口，道出其厭亂思治，或懷才不遇的思想，達成其怨諷的目的〔註300〕。鍾嶸〈詩品序〉曰：「離群託詩以怨」正是怨詩一系作者共同的創作目的。此種怨情皆帶有深層的「怨刺」與「諷諭」作用，對後代諷諭詩也有一定的影響〔註301〕。

〔註299〕 同上註，《毛詩正義》，卷 13 之 1，頁 18b～19a，《十三經注疏》，頁 443～444。

〔註300〕 江建俊：〈徐幹學述〉，《建安七子學述》（臺北：文史哲出版社，1982年），頁 122。

〔註301〕 胡萬川：〈諷諭詩〉，收於中華文化復興運動推行委員會主編：《中國詩歌研究》（臺北：中央文物，1985 年），頁 273。

第四章　漢魏怨詩的抒情方式

　　藝術作品的形式與內容不可二分，是近代文學研究者的共同體
認。文學是藝術的一種，若是徒具形式，不能稱之爲藝術作品；反之，
空無一物亦無由表現。是以對於人世及自身感懷的怨詩之作，尚須涉
及表現技巧的探討。怨詩作者欲訴之「怨」情，究竟如何表現，乃是
本章所要討論的主題。怨詩在內涵上，承續詩騷之精神，其表現方式
亦受文學傳統的影響。

　　詩經的表現方式，依衛宏〈毛詩序〉〔註1〕及毛傳鄭箋，大致可
說爲「賦、比、興」三種手法〔註2〕。鄭眾云：「比者，比方於物也。
興者，託事於物。」《毛詩正義》則曰：

> 賦云鋪陳今之政教善惡，其言通正變，兼美刺也。比云見今
> 之失，取彼類以言之，謂刺詩之比也。興云見今之美，取善
> 事以勸之，謂美詩之興也，其實美刺具有比興者也。〔註3〕

〔註 1〕〈詩序〉作者、異說甚多。依《後漢書・儒林傳》衛宏本傳云：「初，
　　　　九江謝曼卿善《毛詩》……宏從曼卿受學，因作〈毛詩序〉，善得〈風〉、
　　　　〈雅〉之旨，于今傳於世。」〔南朝・宋〕范曄撰：〈儒林傳〉，《後
　　　　漢書》（臺北：鼎文書局，1981 年），頁 2575。
〔註 2〕賦、比、興最早見於《周禮・大師》，是六詩之三，〈詩大序〉改稱「六
　　　　詩」爲「六義」，而詳釋風、雅、頌略於賦比興，已有孔穎達所謂「風
　　　　雅頌者、詩篇之異體，賦比興者，詩文之異辭耳。」〔漢〕毛亨撰，
　　　　〔漢〕鄭玄箋，〔唐〕孔穎達疏：《毛詩正義》，卷 1 之 1，頁 11a，《十
　　　　三經注疏》（臺北：藝文印書館，1982 年），頁 16。
〔註 3〕《毛詩正義》的傾向，依漢人註解也以表現方式看待。〔漢〕毛亨撰，

就其本義言，賦以鋪陳見長，未引譬喻。比取比類，興取善事，皆托物以寄意，難免有混淆之處。王師夢鷗嘗辨之說：

> 興之爲體，立意在我，我之托物，不過是借物象引發我意的端緒。如關雎之詩，是由雌雄兩鳥「相和鳴」的行爲價值觸發詩人的感想，其重點繫於作者對某種行爲價值的感想而不定在何種禽鳥之實體。故曰「德貴其別，不嫌於鷙鳥。」至於比體，只是一般的比喻，作者取物之意，完全繫於所取之物，也就是名符其實的事物人物景物的描寫，而不是寄懷述感具有深長意義的作品。〔註4〕

簡言之，比是理智地描寫其物，而興則靠直覺因事而發。但當「比」用於詩中而成爲美感時，比物與被比物已融爲一體，那一刻中理智已被排除，被比物與一己之情已相互融通。總之，詩經的表現方式，則有直接陳述（賦）和因物喻志（比興）的分別。

楚騷的表現方式，依王逸《楚辭章句》之說，和《詩經》的比興有相通之處：

> 《離騷》之文，依《詩》取興，引類譬諭，故善鳥香草以配忠貞，惡禽臭物，以比讒佞；靈修美人，以媲於君；宓妃佚女，以譬賢臣，虯龍鸞鳳，以託君子；飄風雲霓，以爲小人。〔註5〕

楚騷善用譬喻和象徵，是其重要的表現特色。劉勰《文心雕龍·辨騷篇》評道：

> 故其敘情怨，則鬱伊而易感；述離居，則愴怏而難懷；論山水，則循聲而得貌，言節候，則披文而見時。……故才高者苑其鴻裁，中巧者獵其豔辭，吟諷者銜其山川，童蒙

〔漢〕鄭玄箋，〔唐〕孔穎達疏：《毛詩正義》，卷1之1，頁10a，《十三經注疏》，頁15。

〔註4〕王夢鷗：〈漢魏六朝文體變遷之一考察〉，《傳統文學論衡》（臺北：時報文化出版公司，1987年），頁90。

〔註5〕〔宋〕洪興祖補注：《楚辭補注》（臺北：長安出版社，1991年），頁2～3。

者拾其香草。〔註6〕

屈原應用其高度的表現技巧，以達到敘情怨、託悲懷的目的，給予漢
魏怨詩作者以深遠的影響。

　　沈德潛評兩漢古詩曰：「中間或寓言，或顯言，反覆低迴，抑揚不
盡。」〔註7〕，詩人有的使用婉轉的比興，有的則直言其情。漢魏怨詩
的作者，不少也採用此種表現技巧，其與詩騷自有密切的親緣關係。

　　後代學者論六朝以前詩歌的表現方式，大都是以賦、比、興加以
統括。而且強調「比」、「興」的作用。〔註8〕如明李仲蒙曰：

　　敘物以言情謂之賦，情物盡也。索物以托情謂之比，情附
　　物也。觸物以起情謂之興，物動情也。〔註9〕

又如沈德潛《說詩晬語》之論亦然：

　　事難顯陳，理難言罄，每托物連類以形之；鬱情欲舒，天
　　機隨觸，每借物引懷以抒之；比興互陳，反覆唱嘆，而中
　　藏之歡愉慘戚，隱躍欲傳，其言淺，其情深也。倘質直敷
　　陳，絕無蘊蓄，以無情之語而欲動人之情，難矣。〔註10〕

若依此三法來衡觀漢魏怨詩之作，則整首詩全用直賦者較少，而詩中
用比興技巧者較多，究其原因，或有兩端：

〔註 6〕《文心雕龍》第5。〔梁〕劉勰著，周振甫注：《文心雕龍注釋》（臺
　　　　北：里仁書局，1984年），頁64。
〔註 7〕〔清〕沈德潛選輯：《古詩源》（長沙：岳麓書社，1998年），卷4，
　　　　頁62。
〔註 8〕黃景進亦採相同之看法：「漢魏詩是以所謂的樂府歌辭及五、七言古
　　　　詩為代表，其風格較近於《詩經》，傾向寫實，沒有《離騷》那種浪
　　　　漫的熱情與超現實的幻想。這些詩裡面常常出現《詩經》式的比興，
　　　　其材料仍以自然現象為主。」黃景進：〈中國詩中的象徵〉，《中國詩
　　　　歌研究》（臺北：中央文物供應社，1985年），頁339。
〔註 9〕〔明〕楊慎：《升菴詩話》，卷12，收入丁福保輯：《歷代詩話續編》
　　　　（臺北：木鐸出版社，1988年），頁882。王世貞《藝苑卮言》，卷1
　　　　所引亦同。
〔註10〕後世好以「比」「興」論詩，有輕視「賦」的傾向，沈氏之說即是，
　　　　但以三種表現論中國詩，則大致相同。〔清〕沈德潛：《說詩晬語》，
　　　　收於王夫之等撰，丁福保編：《清詩話》（臺北：木鐸出版社，1988
　　　　年），頁523。

其一，怨詩作者，其身分或爲宮妃臣子，或爲小民棄婦，皆屬社會上受控於人的階層，當遭受不平，或受欺壓、誣害、遺棄之時，其受怨對象，或是君王、夫君，甚至是上天。其怨情有一種想報復而又不能或是不可報復的心理傾向，有不能顯言其怨的背景；如曹植身處骨肉危疑之際，恐遭不測；又如建安文人之時有憂生之嗟等，唯有以比興等方式發抒胸中積鬱怨情。其二，詩歌若採直接陳述，則缺少美感與聯想空間，較缺乏藝術韻味。漢魏之際的文人，大都頗重詩歌外在形式的刻劃，以達其藝術風格的展現。是以怨詩作者常「托物連類以形之」，「借物引懷以抒之」，以象寓意，以象蘊情。本章即以賦、比、興爲基礎，而不限於此三種手法，探究漢魏怨詩的表現方式，區分爲四類以說明之：

一、觸景興怨。
二、托物寄怨。
三、直述寫怨。
四、映襯抒怨。

第一節　觸景興怨

觸景興怨的表現方式，類似於明李仲蒙所謂的：「觸物以起情謂之興，物動情也。」詩歌是作者心靈的創造，而心之所感，則又來自於詩人所生存自然空間物色的變化。因此《文心雕龍・物色篇》曰：

> 春秋代序，陰陽慘舒，物色之動，心亦搖焉。蓋陽氣萌而玄駒步，陰律凝而丹鳥羞，微蟲猶或入感，四時之動物深矣！……是以詩人感物，聯類不窮。流連萬象之際，沈吟視聽之區；寫氣圖貌，既隨物以宛轉；屬采附聲，亦與心而徘徊。〔註11〕

這段文字，對詩心與四季物色間的關係剖析入微。春夏秋冬四時景物的變化，會觸動詩人內心的情感，於是「情以物遷，辭以情發。」詩

〔註11〕〔梁〕劉勰著，周振甫注：《文心雕龍注釋》，頁845。

人被所見所聞的景物，觸動其心中的情緒，而方始發爲歌詠〔註12〕。徐禎卿《談藝錄》說：「情無定位，觸感而興；既動於中，必形于聲，故喜則爲笑啞，憂則爲吁戲，怒則爲叱咤，然引而成音。」〔註13〕同樣怨詩作者，也往往藉由外界景物的觸發，表現出心靈深處所激湧而起的哀怨情懷。例如《古詩十九首》中寫思婦的怨詩即常用藉景興情的手法：

△ 青青河畔草，鬱鬱園中柳。盈盈樓上女，皎皎當窗牖。
娥娥紅粉粧，纖纖出素手。昔爲倡家女，今爲蕩子婦。
蕩子行不歸，空牀難獨守。(古詩〈青青河畔草〉)〔註14〕

△ 凜凜歲云暮，螻蛄夕鳴悲。涼風率已厲，遊子寒無衣。
錦衾遺洛浦，同袍與我違。獨宿累長夜，夢想見容輝。
良人惟古歡，枉駕惠前綏。願得常巧笑，**携手同車歸**。
既來不須臾，又不處重闈。亮無晨風翼，焉能凌風飛。
眄睞以適意，引領遙相睎。徒倚懷感傷，垂涕沾雙扉。

(古詩〈凜凜歲云暮〉)〔註15〕

△ 孟冬寒氣至，北風何慘慄！愁多知夜長，仰觀眾星列。
三五明月滿，四五蟾兔缺。客從遠方來，遺我一書札。
上言長相思，下言久離別。置書懷袖中，三歲字不滅。
一心抱區區，懼君不識察。(古詩〈孟冬寒氣至〉)〔註16〕

詩人皆藉眼前所見的景物興感，引發起生別離的哀怨。馬茂評元〈青

<hr>

〔註12〕〔美〕桑塔耶那（George Santayana, 1863～1952）曾說：「自然的風景也是一種不確定的客體，它幾乎總是包括了足夠的多變性，以使眼睛具有充分自由去選擇，強調，以及群集它的各種元素，它尤其富於暗示與各種曖昧情緒之刺激，一個有待觀看的風景必須有待組織，有待愛好，以及有待賦予意義。」其說與劉勰之說，遙相呼應。見〔美〕桑塔耶那（Geoge Santayana）著，杜若洲譯：《美感》（臺北：晨鐘出版社，1983年），頁191。

〔註13〕〔明〕徐禎卿：《談藝錄》，收入〔明〕都穆撰：《南濠詩話》（北京：中華書局，1991年），頁8。

〔註14〕逯欽立輯校：《漢詩》，卷12，《先秦漢魏晉南北朝詩》（臺北：木鐸出版社，1983年），頁329。

〔註15〕同上註，頁333。

〔註16〕同上註。

青河畔草〉曰：

> 詩從「河畔草」、「園中柳」寫起，這是「蕩子婦」憑窗遠
> 望時所看到的景色；也就是由於看到了這些景色更觸發了
> 她懷人念遠的心情，因而這兩句在表現手法上是因物以起
> 興的。〔註17〕

此「物」即是思婦所見的自然景物。又如〈凜凜歲云暮〉，詩從冬天
景物淒涼寫起，因「涼風已厲」而思及「遊子無衣」，最後由客觀景
物的觸物，轉而為主觀情感的煎熬。詩人由現實引起聯想，繼由聯
想進入幻想，最後再回歸冰冷無情的現實。纏綿往復，委由迴環，
思婦等待的哀怨不言而自明〔註18〕。至於〈孟冬寒氣至〉，也同樣是
以淒涼寒夜設景興怨。首四句「孟冬寒氣至，北風何慘慄？愁多知
夜長，仰視眾星列。」〔註19〕，人物內在心情及其外在表現完全是
透過季節環境的氣氛襯托出來。詩人從天寒歲暮中，冷風悽慄中，
滋興起舊日歡情，遠方愛侶等悵惘怨情。外界景物的觸動，佔有極
重要的起情作用。除了《十九首》中的詩例外，曹魏文人也頗多採
用此種表現方法：

> △ 浮雲何洋洋，願因通我辭。飄颻不可寄，徒倚徒相思。
>   人離皆復會，君獨無返期。自君之出矣，明鏡暗不治。
>   思君如流水，何有窮已時。(徐幹〈室思詩〉)〔註20〕
>
> △ 慘慘時節盡，蘭葉凋復零。喟然長歎息，君期慰我情。
>   展轉不能寐，長夜何緜緜，躡履起出戶，仰觀三星連。
>   自恨志不遂，泣涕如涌泉。(同前)〔註21〕
>
> △ 與君結新婚，宿昔當別離。涼風動秋草，蟋蟀鳴相隨。

〔註17〕馬茂元：《古詩十九首探索》(高雄：復文圖書出版社，1984年)，頁
141。

〔註18〕張玉穀曰：「首六就歲暮時物淒涼敘起，隨以彼之無衣禦寒，引入己
之有衾空展，曲甚。」收入〔明〕劉履等撰：《古詩十九首集釋》，
卷3，《古詩集釋等四種》(臺北：世界書局，1962年)，頁63。

〔註19〕逯欽立輯校：《漢詩》，卷12，《先秦漢魏晉南北朝詩》，頁333。

〔註20〕逯欽立輯校：《魏詩》，卷3，《先秦漢魏晉南北朝詩》，頁377。

〔註21〕同上註。

冽冽寒蟬吟，蟬吟抱枯枝。枯枝時飛揚，身體忽遷移。
不悲身遷移，但惜歲月馳。歲月無窮極，會合安可知？
願爲雙黃鵠，比翼戲清池。（徐幹〈於清河見挽船士新婚與
妻別詩〉）〔註22〕

△　秋風蕭瑟天氣涼，草木搖落露爲霜。群燕辭歸雁南翔，
念君客遊多思腸。慊慊思歸戀故鄉，君何淹留寄他方？
賤妾煢煢守空房，……。明月皎皎照我牀，星漢西流
夜未央。牽牛織女遙相望，爾獨何辜限河梁？（曹丕〈燕
歌行〉其一）〔註23〕

張玉穀評徐幹〈雜詩〉「浮雲何洋洋」篇曰：「此亦閨怨詩也。首四，
相思難寄，卻借浮雲托興。奇甚。」〔註24〕詩人以飄浮不定的白雲起
興，其怨正來自於如同浮雲不定的夫君——「無返期」的遺棄。而曹
丕〈燕歌行〉寫征婦思夫之怨，亦是採感時觸物以起興的方式。明王
堯衢評曰：「婦人感時物以起興，言霜飛木落，鳥亦知歸，獨我君子
客遊不返，令我思之腸斷。」〔註25〕怨詩作者大都選取秋冬淒冷蕭殺
的場景，因爲眾芳蕪穢，美人遲暮，原是人境最悲涼的怨情。在秋風
搖起，木葉啼舞於風雨中時，那些趨向破敗衰颯的悲劇性景觀，給予
詩人極深刻且殊異的感受。因此抒發詩人自身不遇怨歎之作，也常以
秋景興情。

　　《淮南子・繆稱》說：「春女思，秋士悲，知物化矣。」〔註26〕
四季物色的變化是影響心理反應的主要原因。而文人對於秋的興感又
特別強烈〔註27〕。懷才不遇的詩人，即在秋的陰森與蕭颯中，訴說其

〔註22〕同上註，頁378。
〔註23〕同上註，《魏詩》，卷4，頁394。
〔註24〕河北師範學院中文系古典文學教研組編：《三曹資料彙編》（北京：
　　　　中華書局，1980年），頁339。
〔註25〕同上註，頁75。
〔註26〕〔漢〕劉安著：《淮南鴻烈解》，收入《景印文淵閣四庫全書》（臺北：
　　　　臺灣商務印書館，1983年），第848冊，頁616。
〔註27〕自宋玉《九辯》以來，在文學作品中，有關秋的敘述或興感，深受
　　　　其影響，所謂：「悲哉！秋之爲氣也，蕭瑟兮草木搖落而變衰，憭慄

生命的缺憾與怨懟：

  △ 節運時氣舒，秋風涼且清。閒居心不娛，駕言從友生。
    翱翔戲長流，逍遙登高城。東望看疇野，迴顧覽圃庭，
    嘉木凋綠葉，芳草纖紅榮。騁哉日月逝，年命將西傾，
    建功不及時，鐘鼎何所銘？收念還寢房，慷慨詠墳經，
    庶幾及君在，立德垂功名。（陳琳〈遊覽詩〉）〔註28〕

  △ 秋日多悲懷，感慨以長歎。終夜不遑寐，敘意於濡翰。
    明燈曜閨中，清風淒已寒。白露塗前庭，應門重其關。
    四節相推斥，歲月忽已殫。壯士遠出征，戎事將獨難。
    涕泣灑衣裳，能不懷所歡？（劉楨〈贈五官中郎將詩四首〉
    其三）〔註29〕

  △ 踟躕亦何留，相思無終極。秋風發微涼，寒蟬鳴我側。
    原野何蕭條，白日忽西匿。歸鳥赴喬林，翩翩厲羽翼。
    孤獸走索群，銜草不遑食。感物傷我懷，撫心長太息。

  （曹植〈贈白馬王彪詩〉其四）〔註30〕

秋風吹涼，嘉木凋零，所呈現的是時光無歇止地流轉不息。故在感秋
之餘，無不興起時光飄忽的怨歎：「騁哉日月逝，年命將西傾」、「四
節相推斥，歲月忽已殫」、「白日忽西匿」。壯志不遂的憾懟，再加上
歲盡日暮的憂惕恐懼，將人生最無奈的怨恨，表得悽惋動人。

  時序推移，四節運轉，使得人們產生濃厚的時間意識，進一步體
會到生命的虛無。因此漢魏詩中抒寫人生無常的怨情者，常採觸景興怨
的手法：由景物的變動而興起對流動時間的驚恍，與無常人生的怨歎：

  △ 迴車駕言邁，悠悠涉長道。四顧何茫茫？東風搖百草。
    所遇無故物，焉得不速老？（古詩〈迴車駕言邁〉）〔註31〕

兮若在遠行，登山臨水兮送將歸。泬寥兮天高而氣清，寂寥兮收潦
而水清。」尤其是遭時不遇的文人對於秋的感覺特別敏銳。〔宋〕
洪興祖：《楚辭補注》（臺北：長安出版社，1991年）頁182～183。

〔註28〕逯欽立輯校：《魏詩》，卷3，《先秦漢魏晉南北朝詩》，頁368。

〔註29〕同上註，頁370。

〔註30〕同上註，卷7，頁453。

〔註31〕同上註，《漢詩》，卷12，《先秦漢魏晉南北朝詩》，頁331～332。

△　東城高且長，逶迤自相屬。迴風動地起，秋草萋以綠。
　　四時更變化，歲暮一何速？（古詩〈東城高且長〉）〔註32〕

△　驅車上東門，遙望郭北墓。白楊何蕭蕭，松栢夾廣路。
　　下有陳死人，杳杳即長暮。（古詩〈驅車上東門〉）〔註33〕

△　去者日以疎，來者日以親。出郭門直視，但見丘與墳。
　　古墓犁爲田，松柏摧爲薪。白楊多悲風，蕭蕭愁殺人。
　　思還故里閭，欲歸道無因。（古詩〈去者日以疎〉）〔註34〕

△　陽春無不長成，草木群類隨大風起。零落若何翩翩。
　　中心獨立一何煢，四時舍我驅馳，今我隱約欲何爲？
　　人生居天壤間，忽如飛鳥棲枯枝。（曹丕〈大牆上蒿行〉）
　　　〔註35〕

人之感覺時間流動，常爲空間自然萬物的變化所喚起，因爲時間本無
可見的形體，須藉物色以表現其存在的事實。四時遞變，盛衰搖落，
觸動日月流邁之感，生命就在如此推移中邁向死亡。詩人對年壽短
暫、人生無常的怨恨情緒，是透過景物的陪襯與對比來突顯的。揚雄
〈太玄賦〉云：「自夫物有盛衰兮，況人事之所極」〔註36〕，聖哲能
自變化中尋出常序，而稱「天地之道恆久而不已也」〈彖下傳·恒〉
〔註37〕，但一般人「自其變者觀之」，未有不感慨於「馨香易消歇」，
而有「天地曾不能以一瞬」的憾恨了。陸機〈文賦〉云：

　　遵四時以歎逝，瞻萬物而思紛。悲落葉於勁秋，喜柔條於
　　芳春。心懍懍以懷霜，志眇眇而臨雲；詠世德之駿烈，誦
　　先人之清芬；遊文章之林府，嘉麗藻之彬彬。慨投篇而援
　　筆，聊宣之乎斯文。〔註38〕

〔註32〕同上註，頁332。
〔註33〕同上註。
〔註34〕同上註。
〔註35〕同上註，《魏詩》，卷4，《先秦漢魏晉南北朝詩》，頁396。
〔註36〕〔漢〕揚雄：〈太玄賦〉，收入嚴可均輯校：《全漢文》，卷52，頁3b，
　　　　《全上古三代秦漢三國六朝文》（北京：中華書局，1995年），頁408。
〔註37〕〔魏〕王弼撰，〔晉〕韓康伯注，〔唐〕孔穎達疏：《周易正義》，
　　　　卷4，頁5a，《十三經注疏》，頁84。
〔註38〕〔梁〕蕭統編，〔唐〕李善注：〈文賦〉，卷17，頁2a～b，《文選》

節令推移之際，自然萬象的變化能喚起作者不同的情緒，而成爲創作時最重要的力量。亞米兒（Amiel）說：「一片自然風景就是一種心境。」〔註39〕，王靜安亦言：「一切景語皆情語。」〔註40〕，漢魏怨詩作者，對外界景物敏銳的觸動與描寫，所要表露的正是其衍自心靈深處生的怨情，而此種情景交融的表達方式，對後詩歌有深遠的影響。

第二節　托物寄怨

中國傳統的詩教乃是以「溫柔敦厚」爲尙。因此，個人激生的強烈情感，須以禮節制，守其分位，發於詩歌。如陳器文所說：

> 我們承認中國的詩歌，是被溫柔敦厚這股柔韌的力量導航著，使得詩人的哀激之情化爲盤鬱，使得許直露才的償張筆墨轉而爲吞吐低佪，棄炫麗奇幻之美而尙質樸自然，這都可說是對藝術美的一種選擇。〔註41〕

漢魏怨詩的作者，雖然已漸脫儒教的束縛，傾向於個人浪漫抒情之作，但在感情的表達上，仍多以烘托或寄寓的方式。托物寄怨即是其常用的表現技巧之一。

藉物以寄託詩人怨情，是比較接近於比興中的「比」，《文心雕龍·比興篇》云：「故比者，附也；興者，起也。附理者，切類以指事，起情者，依微以擬議。」〔註42〕故詠物寄怨之作，大都是「切類以指事」，以物自況，攝取某種物象，作爲自我身世性情的寫照。換言之，所抒之怨，並不直接表露，而是由物象的動作特性呈現。這種表現，不同於齊梁詠物詩的客觀描寫，而是主觀地將自身頓放在物中，物象

　　　　　（臺北：華正書局，1982 年），頁 240。

〔註39〕朱光潛：《文藝心理學》（臺北：臺灣開明書店，1985 年），頁 156。

〔註40〕〔清〕王國維著，徐調孚注：《人間詞話》（臺北：漢京文化事業有限公司，1980 年），頁 42。

〔註41〕陳器文：〈論古典詩中思古與慕遠之情〉，《古典文學》（第一集）（臺北：臺灣學生書局，1979 年），頁 115。

〔註42〕〔梁〕劉勰著，周振甫注：《文心雕龍注釋》，頁 677。

和自身的遭遇，相融交感爲一〔註43〕。

　　物象的存在本爲一客觀事實，其屬性、質地及形象恒定，但經由詩人的創造與情感的投射，往往展現其殊異的姿態。這種物我交感的激盪，來自於詩人的移情作用。朱光潛說：

> 移情作用有人稱爲「擬人作用」（anthropomorphism）。拿我做測人的標準，拿人做測物的標準，一切知識經驗都可以說是如此得來的。把人的生命移注於外物，於是本來祇有物理的東西可具人情，本來無生氣的東西可有生氣。〔註44〕

漢魏怨詩「托物寄怨」的表現方式，可再詳分爲二，第一類爲由物象延伸至人文的性格、操守，可謂「借他人酒杯，澆自家塊壘。」物之象爲「酒杯」，物象與人之間，存在必然之關係，可謂之「借物託怨」。第二類則境由心生，發揮想像之張力，自由點物象，而物象盡爲其心象之呈現，此謂之「詠物寄怨」。先就第一類試舉詩例以觀：

　　△　秋木萋萋，其葉萎黃；有鳥爰止，集于苞桑。養育毛羽，形容生光；既得升雲，獲侍帷房。離宮絕曠，身體摧藏；志念抑沈，不得頡頏。雖得餧食，心有徊徨；我獨伊何，改往變常。翩翩之燕，遠集西羌，高山峩峩，河水泱泱。父兮母兮，道里悠長；嗚呼哀哉，憂心惻傷。（王昭君〈昭君怨〉）〔註45〕

此首怨詩，昭君援取「形容生光」、「獲侍帷房」之鳥類，卻遭「身體摧藏」、「不得頡頏」的惡運以自喻，言一己「端正閑麗」〔註46〕卻「始

〔註43〕本節中托物寄怨之「物」與觸景興怨之「景」不同：本節之「物」與詠物詩的定義較爲接近，是單一的個別物體，即採清人俞琰的《歷代詠物詩選・凡例》指出：「歲時，非物也。」〔清〕俞琰：〈凡例〉，《歷代詠物詩選》（上海：大通書局，1925 年），頁 1。而上節之「景」則是《文心雕龍・物色》（臺北：里仁書局，1984 年）中的四時景物，是由兩個以上個體所組成的景物之面。

〔註44〕見朱光潛：《文藝心理學》，頁 37～38。

〔註45〕逯欽立輯校：《漢詩》，卷 11，《先秦漢魏晉南北朝詩》，頁 315。

〔註46〕〔宋〕郭茂倩編撰：《樂府詩集》（臺北：里仁書局，1984 年）詩前序文，頁 853。

不見遇」怨恨，詩人借鳥的命運比喻己之遭遇，其最終的關注乃是生命不諧的憾恨。故詩人最後現身說法，以滿腔怨語作結。此爲借物託怨之詩，採用此種方式以寄寫怨情者，尚有下列詩例：

　　△　猗猗秋蘭，植彼中阿。有馥其芳，有黃其葩。雖曰幽
　　　　深，厥美彌嘉。之子之遠，我勞如何？（張衡〈怨詩〉）
　　　〔註47〕

　　△　靈芝生河洲，動搖因洪波。蘭榮一何晚，嚴霜瘁其柯。
　　　　哀哉二芳草，不植太山阿。文質道所貴，遭時用有嘉。
　　　　絳灌臨衡宰，謂誼崇浮華。……安得孔仲尼，爲世陳
　　　　四科。（酈炎〈見志詩〉）〔註48〕

　　△　鳳皇集南嶽，徘徊孤竹根。於心有不厭，奮翅凌紫氛。
　　　　豈不常勤苦，羞與黃雀群。何時當來儀，將須聖明君。
　　　（劉楨〈贈從弟詩〉其三）〔註49〕

　　△　朝雁鳴雲中，音響一何哀。問子遊何鄉？戢翼正徘徊。
　　　　言我塞門來，將就衡陽棲。往春翔北土，今冬客南淮。
　　　　遠行蒙霜雪，毛羽日摧頹。常恐傷肌骨，身隕沉黃泥。
　　　　簡珠墮沙石，何能中自諧。欲因雲雨會，濯羽陵高梯。
　　　　良遇不可值。伸眉路何階。……凡百敬爾位，以副饑
　　　　渴懷。（應瑒〈侍五官中郎將建章台集詩〉）〔註50〕

　　△　鷙鳥化爲鳩，遠竄江漢邊。遭遇風雲會，託身鸞鳳間。
　　　　天姿既否戾，受性又不閑。邂逅見逼迫，俛仰不得言。
　　　（王粲〈雜詩〉其四）〔註51〕

借物託怨的物象，大多取尋善鳥香草，借以自比良才美質，以及遭世不遇的命運。例如張衡以芳馥的秋蘭自喻，抒發己身不遇的怨恨。又如應瑒〈侍五官中郎將建章台集〉，劉履評曰：「比也。……德璉既遭亂離，有志弗遂，而此詩蓋作於朔方遠回之初，未領文學之日，乃借

〔註47〕逯欽立輯校：《漢詩》，卷6，《先秦漢魏晉南北朝詩》，頁179。
〔註48〕同上註，頁183。
〔註49〕同上註，《魏詩》，卷3，《先秦漢魏晉南北朝詩》，頁371。
〔註50〕同上註，頁383。
〔註51〕同上註，《魏詩》，卷2，頁365。

旅雁以自喻，言哀鳴雲中，斂翼而徘徊，殆將投暄暖之地而栖止焉。」
〔註 52〕；張玉穀則評爲：「妙在託之於雁，純於比中出之，便覺實處
皆虛。」〔註 53〕。詩人並非純粹詠雁，而是以雁爲自身寫照，「遠行
蒙霜雪，毛羽日摧頹。」正暗示個人困蹇的遭遇。末句雖以飲酒極宴
作結，但全文主旨卻在借雁的不幸，寄託己身懷才不遇的哀怨。「借
物託怨」的詩，所喻託之物往往只是個引子，而詩原本欲吐的怨情，
終須直率說出。

　　至若「詠物寄怨」之詩，則物爲主體，不見人之痕跡。惟物即是
人之自況，所詠之物已是其主觀情感的投入：物即是詩人生命的象
徵。如班婕妤〈怨詩〉之作：

　　　　新裂齊紈素，鮮潔如霜雪。裁爲合歡扇，團團似明月。出
　　　　入君懷袖，動搖微風發。常恐秋節至，涼飆奪炎熱。棄捐
　　　　篋笥中，恩情中道絕。〔註 54〕

此自不能視之爲單純詠物之作。詩以團扇自喻，以團扇不能自主的「物
性」做爲婕妤怨思的根源。在透過隱喻的手法下，團扇已被寄託了詩
人全部的血淚怨愁；而團扇、秋扇自此也化爲失寵后妃宮怨的象徵。
又如曹丕的〈代劉勳妻王氏雜詩〉，亦詠床前帳遭棄，做爲出婦見棄
的象徵：

　　　　翩翩牀前帳，張以蔽光輝。昔將爾同去，今將爾同歸。緘
　　　　藏篋笥裡，當復何時披？〔註 55〕

失寵的宮妃出婦，見棄的哀怨，在詠物中，隱然可見。

　　懷才不遇之文人，也常詠物自喻。他們以佳木善果，虬龍鸞鳳，
做爲自身高潔壯志的象徵，以襯托自己遭廢見棄，托身失依的不幸。
詩人所寓託者正是懷才不遇的怨恨：

〔註 52〕見〔元〕劉履：《選詩補注》，卷 2，收入河北師範學院中文系古典文
　　　　學教研組：《三曹資料彙編》，頁 344。
〔註 53〕見〔清〕張玉穀：《古詩賞析》，卷 10，收入河北師範學院中文系古
　　　　典文學教研組：《三曹資料彙編》，頁 348。
〔註 54〕逯欽立輯校：《漢詩》，卷 2，《先秦漢魏晉南北朝詩》，頁 117。
〔註 55〕同上註，《魏詩》，卷 4，頁 402。

△ 有龍矯矯，遭天譴怒，三蛇從之，一蛇割股，二蛇入國，
厚蒙爵土，餘有一蛇，棄於草莽。（琴曲〈龍蛇歌〉）〔註56〕

△ 橘柚垂華實，乃在深山側。聞君好我甘，竊獨自雕飾。
委身玉盤中，歷年冀見食。芳菲不相投，青黃忽改色。
人儻欲我知，因君為羽翼。（古詩〈橘柚垂華實〉）〔註57〕

△ 聯翩飛鸞鳥，獨遊無所因。毛羽照野草，哀鳴入青雲。
我尚假羽翼，飛覩爾形身。願及春陽會，交頸遘殷勤。
（王粲〈雜詩〉其三）〔註58〕

△ 蕙草生山北，托身失所依。植根陰崖側，夙夜懼危頹。
寒泉浸我根，淒風常徘徊。三光照八極，獨不蒙餘暉。
葩葉永彫瘁，凝露不暇晞。百卉皆含榮，已獨失時姿。
比我英芳發，鶗鴂鳴已哀。（繁欽〈詠蕙詩〉）〔註59〕

繁欽〈詠蕙詩〉，雖然詩題為詠物之作，卻非客觀詠物，乃主觀寫情。
陳沆評曰：「夫休伯在魏，書翰見優；賓僚燕好，未為不遇。何哀苦
若此哉。觀魏文與吳質書，歷數存沒諸人，不及主簿，得毋情好不終，
騷怨斯作乎？」〔註60〕可知詩人詠蕙，實即托蕙寄怨。

憤怨遷徙無定的曹植，也常採「詠物寄怨」的方式，以「轉蓬」
寄寓身世之怨。〈吁嗟篇〉云：

吁嗟此轉蓬，居世何獨然；長去本根逝，宿夜無休閒。東
西經七陌，南北越九阡；卒遇回風起，吹我入雲間。自謂
終天路，忽然下沉淵；驚飆接我出，故歸彼中田。當南而
更北，謂東而反西；宕宕當何依？忽亡而復存。飄颻周八
澤，連翩歷五山；流轉無恒處，誰加吾苦艱。願為中林草，
秋隨野火燔；糜滅豈不痛？願與根荄連。〔註61〕

〔註56〕逯欽立輯校：《漢詩》，卷11，《先秦漢魏晉南北朝詩》，頁312。
〔註57〕同上註，《漢詩》，卷12，頁335。
〔註58〕同上註，《魏詩》，卷2，《先秦漢魏晉南北朝詩》，頁365。
〔註59〕同上註，《魏詩》，卷3，頁385。
〔註60〕見〔清〕陳沆：《詩比興箋》（臺北：鼎文書局，1979年），卷1，頁39。
〔註61〕逯欽立輯校：《魏詩》，卷6，《先秦漢魏晉南北朝詩》，頁423。

此乃作者透過轉蓬之物，曲盡心象，隱解際遇之作。首句「吁嗟」感
歎轉蓬，實則感歎身世之飄泊。其後「長去」十八句，上接前題，舖
敘轉蓬飄泊四處的具體景象，隱喻一己「流轉無恒處」的心象。最後
「願為」四句，總結上文，以野草對比轉蓬的描繪，寄託作者遷徙流
離的怨忿。曹植又有〈雜詩〉其二，也以「轉蓬」託寄怨懷：

　　　轉蓬離本根，飄颻隨長風。何意迴飆舉，吹我入雲中。高
　　　高上無極，天路安可窮？類此遊客子，捐軀遠從戎。毛褐
　　　不掩形，薇藿常不充。去去莫復道，沈憂令人老。〔註62〕

轉蓬的喻意，正與飄泊的遭遇相合，此詩與〈吁嗟篇〉用意、作法相
近，不過此詩最後作者現身直說，故屬於「借物託怨」的表現方式。
曹植又有詩一首亦詠鶴寄怨：

　　　雙鶴俱遨遊，相失東海傍。雄飛竄北朔，雌驚赴南湘。棄
　　　我交頸歡，離別各一方。不惜萬里道，但恐天網張。〔註63〕

詩中除了寓含骨肉相離，漂泊之苦外，更有濃厚的憂生之怨。

　　　不論是「借物託怨」或「詠物寄怨」，詩人皆是由物象的呈現，
投射己身的情感，物我合一。謝榛〈四溟詩話〉說：「班姬託扇以寫
怨，應瑒託鴈以言懷，皆非徒作。」〔註64〕可謂論解精闢，詩人所寄
乃是發自生命不諧的怨恨。「託物寄怨」之詩，詩中物象的選取，往
往具有文化理想的意義〔註65〕。對於物象的深切認同，不是物之客觀
描寫，而是物象的主觀化、人文化。物象的自然質性減至最低，而人
文意義提至最高，這便是擬人格的手法。今統計「託物寄怨」的表現

〔註62〕同上註，《魏詩》，卷7，頁456。

〔註63〕同上註，頁460。

〔註64〕〔明〕謝榛：《四溟詩話》（北京：人民文學出版社，1998年），卷1，
頁25。

〔註65〕黃永武：「詠物的詩，對所詠的物，有一種特別的看法，這看法像是
充分自由的，詩人可以無拘無束地任意揮寫，其實每一種看法，無
不以龐大的民族文化為其背景，這文化往往顯示出千百年來此一民
族共通的理念。」黃永武：〈古典詩中的桃與柳〉，《中國詩學──思
想篇》（臺北：巨流圖書公司，1976年），頁35。

技巧中，詩人取用的物象如下表：

時代	內　容	作　者	所託物象	篇　　名
漢	女子之怨	王昭君	鳥	昭君怨
		班　婕	團扇	怨　詩
	男子之怨	張　衡	秋蘭	怨　詩
		趙　壹	蘭蕙	魯生歌
		樂　府	鳳鳥	陌　操
		樂　府	龍	龍蛇歌
		古　詩	橘	橘柚垂華實
魏	女子之怨	曹　丕	帳	代劉勳妻王氏雜詩
	男子之怨	王　粲	鷙鳥	雜　詩
			鷿鳥	雜　詩
		劉　楨	松	贈從弟詩其二
			鳳凰	贈從弟詩其三
		應　瑒	鳥	報趙淑麗詩
			雁、簡珠	侍五官中郎將建章台集詩
		繁　欽	蕙	詠蕙詩
		杜　鷙	騏驥	贈毋丘儉詩
		曹　植	鴻鵠	失題詩
			鶴	失題詩
			鴻鵠	篇
			轉蓬	吁嗟篇
			轉蓬	雜詩「轉蓬離本根」
			龍	當牆欲高行
			雲龍、神鸞	言志詩
		何　晏	鴻鵠	言志詩其一
			轉蓬	言志詩其二
		嵇　康	潛龍	述志詩其一

　　由上表可知，托物寄怨的技巧，用以發抒男子懷才不遇之怨爲多。就物象統計，以鳥類最爲常用，共計有十二次之多。其中又以鳳凰以及鴻鵠較常爲詩人寄用，以自比己身高潔的品德與遠大的壯志。植物中，以蘭蕙較常被寓託，計有三次。《爾雅翼》：「一幹一花而香有餘者蘭，一幹五六華而香不足者蕙。」〔註66〕皆是佳卉之屬，詩人用以自比良才美質〔註67〕。蘭蕙寄託詩人的美質，蓬草則寄託者不遇文人飄零無依的悲怨。〈埤雅〉釋「蓬」：「末大於本，故遇風輒拔而旋。」〔註68〕隨風飄轉的蓬草，正與飄泊無定，遷徙四處的不遇文人身影相合。故「常自怨憤」的曹植，即曾兩次以「轉蓬」自喻。

　　可資注意者，是建安文人——王粲、劉楨、應瑒、曹植皆同以「鳥」的形象寄怨，大都自比孤飛無侶的寂寞與翔遊高空的壯懷〔註69〕。另外，則是曹植與何晏兩人在物象的選取與用意上有相合之處。兩人皆以「轉蓬」去根寫飄泊之哀，同用「鴻鵠」高飛寓託極欲凌空邀翔的壯志。

　　這些物象，經漢魏怨詩作者，深刻的寓託後，不僅在文化傳統中，賦予特殊的深意，而且成爲詩人主觀生命的具體象徵。故「青松」、「秋蘭」、「龍鳳」、「飛雁」，都寄託了詩人的理想；「團扇」、「轉蓬」成爲失寵、飄泊哀怨的象徵，而不再是自然的原物。這些物象在怨詩作者的錘鍊後，成爲詩的語言，豐富了後代詩歌的內涵。

〔註66〕〔宋〕羅願：《爾雅翼》，卷2，頁2a，收入《景印文淵閣四庫全書》第222冊，頁266。

〔註67〕黃永武：「花期可以視作青春的象徵，也可以視作生命的象徵，在詩人眼中，花更是一切理想象徵。」黃永武：《詩與美》（臺北：洪範書店，1985年），頁10。

〔註68〕〔宋〕陸佃：《埤雅》（上海：商務印書館，1936年），卷15，頁374。

〔註69〕此種寄託方式，給予詠懷詩人頗大的影響，特別是阮籍在其《詠懷詩》八十二首中，共有二十三首提及鳥類，主要用以寄託其孤獨不遇的悲哀。參見逯欽立輯校：《魏詩》，卷10，《先秦漢魏晉南北朝詩》。

第三節　直述寫怨

　　直述寫怨屬於比興中的「賦」，是最直接樸實的表現方式。在表現時不攀緣其他的物相，作間接傳達，只以本身為相，直接陳述。此種表現方式可再大分為二：直吐怨懷和說理抒怨。

　　直吐怨懷者，詩人無心捕捉觸發的機微；其怨情如洪水般奔湧於文字之間，直接赤裸地道出詩人胸中的哀怨。如阮瑀〈怨詩〉：

　　　　民生受天命，漂若河中塵。雖稱百齡壽，孰能應此身。猶
　　　　獲嬰凶禍，流落恆苦辛。〔註70〕

作者於詩中直接傾吐生命短暫的感慨，以及對死亡催逼的怨恨，雖未托物比興，卻悽婉動人。其〈老人詩〉同為憂生之嗟，亦採此法：

　　　　白髮隨櫛墮，未寒思厚衣。四肢易懈倦，行步益疏遲。
　　　　常恐時歲盡，魂魄忽高飛。自知百年後，堂上生旅葵。

　　　　〔註71〕

作者就事舖陳；衰老的痛苦，行將就木的恐懼，在平舖直敘中流露出死生無常的怨情。漢魏詩中亦多直陳其怨的手法，舉例如下：

　　△　天地無期竟，民生甚局促。為稱百年壽，誰能應此錄？
　　　　低抑倏忽去，炯若風中燭。（劉楨〈失題詩〉）〔註72〕

　　△　吾家嫁我兮天一方，遠託異國兮烏孫王。廬為室兮旃
　　　　為牆，以肉為食兮酪為漿；居常土思兮心內傷，願為
　　　　黃鵠兮還故鄉。（烏孫公主〈細君〉）〔註73〕

　　△　誰言去婦薄？去婦情更重，千里不唾井，況乃昔所奉？
　　　　遠望未為遙，踟躕不得共。（曹植〈代劉勳妻王氏雜詩〉）

　　　　〔註74〕

　　△　妾身兮不令，嬰疾兮來歸，沈滯兮家門，歷時兮不差。
　　　　曠廢兮侍觀，情敬兮有違。君今兮奉命，遠適兮京師。

〔註70〕逯欽立輯校：《魏詩》，卷3，《先秦漢魏晉南北朝詩》，頁381。
〔註71〕同上註。
〔註72〕同上註，頁373。
〔註73〕同上註，《漢詩》，卷2，《先秦漢魏晉南北朝詩》，頁112。
〔註74〕同上註，《魏詩》，卷7，《先秦漢魏晉南北朝詩》，頁455。

　　　悠悠兮離別，無因兮敘懷。瞻望兮踴躍，佇立兮徘徊。
　　　思君兮感結，夢想兮容暉。君發兮引邁，去我兮日乖。
　　　恨無兮羽翼，高飛兮相追，長吟兮詠歎，淚下兮沾衣。
　　　（徐淑〈答秦嘉詩〉）〔註75〕

△　西北有織婦，綺縞何繽紛；明晨秉機杼，日昃不成文。
　　太息終長夜，悲嘯入青雲；妾身守空閨，良人行從軍。
　　自期三年歸，今已歷九春；飛鳥遶樹翔，噭噭鳴索群。
　　願爲南流景，馳光見我君。（曹植〈雜詩七首〉其三）〔註76〕

不論是寫憂生之怨或遭棄久待之恨，作者明指怨因愁懷，字字皆爲作者情意心境的浮顯。懷才不遇詩人，雖時有見疑遭忘甚至殺生罹禍之危，但當面對世事大不平時，其激烈的怨怒之情，不再隱藏於比興之下；而毫無隱諱地迸射其不遇怨情：

△　余嬰沈痼疾，竄身清漳濱；自夏涉玄冬，彌曠十餘旬。
　　常恐游岱宗，不復見故人。（劉楨〈贈五官中郎將〉四首其二）〔註77〕

△　愴愴懷殷憂，殷憂不可居。徙倚不能坐，出入步踟蹰。
　　念蒙聖主恩，榮爵與眾殊。自謂永終身，志氣甫當舒。
　　何意中見棄，棄我就黃壚。熒熒靡所恃，淚下如連珠。
　　（吳質〈思慕詩〉）〔註78〕

△　僕夫早嚴駕，吾將遠行遊。遠遊欲何之，吳國爲我仇。
　　將騁萬里塗，東路安足由。江介多悲風，淮泗馳急流。
　　願欲一輕濟，惜哉無方舟。閒居非吾志，甘心赴國憂。
　　（曹植〈雜詩七首〉其五）〔註79〕

曹植尙有〈贈白馬王彪詩〉一首，〔註80〕全詩直敘作者痛怨激憤之情；就整章而觀，亦屬直吐怨懷的表現方式。劉履評此詩之作法曰：「賦

〔註75〕逯欽立輯校：《漢詩》，卷6，《先秦漢魏晉南北朝詩》，頁188。
〔註76〕同上註，《魏詩》，卷7，《先秦漢魏晉南北朝詩》，頁457。
〔註77〕〔梁〕蕭統編，〔唐〕李善注：《文選》，卷23，頁30b。
〔註78〕逯欽立輯校：《魏詩》，卷5，《先秦漢魏晉南北朝詩》，頁412。
〔註79〕同上註，《魏詩》，卷7，頁457。
〔註80〕同上註，《魏詩》，卷7，頁452。

也。」〔註81〕

至若說理抒怨，即詩人除了直述怨恨之所由外，並明白表達他對人生生命的體悟，正面且徹底地陳述出來。〔註82〕例如楚調〈怨詩行〉：

> 天道悠且長，人命一何促！百年未幾時，奄若風吹燭。嘉
> 賓難再遇，人命不可續。齊度遊四方，各繫太山錄。人間
> 樂未央，忽然歸東嶽。當須盪中情，遊心恣所欲。〔註83〕

詩人從首句起歷述人命短促的事實，陳述其所領悟的死生至理，最後並以盪情遊樂告誡讀者，以解脫無常的壓迫。看似達觀明理，實則滿腹怨尤。採用此種表現手法者，大多是寫無常之怨者，例如：

> △ 出西門，步念之，今日不作樂，當待何時？逮為樂，
> 逮為樂，當及時，何能愁怫鬱？當復待來茲。釀美酒，
> 炙肥牛，請呼心所懽，可用解憂愁。人生不滿百，常
> 懷千歲憂。晝短苦夜長，何不秉燭遊？遊行去去如雲
> 除，弊車羸馬為自儲。(瑟調〈西門行〉) 〔註84〕

> △ 為樂未幾時，遭時嶮巇；逢此百罹，零丁荼毒。愁懣
> 難支……禍福無刑，唯念古人；遜位躬耕，遂我所願。
> 以茲自寧，日月馳驅；轗軻世間，何有何無。貪財惜
> 費，此一何愚？命如鑿石見火，居世竟能幾時。但當

〔註81〕見〔元〕劉履：《選詩補註》，卷2，收入河北師範學院中文系古典文學教研組編：《三曹資料彙編》，頁121。

〔註82〕艾略特認為詩有三種聲音（見艾略特評論選集、杜國清譯），除此以外，尚有一種重要的聲音：韋勒克稱之為詩的第四個聲音：「在這些詩句裡有一種聲音，不是詩人的，卻發自詩人帶著權威的，斷然的態度說話。」（見〔美〕韋勒克（Rene Wellek）著，陳紹鵬譯：《詩的第四個聲音》）。廖蔚卿解釋此第四個聲音為：「顯然這所謂的第四種聲音，即是我們常說的一篇之警策，是詩人以他的智慧體悟觀察所觸發的警句，這些句子涵攝天地人我之常情常理，至情至理，它百是一時經驗之來，是通過小我並入大我的頓悟，所以這一聲音是智慧的預言的權威的斷然的。廖蔚卿：《文學評論》（臺北：書評書目出版社，1975年），頁20。說理抒怨的方式即十分接近於韋勒克的「詩的第四個聲音」。

〔註83〕逯欽立輯校：《漢詩》，卷9，《先秦漢魏晉南北朝詩》，頁275。

〔註84〕同上註，頁269。

　　歡樂自娛，盡心極所嬉怡。安善養君德性，百年保此
　　期頤。(大曲〈滿歌行〉) 〔註85〕

△　生年不滿百，常懷千歲憂。晝短苦夜長，何不秉燭遊？
　　爲樂當及時，何能待來茲！愚者愛惜費，但爲後世嗤。
　　仙人王子喬，難可與等期。(古詩十九首〈生年不滿百〉)

　　〔註86〕

△　今日良宴會，歡樂難具陳。彈箏奮逸響，新聲妙入神。
　　令德唱高言，識曲聽其眞。齊心同所願，含意俱未伸。
　　人生寄一世，奄忽若飆塵。何不策高足，先據要路津。
　　無爲守貧賤，轗軻長苦辛。(古詩十九首〈今日良宴會〉)

　　〔註87〕

△　苦辛何慮思，天命信可疑？虛無求列仙，松子久吾欺。
　　變故在斯須，百年誰能持？離別永無會，執手將何時？
　　王其愛玉體，俱享黃髮期。收淚即長路，援筆從此辭。

　　(曹植〈贈白馬王彪〉詩其七) 〔註88〕

沈德潛評《古詩十九首》曰：

　　十九首大率逐臣棄婦，朋友闊絕，死生新故之感。中間或
　　寓言，或顯言，反覆低佪，抑揚不盡，使讀者悲感無端，
　　油然善入，此國風之遺也。〔註89〕

〈生年不滿百〉、〈今日良宴會〉正是十九首中「死生新故之感」；而
其所採用之方式即是「顯言」直述。王國維《人間詞話》評〈生年不
滿百〉曰：「寫情如此，方爲不隔。」〔註90〕詩人直述說理以抒解生
死憤懣，雖無纏綿委婉之美，卻有動人心魄之勢。又如張戒評曹植之
「虛無求列仙，松子久吾欺」一句曰：「此語雖甚工，而意乃怨怒。」

〔註85〕同上註，頁275～276。
〔註86〕同上註，《漢詩》，卷12，頁333。
〔註87〕同上註，頁330。
〔註88〕同上註，《魏詩》，卷7，《先秦漢魏晉南北朝詩》，頁454。
〔註89〕〔清〕沈德潛：《古詩源箋註》(長沙：岳麓書社，1998年)，卷4，
　　　　頁28。
〔註90〕〔清〕王國維著，徐調孚注：《人間詞話》，卷41，頁27。

〔註91〕怨怒之情在說理直陳中，赤裸呈顯，令人驚心動魄。

　　直述寫怨的方式，不似觸景興怨，情感可瀰漫於景物之間、洋溢景物之外；又不同託物寄怨，尋求一種物象，作爲自我身世性情的寄託。它是如此感，如是說，言語皆自感情生出，雖然一望即見其情，卻同樣具有深切地感染力量！

第四節　映襯抒怨

　　漢魏怨詩除了上承《詩經》賦、比、興的表現方式以外，尚有一種爲怨詩作者所常用的方式──映襯抒怨。所謂「映襯」黃慶萱釋之爲：

> 在語文中，把兩種不同的，特別是相反的觀念或事實，對
> 列起來，兩相比較，從而使語氣增強，使意思明顯的修辭
> 方法，叫做「映襯」。〔註92〕

單獨敘說，雖能造成印象，但卻不如兩件相反的事物並列，在兩相對照中，留下較深刻明顯的印象。此即映襯之妙。映襯一般又可細分爲反襯與對襯兩種〔註93〕。董季棠釋「對襯」云：

> 對襯是用兩種相反的事物，構成兩個或兩個以上的句子，作
> 對比的說明，因而產生極鮮明的形象，給人極強烈的感受。
> 有時雖也有諷刺的味道，但大部分都有莊嚴的意義。〔註94〕

〔註91〕見〔宋〕張戒：《歲寒堂詩話》，卷上，收入河北師範學院中文系古
　　　　典文學教研組編：《三曹資料彙編》，頁 111。
〔註92〕黃慶萱：《修辭學》（臺北：三民書局，1988 年），頁 287。董季棠《修
　　　　辭析論》則釋之：「用兩種相反的事物擺在一起，作對照形容，以加
　　　　強印象。這種修辭法，叫做映襯。」說法相同。董季棠：《修辭析論》
　　　　（臺北：益智書局，1981 年），頁 51。
〔註93〕黃慶萱：《修辭學》，頁 292。董季棠《修辭析論》亦分此兩類，其言
　　　　曰：「映襯，一般修辭書，把它分『反襯』和『對襯』兩類。反襯是
　　　　用和這種事物相反的形容詞或副詞來形容這種事物。」今考漢魏怨
　　　　詩中鮮有採用反襯的方式，而「對襯」的技巧則爲部份怨詩作者所
　　　　採用。
〔註94〕見董季棠：《修辭析論》，頁 53。黃慶萱《修辭學》亦採相同說法。

漢魏怨詩中有些是採用「對襯」的方式，以強烈的對比突顯其難以
排遣的怨恨情緒。黃慶萱分析映襯的原則，在內容方面是「對比越
是強烈、印象越是鮮明」〔註95〕。此種方法被怨詩作者大量採用，
今考其表現方式，可大分爲昔今對比，物我對比及天人對比三種對
襯方法：

　　昔今對比中，時間佔有極重要的地位，詩人將過去與現在的時間
對立；在時間推移中，原有的幸福流失，恩愛冷淡，使詩人激起不平
情緒，而哀怨亦在昔今對比中，幽然而生：

　　△　昔爲倡家女，今爲蕩子婦。（古詩十九首〈青青河畔草〉）

　　　　〔註96〕

　　△　故如比目魚，今隔如參辰。（徐幹〈室思詩〉）〔註97〕

　　△　在昔蒙恩惠，和樂如瑟琴。何意今摧頹，曠若商與參。

　　　　（曹植〈浮萍篇〉）〔註98〕

　　△　昔爲同池魚，今爲商與參。（曹植〈種葛篇〉）〔註99〕

　　△　昔我同袍，今永乖別。（曹植〈朔風詩〉）〔註100〕

時間無情流逝，過去曾擁有的幸福恩情，不但不足一慰傷懷，反而成
爲現今不幸的強烈對照，使得怨情益發濃烈而深沈。怨詩作者凡是採
用「昔……今……」的句型時，並非並列相同境遇者，而是全爲對照
不同境遇之篇；而且後者幾乎全部在強調今非昔比的情感。昔今相
照，今不如昔，在對襯的手法下，流動著詩人鮮明的怨恨。

　　昔今對比是自身與自身的前後對照，而物我對比則是自身個體
與外物群體的對照。在物我的對襯中，唯獨己身才有的困厄命蹇，
必激起作者孤獨，無奈與不平的情緒。其怨恨之情即在物我對照中
浮顯而出：

〔註95〕見黃慶萱：《修辭學》，頁295。

〔註96〕逯欽立輯校：《漢詩》，卷12，《先秦漢魏晉南北朝詩》，頁329。

〔註97〕同上註，《魏詩》，卷3，《先秦漢魏晉南北朝詩》，頁377。

〔註98〕同上註，《魏詩》，卷6，頁424。

〔註99〕同上註，《魏詩》，卷6，頁436。

〔註100〕同上註，《魏詩》，卷7，頁447。

△　雌雄群遊於山阿，我獨何命兮未有家。(〈琴曲〉雉朝飛操)〔註101〕

△　物類無頗偏，我獨抱深感，不得與比焉。(劉楨〈贈徐幹詩〉)〔註102〕

△　人離皆復會，君獨無返期。(徐幹〈室思詩〉)〔註103〕

詩人不必費辭寫怨，僅將他人外物之境與自身的境遇共同並列，世事不平若此，欲訴之怨，呼之而出。

不論昔今對比或物我對比，詩人所突顯的是個人與個人，或個人與群體間現實生活的不諧。而在漢魏文人的覺醒下，人生無常的怨恨欲是在對個人生命價值的反省後所產生。怨詩作者迺以天人並舉，在兩相對襯中，突顯人命有時而盡的渺小與哀怨！

△　天道悠且長，人命一何促。(楚調〈怨詩行〉)〔註104〕

△　天地無期竟，民生甚局促。(劉楨〈失題詩〉)〔註105〕

△　天地無窮，人命有終。(曹叡〈月重輪行〉)〔註106〕

△　天地無窮極，陰陽轉相因；人居一世間，忽若風吹塵。(曹植〈薤露行〉)〔註107〕

△　天地無終極，人命若朝霜。(曹植〈送應氏詩〉其二)〔註108〕

△　天地悠長，人生若忽。(郭遐叔〈贈嵇康詩〉其一)〔註109〕

△　人生壽促，天地長久。(嵇康〈四言贈兄秀才入軍詩〉)〔註110〕

天地長久無終極，而人命卻短暫如朝霜晨露，在天人明顯而強烈的對比下，終將人生推向深沈、不可回復的絕望，怨恨亦鮮明可見。天／人對比成為發抒人生無常怨歎的慣用方式。人生無常的怨歎普遍存於

〔註101〕 逯欽立輯校：《漢詩》，卷11，《先秦漢魏晉南北朝詩》，頁304。

〔註102〕 同上註，《魏詩》，卷3，《先秦漢魏晉南北朝詩》，頁371。

〔註103〕 同上註，頁377。

〔註104〕 同上註，《漢詩》，卷9，《先秦漢魏晉南北朝詩》，頁275。

〔註105〕 同上註，《魏詩》，卷3，《先秦漢魏晉南北朝詩》，頁373。

〔註106〕 同上註，《魏詩》，卷5，頁415。

〔註107〕 同上註，《魏詩》，卷6，頁422。

〔註108〕 同上註，《魏詩》，卷7，頁454。

〔註109〕 同上註，《魏詩》，卷8，頁476。

〔註110〕 同上註，《魏詩》，卷9，頁482。

六朝人心中；而其表現方式，大都以天人對襯抒怨，明顯受到漢魏怨詩的影響。

　　黃慶萱論映襯格的效果之一是──必須要有嘲弄的效果〔註111〕，而所謂的嘲弄（Irony）據姚一葦的定義為：

> 它可以是機智的、幽默的、譏笑的、愚弄的、諷刺的、諷諫的，……或其中某幾項之和，或專指其中的某一項。〔註112〕

今考漢魏怨詩採用映襯抒怨之法，不論是昔今對襯，物我對襯，天人對襯，在憤懣之情抒發之餘，是帶有嚴肅且諷刺的作用。

結　語

　　漢魏怨詩的表現方式，除了上述之法外，尚有「託古諷今」以抒怨者。如曹植〈怨歌行〉：

> 為君既不易，為臣良獨難。忠信事不顯，乃有見疑患。周公佐成王，金縢功不刊。推心輔王室，二叔反流言。待罪居東國，泣涕常流連。皇靈大動變，震雷風且寒。拔樹偃秋稼，天威不可干。素服開金縢，感悟求其端。公旦事既顯，成王乃哀歎。吾欲竟此曲，此曲悲且長。今日樂相樂，別後莫相忘。〔註113〕

劉履評曰：「子建在雍丘時，常自憤怨抱利器而無所施，……故借周公之事，陳古以諷今，庶其有感焉。」〔註114〕詩人託古諷今，抒發其信而見疑、忠而被謗的羈臣之怨！此種表現方式並不多見，僅曹植〈怨歌行〉之作耳。

　　漢魏怨詩尚有一種表現方式，即在詩歌的起首兩句，借一些事物作始，這些事物與後面的事物不一定有必然的相關性或相似性；它的

〔註111〕見黃慶萱：《修辭學》，頁300。
〔註112〕見姚一葦：《藝術的奧秘》（臺北：開明書店，1988年），頁199。
〔註113〕逯欽立輯校：《魏詩》，卷6，《先秦漢魏晉南北朝詩》，頁426～427。
〔註114〕見〔元〕劉履：《選詩補注》，卷2，收入河北師範學院中文系古典文學教研組編：《三曹資料彙編》，頁126。

作用近似於「引子」，詩人所欲陳訴的情懷，仍直寫而出。例如：

　△　鼗鼗白兔，東走西顧。衣不如新，人不如故。（樂府〈古
　　　豔歌〉）〔註115〕

　△　孔雀東飛，苦寒無衣；爲君作妾，中心惻悲。夜夜織作，
　　　不得下機；三日載疋，尚言吾遲。（樂府〈古豔歌〉）〔註116〕

　△　蒲生我池中，其葉何離離！傍能行仁義，莫若妾自知。
　　　眾口鑠黃金，使君生別離。（甄皇后〈塘上行〉）〔註117〕

　△　種葛南山下，葛藟自成陰。與君初婚時，結髮恩義深。
　　　歡愛在枕席，宿昔同衣衾。竊慕棠棣篇，好樂和瑟琴。
　　　行年將晚暮，佳人懷異心。恩紀曠不接，我情遂抑沈。
　　　（曹植〈種葛篇〉）〔註118〕

　△　浮萍寄清水，隨風東西流。結髮辭嚴親，來爲君子仇。
　　　恪勤在朝夕，無端獲罪尤。在昔蒙恩惠，和樂如琴瑟。
　　　何意今摧頹，曠若商與參。茱萸自有芳，不若桂與蘭。
　　　新人雖可愛，無若故所歡。行雲有返期，君恩儻中還。
　　　慊慊仰天歎，愁心將何愬。日月不恒處，人生忽若寓。
　　　悲風來入懷，淚下如垂露。發篋造裳衣，裁縫紈與素。
　　　（曹植〈浮萍篇〉）〔註119〕

　△　種瓜東井上，冉冉自踰垣。與君新爲婚，瓜葛相連結。
　　　寄託不肖軀，有如倚太山。免絲無根株，蔓延自登緣。
　　　萍藻託清流，常恐身不全。被蒙丘山惠，賤妾執拳拳。
　　　天日照知之，想君亦俱然。（曹叡〈種瓜篇〉）〔註120〕

詩例前三首中，起首兩句引子都與正文毫不相干；後三首中詩人所寫
之「葛藟」、「浮萍」與「瓜葛」與本文正意有關。此種引子，則帶有
比興的意味，這種表現技巧，大都爲樂府之篇，應是受〈國風〉的影

〔註115〕逯欽立輯校：《漢詩》，卷10，《先秦漢魏晉南北朝詩》，頁292。
〔註116〕同上註，頁291。
〔註117〕同上註，《魏詩》，卷4，《先秦漢魏晉南北朝詩》，頁406。
〔註118〕同上註，《魏詩》，卷6，頁435～436。
〔註119〕同上註，頁424。
〔註120〕同上註，《魏詩》，卷5，頁417。

響。朱光潛論曰：

> 它們的起源，與其說是「套」現成的民歌的起頭，如胡適
> 所說的，不如說是沿用《國風》以來的傳統的技巧。《國風》
> 的意象引子原有比興之用，到後來數典忘祖，就不問它是
> 否有比興之用，祇戴上那麼一個禮帽應付場面，不合頭也
> 不管了。〔註121〕

此段話正好說明，有些詩歌的引子已逐漸失去比興之用，成為創作時
的慣用套語，如前三首詩例；有些詩歌起首兩句則仍保持著傳統〈國
風〉的技巧，如曹植，曹叡之篇，起首二句所比托之物，是作者心靈
的寫照〔註122〕。不論〈怨詩〉起首二句是否有比興含意，詩人的滿
腔怨情，皆在第三句以下，直鋪而述。此種表現技巧，十分接近於「直
陳其事」的「賦」。

　　由於詩作者，大都有「事難陳顯」、「理難言罄」的現實因素阻
礙，因此表現怨情大都採用「托物連類以形之」、「借物引懷以抒之」
〔註123〕的方法。故寫女子傷別失寵或士人懷才不遇之怨，多用比興
屈盡的手法，將怨的情緒，迂迴縈繞刻劃而出；而人生無常的怨恨，
則採直陳逕說的表現方式，將潛藏的怨恨，噴薄迸射，直接宣洩，
具有驚心動魄的效果〔註124〕。至若映襯之法，則常在詩中與賦、比、
興連用，以強烈鮮明的對照，突顯詩人生命的缺憾與不幸！使生命
不諧的挫折怨恨，更加悱惻激盪。

〔註121〕 見朱光潛：《詩論》（臺北：漢京文化事業有限公司，1982 年），頁 71。

〔註122〕 漢魏寫婦女之怨者，所比托的物象，常是植物。如瓜葛、浮萍、兔
絲、女蘿等，這類植物多弱小、易萎，且必須攀緣他物而生；宛似
婦女的體弱、瘦小與身不由己的生命。

〔註123〕 〔清〕沈德潛：《說詩晬語》，卷上，收入〔明〕王夫之等撰，丁福
保編：《清詩話》（臺北：木鐸出版社，1988 年），頁 523。

〔註124〕 張春榮：「在面臨人生虛無時，漢人無法從內在生命裡自我超越挺拔，
於是大多遂聊作快語，感憤自嘲中，頗多弔詭之詞。」張春榮：〈古
詩的悲怨之情〉，《鵝湖》第 3 卷第 5 期（1977 年 11 月），頁 24〜28。

第五章　結論：哀怨起騷人

第一節　漢魏怨詩的特色
——「怨」與「刺」的興寄美學

　　漢魏怨詩在中國詩史上，無疑是一個特殊且重要的文學現象。其重要的特色如下：

　　漢魏怨詩，承繼詩騷怨刺的文學傳統而興，涵有對生命、社會、時代的感受與反省的精神。而其大量產生於漢魏之際，又與時代背景的刺激有關。所謂「世積亂離，風衰俗怨」，文人於傷時感世之餘，每多怨恨愀愴之作。不論是自身的見棄失志，或替他人代吐生命不諧的怨情。他們的鼻息與時代之興衰相通。他們的情感是激烈的，而抱負卻是恢宏的。然而在個人意識的覺醒與身處亂世、朝不保夕的恐懼下，憂生之嗟，人皆有之。不論是女子情怨或士人不遇之恨，詩歌皆深含對未來人生的恐懼和不安，更甚者則發而爲人生無常的怨歎！

　　漢魏怨詩的作者普及於社會各種階層：上至帝王、貴族、后妃之怨，下至匹夫匹婦小民之情。從婦女的久待傷別、失寵怨棄；男子的懷才不遇、憂時傷生；乃至全人類共同的憾恨——人生有限無常的哀感，皆一一轉化爲文字，吟歎在漢魏詩壇上。他們共同的特點是全爲情感激盪的作品。就內容分析，漢代以寫婦女怨棄之作較多，而魏代

由於大批建安文人的參與創作，因此以抒發個人遭時不遇的怨恨之作
為多。但是皆傳達出人生的嚴肅性與生活的現實性，對詩境的擴展，
開拓了更新的境界。帶有憂時傷亂，針砭時事意味的怨詩作者，雖有
滿腔憤怒，但由於多數作者，不是逐臣就是棄婦，身分不自主，受人
左右，其怨怒的情緒有直接顯言的困難，大都以「比」「興」的技巧
表現。在借景引懷，托物連類中委婉道出積壓胸中的怨怒情緒，並達
成託諷、怨刺的目的，呈現出「怨而不怒」、「溫柔敦厚」的詩歌風格。

怨詩的大量產生是在動盪的漢魏之際。掙扎於亂世的文人，面對
紛亂與不安，於悲慨之餘，人人都有一份積極參與的道德與勇氣。但
是這種救民用世的懷抱，卻屢受挫折打擊，使詩人普遍有失路之歎與
憂生之嗟。懷才不遇的怨詩，乃是詩人求用壯志受挫的感歎！其基本
的精神仍是積極入世的。魏晉之交的阮籍，其詠懷詩的主要精神，即
承自漢魏怨詩而來〔註1〕。

《文心雕龍‧時序篇》云：

> 自獻帝播遷，文學蓬轉，建安之末，區宇方輯。……觀其
> 時文，雅好慷慨，良由世積亂離，風衰俗怨，並志深而筆
> 長，故梗概而多氣也。〔註2〕

在「世積亂離」、「風衰俗怨」的刺激下，使當時詩人充滿了「慷慨」
之音。所謂「慷慨」、「慷」字不見於《說文》，而「慨」，《說文》：「忼
慨也。」，又釋「忼」為「慷慨壯士不得志於心也。」〔註3〕可見建安
文人的「慷慨」之音與〈怨詩〉中不遇的怨懷，乃有密切的關係。

李直方先生分析建安詩歌為三類：其中之一為「哀怨的詩歌」，

〔註1〕見李正治：《六朝詠懷組詩研究》一文。文中探討詩《詠懷組詩》主
　　　要的精神內涵之一是「士不遇的情懷」與「憂生的嗟歎」此與漢魏〈怨
　　　詩〉之作，關係密切。見李正治：《六朝詠懷組詩研究》（臺北：國立
　　　臺灣師範大學國文研究所碩士論文，1980年）。

〔註2〕〔梁〕劉勰撰，周振甫注：《文心雕龍注釋》（臺北：里仁書局，1984
　　　年），卷45，頁815。

〔註3〕〔漢〕許慎撰，〔清〕段玉裁注：《說文解字注》（臺北：黎明文化事
　　　業公司，1993年），頁507。

並以為此乃「世積亂離，風衰俗怨」的反映〔註4〕。李氏所謂「哀怨
的詩歌」，即是漢魏怨詩之篇。懷才不遇的怨詩大量產生在漢魏之際；
而漢魏之際，即是建安文學的輝煌時期。建安文人憫時傷世，不論寫
社會人倫悲劇，或個人有志難伸的壯懷，大都以興寄的手法，寓託其
政治理想與時局關懷，後世每以「建安風骨」、「漢魏風骨」稱美此一
時期的詩歌，就是著重此種與現實相結合的文學精神！

　　「漢魏風骨」的文學精神，在唐代復古運動中，發生極大的作用。
陳子昂力矯形式主義之詩風，盛推「漢魏風骨」以矯六朝金粉之積習。
其言曰：

> 文章道弊五百年矣。漢、魏風骨，晉宋莫傳，然而文獻有
> 可徵者。僕嘗暇時觀齊、梁間詩，彩麗競繁，而興寄都絕，
> 每以永歎。思古人常恐逶迤頹靡，風雅不作，以耿耿也。
> 一昨於解三處見明公詠孤桐篇，骨氣端翔，音情頓挫，光
> 英朗練，有金石聲。遂用洗心飾視，發揮幽鬱。不圖正始
> 之音，復覩於茲，可使建安作者相視而笑。〔註5〕

陳子昂之後，李白又大倡「蓬萊文章建安骨」〔註6〕，認為「自從建
安來，綺麗不足珍」〔註7〕二人皆思以漢魏為目標典範，圖振唐代文
風。

　　漢魏怨詩反映社會、抒寫情志，以及帶有批判現實的功能，充實
了建安風骨的精神，並在唐代大放異彩。尤其到了盛唐時收到最大的
成就。殷璠在《河嶽英靈集》序中論及：

> 武德初，微波尚在。貞觀末，標格漸高。景雲中，頗通遠
> 調。開元十五年，聲律風骨始備矣。〔註8〕

〔註4〕見李直方：《漢魏六朝詩論稿》（香港：龍門書店，1967年），頁35。
〔註5〕〔唐〕陳子昂：〈修竹篇并序〉，《新校陳子昂集》（臺北：世界書局，
　　　　1964年），頁15。
〔註6〕〔唐〕李白：〈宣州謝朓樓餞別校書叔雲〉，收入張淑瓊主編：《唐詩
　　　　新賞》（四）（臺北：錦繡出版社，1992年），頁315。
〔註7〕〔唐〕李白：〈古風十九首〉之一，收入《唐詩新賞》（四），頁3。
〔註8〕〔唐〕殷璠：〈河嶽英靈集・序〉，收入〔清〕董誥等編：《全唐文》

可知唐詩至開元時期始打破齊梁以來藻繪、纖弱的遺風，建立聲律與風骨兼備的詩風。皮日休亦說：

> 明皇世，章句之風，大得建安體，論者推李翰林杜工部爲尤。〔註9〕

這兩段文字都明顯地指出開元、天寶之詩具有「建安風骨」。「建安風骨」對於唐詩的發展起了促進作用，而此精神，主要是來自於漢魏怨詩之作，其間影響，至爲深遠。

漢魏怨詩的文學精神與表現技巧，對六朝乃至李唐的詩歌產生深遠的影響。六朝重「情」之詩風，與詞旨激切、情靈搖蕩的怨詩有關；而唐代怨詩的題材又以漢魏怨詩爲濫觴；在唐代文學運動中，更標舉「漢魏風骨」爲旗幟，強調「興奇」重要。這些皆是自漢魏怨詩的特色發展而來，有其重要的價值存在。

第二節　漢魏怨詩的影響
——「閨怨」與「宮怨」書寫典範的建立

漢魏〈怨詩〉所詠歎的內容，大都選取逐臣、棄婦、市井小民發自現實生活與個人生命反省後的怨歎，內容可分爲傷別怨棄，懷才不遇與人生無常的怨恨。這些題材豐富了六朝以後的詩壇，產生深遠的影響。

就人生無常之怨而言，經過漢魏怨詩作者，直抒胸臆，反覆唱歎後，突顯對生死存亡的重視，並進而產生對人生短促的怨恨。此種怨情，幾乎瀰漫整個六朝詩壇中，例如：

> △　人生若浮寄，年時忽蹉跎。促促朝露期，榮樂遽幾何？
> 　　（張華〈輕薄篇〉）〔註10〕

（北京：中華書局，1987 年），卷 436，頁 4452-1。

〔註 9〕轉引自〔清〕徐倬編：《全唐詩錄》（一）（臺北：宏業書局，1976 年），頁 436。

〔註10〕逯欽立輯校：《晉詩》，卷 3，《先秦漢魏晉南北朝詩》（臺北：木鐸出版社，1983 年），頁 611。

△　人居天地間，飄若遠行客，先後詎能幾。誰能弊金石？

（潘岳〈楊氏七哀詩〉）〔註11〕

△　天道信崇替，人生安得長？慷慨惟平生，俛仰獨悲傷。

（陸機〈門有車馬客行〉）〔註12〕

△　人生何所促，忽如朝露凝。辛苦百年間，戚戚如履冰。

（陸機〈駕言出北闕行〉）〔註13〕

△　功業未及建，夕陽忽西流，時哉不我與，去乎若雲浮。

（劉琨〈重贈盧諶詩〉）〔註14〕

△　天地長不沒，山川無改時。草木得常理，霜露榮悴之。
　　謂人最靈智，獨復不如茲！（陶淵明〈形影神詩〉）〔註15〕

△　人生似幻化，終當歸空無。（陶淵明〈歸田園居〉）〔註16〕

此類詩例在六朝文學中不勝枚舉！更甚者是這種人生無常之怨，也影響到唐代詩人，「歎老嗟卑」〔註17〕消極的人生觀即是受到漢魏以來感歎人生無常的怨詩所影響。此種人生無常的怨歎，一直到宋朝的蘇軾才加以擺脫。吉川幸次郎《宋詩概說》中論道：

> 在中國詩史上，如此以人生為長久之持續的見解，可說是
> 蘇軾的獨創。……因為在從前的詩裡，這種見解並不普遍。
> 從前最普遍的正好相反，總把人生看成一種短促的存在。
> 只有到了蘇軾，積極地發揮了他的達觀哲學，才終於把這
> 種消極的人生觀改變過來。〔註18〕

由六朝到唐代，詩人普遍在詩歌中發抒人生虛無的怨歎，其抒情方式

〔註11〕同上註，《晉詩》，卷4，頁637。

〔註12〕同上註，《晉詩》，卷5，頁660。

〔註13〕同上註，《晉詩》，卷5，頁662。

〔註14〕同上註，《晉詩》，卷11，頁852。

〔註15〕同上註，《晉詩》，卷19，頁989。

〔註16〕同上註，頁992。

〔註17〕朱熹〈跋杜工部同谷七歌〉云：「杜陵此歌，豪宕奇崛，詩流少及之者。顧其卒章，歎老嗟卑，則志亦陋矣。」見〔宋〕朱熹：《晦庵先生朱文公文集》（下）（臺北：大化書局，1985年），卷84，頁6026。

〔註18〕〔日〕吉川幸次郎著，鄭清茂譯：《宋詩概說》（臺北：聯經出版公司，1988年），頁155～156。

明顯的受到漢魏怨詩的影響。

　　在怨詩內容方面對後世影響最大的應是寫女子失寵見棄的怨情之作。漢代班婕妤之〈怨詩〉與王昭君之〈昭君怨〉成爲後世文人競相模仿的對象，擬作頗多。如擬班婕妤之作者，六朝有西晉傅玄、陸機；梁・簡文帝、元帝、江淹、沈約、劉孝綽；陳・陰鏗、何楫等人。降至唐代創作者更多，成爲唐詩中重要的題材之一，今統計清聖祖御製《全唐詩》中〔註19〕，以「怨」標題者，共有三百零四之多，數量驚人，表列如下：

表一

詩　題	作　者	卷數	頁數	詩　題	作　者	卷數	頁數
長門怨	徐賢妃	五	59	怨　詩	孟　郊	二十	252
楚妃怨	張　籍	十九	214	怨　詩	劉　義	二十	251
雀臺怨	馬　載	十九	221	怨　詩	鮑　溶	二十	251
怨詩二首	薛奇童	二十	251	怨　詩	白居易	二十	251
怨　詩	張　汯	二十	251	怨　詩	姚氏月華	二十	252
怨　詩	劉元濟	二十	251	怨歌行	虞世南	二十	253
怨詩三首	李　暇	二十	251	怨歌行	李　白	二十	253
怨詩二首	崔國輔	二十	251				

表二

詩　題	作　者	卷數	頁數	詩　題	作　者	卷數	頁數
怨歌行	吳少微	二十	253	長門怨	劉言史	二十	255
長門怨	徐賢妃	二十	254	長門怨二首	李　白	二十	255
長門怨	沈佺期	二十	254	長門怨	李　華	二十	255
長門怨	吳少微	二十	254	長門怨	岑　參	二十	255
長門怨	張脩之	二十	254	長門怨	齊　澣	二十	256
長門怨	裴交泰	二十	254	長門怨	劉長卿	二十	256
長門怨	劉　阜	二十	255	長門怨	僧皎然	二十	256
長門怨	袁　暉	二十	255				

〔註19〕〔清〕聖祖御製：《全唐詩》（北京：中華書局，1960年）。

表三

詩　題	作　者	卷數	頁數	詩　題	作　者	卷數	頁數
長門怨	盧　綸	二十	256	倢伃怨	崔　湜	二十	258
長門怨	戴叔倫	二十	256	倢伃怨	崔國輔	二十	258
長門怨	劉　駕	二十	256	倢伃怨	張　烜	二十	258
長門怨二首	高　蟾	二十	256	倢伃怨	劉方平	二十	258
長門怨	張　祜	二十	257	倢伃怨	王　沈	二十	259
長門怨二首	鄭　谷	二十	257	倢伃怨	皇甫冉	二十	259
長門怨	劉氏媛	二十	257	倢伃怨	陸龜蒙	二十	259
阿嬌怨	劉禹錫	二十	257				

表四

詩　題	作　者	卷數	頁數	詩　題	作　者	卷數	頁數
婕妤怨	翁　綬	二十	259	宮　怨	李　益	二十	261
婕妤怨	劉氏雲	二十	259	宮　怨	于　濆	二十	261
長信怨	王　諲	二十	259	宮　怨	柯　崇	二十	262
長信怨	王昌齡	二十	260	雜怨三首	聶夷中	二十	262
長信怨	李　白	二十	260	雜怨三首	孟　郊	二十	262
蛾眉怨	王　翰	二十	260	湘妃怨	孟　郊	二三	291
玉階怨	李　白	二十	261	湘妃怨	陳　羽	二三	291
宮　怨	長孫佐輔	二十	261				

表五

詩　題	作　者	卷數	頁數	詩　題	作　者	卷數	頁數
昭君怨	白居易	二三	297	婕妤怨	崔　湜	五四	663
昭君怨二首	張　祜	二三	297	昭君怨二首	董思恭	六三	742
昭君怨	梁氏瓊	二三	297	怨　情	劉允濟	六三	745
明妃怨	楊　凌	二三	297	閨　怨	徐彥伯	七六	824
閨怨詞	白居易	二八	416	長門怨	喬　備	八一	879
怨歌行	虞世南	三六	471	長門怨	吳少微	九四	1011
昭君怨	張文琮	三九	504	怨歌行	吳少微	九四	1013
昭君怨	盧照鄰	四二	523				

表六

詩 題	作 者	卷數	頁數	詩 題	作 者	卷數	頁數
長門怨	齊澣	九四	1016	陽春怨	許景先	一一一	1135
長門怨	齊澣	九四	1017	長門怨	袁暉	一一一	1139
長門怨	沈佺期	九六	1031	怨詞二首	崔國輔	一一九	1202
別離怨	鄭遂初	一〇〇	1074	昭君怨	顧朝陽	一二四	1232
昭君怨三首	東方虬	一〇〇	1075	邯鄲宮人怨	崔顥	一三〇	1325
閨怨	張紘	一〇〇	1077	長門怨	崔顥	一三〇	1327
春怨	鄭愔	一〇六	1108	別怨	祖詠	一三一	1337
相思怨	李元紘	一〇八	1114				

表七

詩 題	作 者	卷數	頁數	詩 題	作 者	卷數	頁數
西宮春怨	王昌齡	一四三	1445	後庭怨	王諲	一四五	1470
西宮秋怨	王昌齡	一四三	1445	長信怨	王諲	一四五	1471
青樓怨	王昌齡	一四三	1445	長門怨	劉長卿	一四八	1511
閨怨	王昌齡	一四三	1446	長門怨	李華	一五三	1589
春怨	王昌齡	一四三	1452	古蛾眉怨	王翰	一五六	1604
春怨	崔亘	一四五	1467	怨歌行	李白	一六四	1700
春女怨	蔣維翰	一四五	1467	玉階怨	李白	一六四	1701
怨歌	蔣維翰	一四五	1467				

表八

詩 題	作 者	卷數	頁數	詩 題	作 者	卷數	頁數
長門怨二首	李白	一八四	1880	婕妤春怨	皇甫冉	二九四	2810
春怨	李白	一八四	1880	婕妤怨	皇甫冉	二九四	2810
怨情	李白	一八四	1881	怨回紇歌二首	皇甫冉	二五〇	2835
怨情	李白	一八四	1882	擬娼樓節怨	劉方平	二五一	2839
長門怨	岑參	二〇〇	2064	春怨	劉方平	二五一	2840
長門怨	賈至	二三五	2594	代春怨	劉方平	二五一	2840
長信怨	錢起	二三九	2668	秋怨	柳中庸	二五七	2875
秋怨	皇甫冉	二九四	2801				

表九

詩　題	作　者	卷數	頁數	詩　題	作　者	卷數	頁數
征　怨	柳中庸	二五七	2876	古瑟怨	李　益	二八三	3227
玉階怨	鄭　錫	二六二	2912	長門怨	李　端	二八六	3281
長門怨	耿　湋	二六九	3002	雨中秋怨	楊　憑	二八九	3295
去婦怨	戴叔倫	二七三	3066	春　怨	楊　凝	二九〇	3301
閨　怨	戴叔倫	二七四	3104	明妃怨	楊　凌	二九一	3308
春　怨	戴叔倫	二七四	3104	梁城老人怨	司空曙	二九三	3340
長門怨	盧　綸	二七七	3147	失釵怨	王　建	二九八	3380
宮　怨	李　益	二八三	3226				

表十

詩　題	作　者	卷數	頁數	詩　題	作　者	卷數	頁數
古宮怨	王　建	二九八	3381	阿嬌怨	劉禹錫	三六五	4111
怨　婦	劉　商	三〇四	3457	代靖安佳人怨二首	劉禹錫	三六五	4120
綠珠怨	劉　商	三〇四	3457	雜　怨	孟　郊	三七二	4178
渡江秋怨二首	權德輿	三二八	3671	怨　詩	孟　郊	三七二	4180
美人春怨	楊巨源	三三三	3739	湘弦怨	孟　郊	三七二	4180
湘妃怨	陳　羽	三四八	3889	楚竹吟酬盧虔端公見和湘弦怨	孟　郊	三七二	4181
梁城老人怨	陳　羽	三四八	3892	湘妃怨	孟　郊	三七二	4183

表十一

詩　題	作　者	卷數	頁數	詩　題	作　者	卷數	頁數
楚　怨	孟　郊	三七二	4183	離宮怨	張　籍	三八二	4290
征婦怨	孟　郊	三七二	4184	雜　怨	張　籍	三八三	4294
閨　怨	孟　郊	三七二	4184	卓女怨	盧　仝	三八七	4370
古怨別	孟　郊	三七三	4188	感秋別怨	盧　仝	三八七	4372
怨　別	孟　郊	三七三	4189	古　怨	劉　義	三九五	4446
征婦怨	張　籍	三八二	4279	昭君怨	白居易	四三九	4895
呂宮怨	張　籍	三八二	4283	閨怨詞三首	白居易	四四一	4928
楚妃怨	張　籍	三八二	4290				

表十二

詩 題	作 者	卷數	頁數	詩 題	作 者	卷數	頁數
怨 詞	白居易	四四二	4946	長門怨	裴交泰	四七二	5359
空閨怨	白居易	四四二	4946	長門怨	李 紳	四八三	5496
聽彈湘妃怨	白居易	四四二	4948	春 怨	殷堯藩	四九二	5575
長門怨	楊 衡	四六五	5285	湘中怨	沈亞之	四九三	5582
放螢怨	劉言史	四六八	5323	代征婦怨	施肩吾	四九四	5586
長門怨	劉言史	四六八	5325	江南怨	施肩吾	四九四	5598
古宮怨	長孫佐輔	四六九	5335	昭君怨	施肩吾	四九四	5608
長門怨三首	劉 皂	四七二	5358				

表十三

詩 題	作 者	卷數	頁數	詩 題	作 者	卷數	頁數
解昭君怨	王 叡	五〇五	5743	清夜怨	李商隱	五四一	6255
倢伃怨	陳 標	五〇八	5769	長門怨	劉得仁	五四五	6304
臨邛怨	李 餘	五〇八	5772	賈婦怨	劉得仁	五四五	6304
昭君怨二首	張 祜	五一一	5834	雀臺怨	馬 戴	五五五	6432
長門怨	張 祜	五一一	5841	長門怨	劉 皋	五六三	6535
貧居春怨	雍 陶	五一八	5923	秋 怨	李群玉	五六八	6571
陳宮怨二首	許 渾	五三八	6138	瑤瑟怨	李商隱	五七九	6730
楚宮怨二首	許 渾	五三八	6140				

表十四

詩 題	作 者	卷數	頁數	詩 題	作 者	卷數	頁數
長門怨	劉 駕	五八五	6784	宮 怨	于 濆	五九九	6933
洛神怨	劉 滄	五八六	6799	婕妤怨	翁 綬	六〇〇	6938
春閨怨	李 頻	五八七	6808	婕妤怨	陸龜蒙	六一九	7133
金井怨	曹 鄴	五九三	6873	洞房怨	陸龜蒙	六二七	7200
怨歌行	曹 鄴	五九三	6875	閨 怨	陸龜蒙	六二九	7220
南征怨	曹 鄴	五九三	6875	雜 怨	聶夷中	六三六	7295
宮 怨	司馬扎	五九六	6905	雜 怨	聶夷中	六三六	7300
閨 怨	高 駢	五九八	6919				

表十五

詩　題	作　者	卷數	頁數	詩　題	作　者	卷數	頁數
長門怨	張　喬	六三九	7335	閨怨	韓　偓	六八三	7842
輕薄怨	李咸用	六四四	7379	春宮怨	杜荀鶴	六九一	7925
倢伃怨	李咸用	六四四	7383	春閨怨	杜荀鶴	六九三	7977
秋　怨	羅　鄴	六五四	7523	宮　怨	韋　莊	六九五	7997
長門怨	高　蟾	六六八	7645	閨　怨	韋　莊	七〇〇	8051
春宮怨	周　朴	六七三	7700	湘妃怨	王貞白	七〇一	8057
長門怨二首	鄭　谷	六七七	7762	長門怨二首	王貞白	七〇一	8057

表十六

詩　題	作　者	卷數	頁數	詩　題	作　者	卷數	頁數
長門怨	崔道融	七一四	8206	婕妤怨	張　烜	七六九	8729
長門怨	崔道融	七一四	8208	長門怨	張修之	七六九	8729
宮怨二首	柯　崇	七一五	8215	玉階怨	鄭　鏦	七六九	8730
宮　怨	任　翻	七二七	8334	婕妤怨	鄭　鏦	七六九	8731
憤怨詩	王巨仁	七三二	8375	鳳棲怨	顏　舒	七六九	8732
征婦怨	劉　兼	七六六	8689	春女怨	朱　絳	七六九	8732
春　怨	劉　兼	七六六	8691	開緘怨	朱　琳	七六九	8734

表十七

詩　題	作　者	卷數	頁數	詩　題	作　者	卷數	頁數
昭君怨	董　初	七七〇	8736	湘中怨諷	鄭僕射	七八三	8841
夏日閨怨	蔡　瓌	七七三	8764	銅雀臺怨	程長文	七九九	8997
虞姬怨	馮待徵	七七三	8766	春閨怨	程長文	七九九	8997
越谿怨	冷朝光	七七三	8767	怨詩效徐淑體	姚月華	八〇〇	9003
吳宮怨	衛　萬	七七三	8767	怨詩寄楊達	姚月華	八〇〇	9004
婕妤怨	王　沈	七七三	8768	楚妃怨	姚月華	八〇〇	9004
怨詩三首	李　暇	七七三	8768	昭君怨	梁　瓊	八〇一	9009
明妃怨	楊　達	七七六	8788				

表十八

詩　題	作　者	卷數	頁數	詩　題	作　者	卷數	頁數
婕妤怨	劉　雲	八〇一	9010	蕃女怨	溫庭筠	八九一	10061
長門怨	劉　媛	八〇一	9013	怨回紇	皇甫松	八九一	10069
春閨怨	李　冶	八〇五	9059	怨王孫	韋　莊	八九二	10078
昭君怨	皎　然	八二〇	9247	望江怨	牛　嶠	八九二	10080
長門怨	皎　然	八二〇	9247	遐方怨	顧　敻	八九四	10090
春宮怨	杜荀鶴	八八五	10005	遐方怨	孫光憲	八九七	10144

　　其中除了數量最多的〈長門怨〉是發展自司馬相如之〈長門賦〉外，詩題爲〈婕妤怨〉者計有二十首、〈昭君怨〉有二十四首，而詩題逕名爲〈怨詩〉、〈怨歌〉者共計三十一首。內容全是寫失寵傷別的哀怨。

　　△　由來詠團扇，今與值秋風。事逐時皆往，恩無日再中。
　　　　早鴻聞上苑，寒露下深宮。顏色年年謝，相如賦豈工。
　　　（皇甫冉〈婕妤怨〉）〔註20〕

　　△　淡淡春風花落時，不堪愁望更相思。無金可買長門賦，
　　　　有恨空吟團扇詩。（張窈窕〈寄故人〉）〔註21〕

　　△　君恩不可見，妾豈如秋扇。秋扇尚有時，妾身永微賤。
　　　　莫言朝花不復落，嬌容幾奪昭陽殿。（劉氏雲〈婕妤怨〉）
　　　〔註22〕

　　△　團圓手中扇，昔爲君所持。今日君棄捐，復值秋風時。
　　　　悲將入篋笥，自歎知何爲？（田蛾〈長信宮〉）〔註23〕

所謂「誰憐團扇妾，獨坐怨秋風」（李白〈婕妤怨〉）〔註24〕，「團扇」

〔註20〕〔宋〕郭茂倩：〈相和歌辭十八〉，《樂府詩集》（臺北：里仁書局，1984 年），卷 43，頁 630。

〔註21〕〔清〕聖祖御製：〈寄故人〉，卷 802，頁 9029，收於《全唐詩》，頁 2259。

〔註22〕〔宋〕郭茂倩：〈相和歌辭十八〉，《樂府詩集》，卷 43，頁 631。

〔註23〕〔清〕聖祖御製：〈長信宮〉，卷 801，頁 9016，《全唐詩》，頁 2256。

〔註24〕〔宋〕郭茂倩：〈相和歌辭十八〉，《樂府詩集》，卷 43，頁 631。

已不再是單純的名詞，它已蛻化爲失寵宮人生命的象徵。漢代〈怨詩〉中班婕妤的秋扇見捐之怨，發展到唐代，詩中大量的「秋扇」與「團扇」，訴說著君恩不再，顏色漸改的哀怨。

　　漢魏寫婦女失寵見棄的怨詩之作，成爲後代書寫棄妻怨婦的典範，而怨詩中的女子——班婕妤、王昭君、卓文君等，成爲唐代詩人競相吟詠的題材。除了后妃宮怨外，匹婦民女的傷別怨棄，也受到漢魏怨詩的影響。例如民女姚月華有〈怨詩效徐淑體〉，且明題於詩前曰：「效徐淑體」〔註25〕，關係之密切，昭然可見。不論后妃宮人，或匹婦民女，詩人在漢魏怨詩的基礎上，揮寫其哀怨、悽惋的身影血淚，形成特有的「宮怨」、「閨怨」之作。漢魏怨詩對於唐詩的內容題材，以及唐代婦女文學的興盛，實在具有重要的影響。

第三節　漢魏怨詩的詩學精神
——「詩可以怨」詩學精神的承繼與發揚

　　大凡文學批評多是在文學創作之後而生，故文學作品的內容與風格往往能影響到文學批評的建立。漢魏怨詩，大都屬於詞旨激切，感情激盪的作品，顯示時人對這類作品風格的喜好。詩人有意識地大量創作發抒個人情感的怨詩，也間接影響到傳統詩觀的轉變。於是詩歌創作乃由兩漢以來所倡言「以一國之事繫一人之本」這種「以治道興衰爲衡量標準」的觀點，逐漸轉向「詩緣情而綺靡」的重「情」詩觀。詩歌不僅止於反映客觀的政治得失興廢，重要的是它能發抒作者個人的情感。怨詩之作對於六朝「緣情說」的建立，具有推波助瀾之助。

　　在六朝「緣情說」的文學思潮中，鍾嶸《詩品》佔有極重要的地位，其對於詩歌重要的論述見於〈詩品序〉：

　　　　氣之動物，物之感人，故搖蕩性情，形諸舞詠。

　　　　若乃春風春鳥，秋月秋蟬，夏雲暑雨，冬月祁寒，斯四時之

〔註25〕〔清〕聖祖御製：〈怨詩效徐淑體〉，卷800，頁9003，《全唐詩》，頁2252。

> 感諸詩者也。嘉會寄詩以親，離群託詩以怨。至於楚臣去境，
> 漢妾辭宮。或骨橫朔野，或魂逐飛蓬。或負戈外戍，殺氣雄
> 邊。塞客衣單，孀閨淚盡。或士有解佩出朝，一去忘返。女
> 有揚蛾入寵，再盼傾國。凡斯種種，感蕩心靈，非陳詩何以
> 展其義？非長歌何以騁其情？故曰：「詩可以群、可以怨。」
> 使窮賤易安，幽居靡悶，莫尚於詩矣。〔註26〕

錢鍾書研究鍾嶸〈詩品序〉道：「〈序〉結尾又舉了一連串的範作，除
掉失傳的篇章和泛指的題材，過半數都可以說是『怨』詩。」〔註27〕
鍾嶸強調生命不諧之「怨」對詩歌創作的重要性。

　　鍾嶸認為詩歌乃是心物交感的性情之作，而其所謂的「物」，實
是兼有自然的時節景物與人事的生活遭遇二者，尤其後者感蕩心靈更
加深刻。人生的際遇，除了少數「揚蛾入寵，再盼傾國」的得意歡樂
外，大半是孤臣孽子，逐臣棄妻的流離失志，故所謂的「詩可以怨」，
他強調的是個人情感的發抒與自我心理上的平衡滿足，即所謂「使窮
賤易安，幽居靡悶。」廖蔚卿於《詩品析論》一文中，探討鍾嶸的「詩
可以怨」說：

> 怨的感蕩之情仍從人生出發，是個人對現實種種際遇的投
> 射及感應，那楚臣漢妾、塞客孀閨、孤臣孽子之去境辭宮，
> 衣單淚盡，幽居窮賤，無一不由人與人之對立、人與事之
> 不諧所造成。悲怨的情感在矛盾中激發，同時亦要求在矛
> 盾中獲得撫慰，所謂「離群託詩以怨」，訴怨是一種必然的
> 心理行為，也構成詩的精神特質。〔註28〕

由上可知鍾嶸論詩於「怨」的重視。故鍾嶸在評詩時，多就詩中悲怨
之情著眼，所列舉的詩情，大抵是象徵苦悶，其品評如下：

〔註26〕〔梁〕鍾嶸著，汪中選注：《詩品注》（臺北：正中書局，1985 年），
　　　　頁 1：17。
〔註27〕錢鍾書：〈詩可以怨〉，《七綴集》（北京：三聯書店，2001 年），頁
　　　　140。
〔註28〕見廖蔚卿：《六朝文論》（臺北：聯經出版事業公司，1985 年），頁
　　　　220。

△　古詩：「陸機所擬十四首，文溫以麗，意悲而遠；驚心
　　動魄，可謂幾乎一字千金。」（卷上）

　　「其外去者日以疎，四十五首，雖多哀怨，頗爲總雜。」

　　（卷上）〔註29〕

△　李陵：「其源出於楚辭，文多悽愴，怨者之流。」（卷上）

　　〔註30〕

△　婕妤班姬：「團扇短章，詞旨清捷，怨深文綺，得匹婦
　　之致。」（卷上）〔註31〕

△　曹植：「骨氣奇高，詞采華茂，情兼雅怨，體被文質。」

　　（卷上）〔註32〕

△　王粲：「其源出於李陵，發愀愴之詞，文秀而質羸。」

　　（卷上）〔註33〕

△　左思：「其源出於公幹，文典以怨，頗爲精切。」（卷上）

　　〔註34〕

△　徐淑：「夫妻事既可傷，文亦悽怨。」（卷中）〔註35〕

△　盧諶：「其源出於王粲。善爲悽戾之詞，自有清拔之
　　氣。」（卷中）〔註36〕

△　泰機：「泰機寒女之製，孤怨宜恨。」（卷中）〔註37〕

△　沈約：「所以不閑於經綸，而長于清怨。」（卷中）〔註38〕

△　趙壹：「元叔散憤蘭蕙，指斥囊錢，苦言切句，良亦勤
　　矣。」（卷下）〔註39〕

〔註29〕〔梁〕鍾嶸撰，汪中選注：《詩品注》，頁51。

〔註30〕同上註，頁67。

〔註31〕同上註，頁71。

〔註32〕同上註，頁72。

〔註33〕同上註，頁84。

〔註34〕同上註，頁108。

〔註35〕同上註，頁127。

〔註36〕同上註，頁148。

〔註37〕同上註，頁154。

〔註38〕同上註，頁210～211。

〔註39〕同上註，頁219。

　　△　曹操：「曹公古直，甚有悲涼之句。」（卷下）〔註40〕

漢魏怨詩的作品，如班婕妤的「怨琛文綺」、曹植的「情兼雅怨」、王粲的「發愀愴之詞」、左思的「文典以怨」、徐淑的「文亦悽怨」、泰機的「孤怨宜恨」，沈約的「長於情怨」，不論是悽怨、孤怨、清怨，在鍾嶸重視「怨」的詩歌批評精神下，皆給予極高的評價。

　　鍾嶸除了在詩論中，實際發揮其重視抒寫個人情感的怨詩之作外〔註41〕，也提出了「比興」的重要，看重詩人有「諷諭之致」，並以「託諷清遠」為美，同樣肯定了怨詩之作的抒情美學。總之，漢魏怨詩之書寫創作，對於六朝詩論，特別是鍾嶸《詩品》的建立，具有一定的影響與價值。

　　由於六朝詩論家對怨詩的重視，以及唐代詩人大量的創作，「怨」到了唐代已不僅限於抽象的情緒名詞，而落實為詩歌風格的一種，如元稹〈樂府古題序〉謂「怨」為「詩體」一種；皎然《詩式》有「高、逸、貞、忠、節、志、氣、情、思、德、誠、閑、達、悲、怨、意、力、靜、遠」共計「十九體」之說，「怨」是其中重要一「體」；漢魏怨詩之作影響重要且深遠，前有所承，後有所啓，而中有所創的文學現象，在中國詩歌史上，實應予其正面的地位與評價。

〔註40〕同上註，頁221。

〔註41〕葉嘉瑩：〈鍾嶸「詩品」評詩之理論標準及其實踐〉，收錄於《中國古典文學研究叢刊──散文與論評之部》（臺北：巨流出版社，1978年），頁209。

參考文獻

（一）古籍叢刊

1. （漢）毛亨撰，（漢）鄭玄箋，（唐）孔穎達疏：《毛詩正義》，《十三經注疏》，臺北：藝文印書館，1982 年。

2. （漢）司馬遷撰，（日）瀧川龜太郎考證：《史記會注考證》，臺北：樂天出版社，1981 年。

3. （漢）司馬遷撰，（劉宋）裴駰集解，（唐）司馬貞索隱：《新校本史記三家注》，臺北：鼎文書局，1993 年。

4. （漢）徐幹：《中論》，臺北：世界書局，1975 年。

5. （漢）桓寬撰：《鹽鐵論》，臺北：臺灣商務印書館，1956 年。

6. （漢）班固撰：《漢書》，臺北：鼎文書局，1981 年。

7. （漢）許慎撰，（清）段玉裁注：《說文解字注》，臺北：黎明文化事業公司，1993 年。

8. （漢）趙岐注，（宋）孫奭疏：《孟子注疏》，《十三經注疏》，臺北：藝文印書館，1982 年。

9. （漢）劉安撰，（漢）高誘注：《淮南子注》，臺北：世界書局，1962 年。

10. （漢）劉安著：《淮南鴻烈解》，收入《景印文淵閣四庫全書》第 848 冊，臺北：臺灣商務印書館，1983 年。

11. （漢）鄭孔安國傳，（唐）孔穎達疏：《尚書正義》，《十三經注疏》，臺北：藝文印書館，1982 年。

12. （漢）鄭玄注，（唐）孔穎達疏：《禮記注疏》，《十三經注疏》，臺北：藝文印書館，1982 年。

13. （魏）王弼撰，（晉）韓康伯注，（唐）孔穎達疏：《周易正義》，《十三經注疏》，臺北：藝文印書館，1982 年。

14. （魏）何晏注，（宋）邢昺疏：《論語注疏》，《十三經注疏》，臺北：藝文印書館，1982 年。

15. （晉）陳壽撰，（宋）裴松之注，盧弼集解：《三國志集解》，臺北：藝文印書館，1956 年。

16. （南朝・宋）范曄撰：《後漢書》，臺北：鼎文書局，1981 年。

17. （南朝・宋）劉義慶撰，（梁）劉孝標注：《世說新語》，上海：商務印書館，1919 年。

18. （南朝・宋）劉義慶撰，（梁）劉孝標注，余嘉錫箋疏：《世說新語箋疏》，上海：上海古籍出版社，1993 年。

19. （南朝・梁）沈約撰：《宋書》，臺北：鼎文書局，1990 年。

20. （南朝・梁）劉勰著，周振甫注：《文心雕龍注釋》，臺北：里仁書局，1984 年。

21. （南朝・梁）蕭子顯撰：《南齊書》，臺北：藝文印書館，1955 年。

22. （南朝・梁）蕭統編，（唐）李善注：《文選》，臺北：華正書局，1982 年。

23. （南朝・梁）蕭統編，（唐）李善等注：《六臣注文選》，北京：中華書局，1987 年。

24. （南朝・梁）鍾嶸著，（清）汪中選注：《詩品注》，臺北：正中書局，1985 年。

25. （陳）徐陵撰：《玉臺新詠》，臺北：世界書局，1962 年。

26. （唐）元稹：《元氏長慶集》，京都：中文出版社，1972 年。

27. （唐）白居易撰：《白居易集》，臺北：里仁書局，1980 年。

28. （唐）吳競撰，（明）毛晉輯：《樂府古題要解》收於（清）丁福保輯：《歷代詩話續編》，臺北：木鐸出版社，1988 年。

29. （唐）李白著，瞿蛻園等校注：《李白集校注》，臺北：里仁書局，1981 年。

30. （唐）房玄齡等撰：《晉書》，臺北：鼎文書局，1980 年。

31. （唐）陳子昂：《新校陳子昂集》，臺北：世界書局，1964 年。

32. （唐）歐陽詢編：《藝文類聚》，收於《景印文淵閣四庫全書》，臺北：臺灣商務印書館，1983 年。

33. （唐）鍾輅纂：《前定錄》（上冊），北京：中華書局，1991 年。

34. （唐）釋皎然撰：《五卷本皎然詩式》，臺北：廣文書局，1982 年。

35. （宋）司馬光等編，（元）胡三省音註：《資治通鑑》，北京：古籍出版社，1956年。

36. （宋）朱熹集註：《楚辭集註》，臺北：華正書局，1974年。

37. （宋）朱熹撰：《晦庵先生朱文公文集》（下），臺北：大化書局，1985年。

38. （宋）李昉等奉敕編：《太平御覽》，臺北：臺灣商務印書館，1975年。

39. （宋）洪興祖補注：《楚辭補注》，臺北：長安出版社，1991年。

40. （宋）胡仔輯：《苕溪漁隱叢話》，臺北：世界書局，1961年。

41. （宋）胡寅：《酒邊詞》，收入《景印文淵閣四庫全書》第1487冊，臺北：臺灣商務印書館，1983年。

42. （宋）郭茂倩編撰：《樂府詩集》，臺北：里仁書局，1984年。

43. （宋）章樵註：《古文苑》，臺北：鼎文書局，1973年。

44. （宋）黎靖德編，王星賢點校：《朱子語類》，北京：中華書局，1986年。

45. （宋）羅願：《爾雅翼》，收入《景印文淵閣四庫全書》第222冊，臺北：台灣商務印書館，1983年。

46. （宋）嚴羽撰，郭紹虞校釋：《滄浪詩話校釋》，臺北：文馨出版社，1972年。

47. （宋）蘇洵：《嘉祐集》，臺北：商務印書館，1977年。

48. （元）劉履補註：《選詩補註八卷補遺二卷》，明嘉靖壬子（三十一年）吳郡顧氏養吾堂刊本。

49. （元）劉履等撰：《古詩集釋等四種》，臺北：世界書局，1962年。

50. （明）毛晉編：《宋六十名家詞》，臺北：商務印書館，1956年。

51. （明）王世貞撰：《藝苑卮言》，臺北：新文豐出版社，1988年。

52. （明）王慎中撰：《王遵巖家居集》，臺北：閩南同鄉會，1975年。

53. （明）胡應麟撰：《詩藪》，臺北：廣文書局，1973年。

54. （明）徐禎卿著：《談藝錄》，收入（明）都穆撰：《南濠詩話》，北京：中華書局，1991年。

55. （明）徐禎卿著：《談藝錄》，收入《景印文淵閣四庫全書》第1268冊，臺北：臺灣商務，1983年。

56. （明）袁中郎編著：《袁中郎全集》，臺北：清流出版社，1976年。

57. （明）張溥題辭，殷孟倫輯注：《漢魏六朝百三家集題辭注》，臺北：

木鐸出版社，1982 年。

58. （明）張溥輯：《漢魏百三家集》，臺北：臺灣商務印書館，1983 年。

59. （明）馮惟訥編：《古詩紀》，收入《景印文淵閣四庫全書》第 1379 冊，臺北：商務印書館，1983 年。

60. （明）楊慎撰：《升菴詩話》，臺北：新文豐出版社，1985 年。

61. （明）薛應旂編：《六朝詩集》，臺北：廣文書局，1972 年。

62. （明）謝榛：《四溟詩話》，北京：人民文學出版社，1988 年。

63. （明清）顧炎武撰：《日知錄》，臺北：文史哲出版社，1979 年。

64. （清）丁福保編：《全漢三國晉南北朝詩》，臺北：世界書局，1978 年。

65. （清）丁福保編：《清詩話》，臺北：木鐸出版社，1988 年。

66. （清）丁福保編：《歷代詩話續編》，臺北：木鐸出版社，1988 年。

67. （清）方東樹撰：《昭昧詹言》，臺北：廣文書局，1962 年。

68. （清）王夫之：《讀通鑑論》，北京：中華書局，1975 年。

69. （清）王夫之著，戴舒薇校點：《薑齋詩話》，北京：人民出版社，1998 年。

70. （清）王夫之撰：《古體詩評選》，收錄於《船山全集》第 14 冊，長沙：嶽麓書社，1996 年。

71. （清）王先謙撰：《後漢書集解》，臺北：藝文出版社，1956 年。

72. （清）陳廷焯：《白雨齋詞話》，北京：人民文學出版社，1983 年。

73. （清）王國維著，徐調孚注：《人間詞話》，臺北：漢京文化事業有限公司，1980 年。

74. （清）王闓運著：《湘綺樓說詩》，臺北：廣文書局，1978 年。

75. （清）何文煥編：《歷代詩話》，臺北：木鐸出版社，1982 年。

76. （清）沈德潛著，王蒓父箋註：《古詩源箋注》，臺北：華正書局，1983 年。

77. （清）沈德潛撰：《說詩晬語》，臺北：木鐸出版社，1988 年。

78. （清）沈德潛選輯：《古詩源》，長江：岳麓書社，1998 年。

79. （清）汪中編：《方東樹評古詩選》，臺北：聯經出版事業公司，1975 年。

80. （清）俞琰輯：《歷代詠物詩選》，上海：大通書局，1925 年。

81. （清）范家相撰：《三家詩拾遺》，臺北：藝文印書館，1970 年。

82. （清）徐倬編：《全唐詩錄》（一），臺北：宏業書局，1976 年。

83. （清）張玉穀著：《古詩賞析》收入《續編四庫全書、集部、總集類》，上海：上海古籍出版社，1995 年。

84. （清）許槤編：《六朝文絜》，臺北：世界書局，1964 年。

85. （清）陳元龍等編：《御定歷代賦彙外集、逸句補遺》，京都：中文出版社，1974 年。

86. （清）陳沆撰：《詩比興箋》，臺北：鼎文書局，1979 年。

87. （清）黃宗羲撰：《黃宗羲全集》，杭州：浙江古籍出版社，2005 年。

88. （清）黃宗羲撰，王雲五主編：《南雷文定》，臺北：臺灣商務印書館，1970 年。

89. （清）聖祖御製：《全唐詩》，北京：中華書局，1960 年。

90. （清）董誥等編：《全唐文》，北京：中華書局，1987 年。

91. （清）劉熙載撰：《藝概》，臺北：廣文書局，1969 年。

92. （清）嚴可均輯校：《全上古三代秦漢三國六朝文》，北京：中華書局，1995 年。

93. 朱建新編註：《樂府詩選》，臺北：正中書局，1969 年。

94. 朱情牽釋譯：《老子釋譯》，臺北：里仁書局，1980 年。

95. 余貫英著：《樂府詩選》，臺北：華正書局，1983 年。

96. 汪榮寶撰：《法言義疏》，北京：中華書局，1987 年。

97. 高明總編纂：《兩漢三國文彙》，臺北：中華叢書編審委員會，1960 年。

98. 逯欽立輯校：《先秦漢魏晉南北朝詩》，臺北：木鐸出版社，1983 年。

99. 黃節等撰：《魏晉五家詩註》，臺北：世界書局，1973 年。

100. 黃節：《漢魏樂府風箋》，臺北：臺灣學生書局，1971 年。

101. 黃節箋釋：《漢魏樂府風箋》，收入《古詩集釋等四種》，臺北：世界書局，1985 年。

102. 趙幼文校注：《曹植集校注》，臺北：明文書局，1985 年。

（二）中文專著

1. 中國古典文學研究會編：《古典文學》（第一集），臺北：臺灣學生書局，1982 年。

2. 中華書局編輯部：《魏晉思想論》，臺北：中華書局，1957 年。

3. 中華文化復興運動推行委員會主編：《中國詩歌研究》，臺北：中央文物供應社，1985 年。

4. 文學評論編輯委員會主編：《文學評論》，臺北：書評書目出版社，1976 年。

5. 方祖桑：《漢詩研究》，臺北：正中書局，1969 年。

6. 毛炳生著：《曹子建詩的詩經淵源研究》，臺北：文史哲出版社，1985 年。

7. 王忠林等：《中國文學史初稿》，臺北：福記文化圖書公司，1983 年。

8. 王更生等著：《中國文學的探討》，臺北：中央文物供應社，1981 年。

9. 王溢嘉編譯：《精神分析與文學》，臺北：野鵝出版社，1985 年。

10. 王夢鷗著：《傳統文學論衡》，臺北：時報文化出版公司，1987 年。

11. 王夢鷗著：《文學概論》，臺北：藝文印書館，1982 年。

12. 王瑤著：《中古文學史論》，臺北：長安出版社，1982 年。

13. 朱介凡著：《中國歌謠論》，臺北：臺灣中華書局，1974 年。

14. 朱光潛、宗白華等著：《中國古代美學藝術論》，臺北：木鐸出版社，1985 年。

15. 朱光潛著：《文藝心理學》，臺北：臺灣開明書店，1985 年。

16. 朱光潛著：《詩論》，臺北：漢京文化事業有限公司，1982 年。

17. 朱光潛著：《談美》，臺北：漢京文化事業有限公司，1982 年。

18. 朱東潤著：《讀詩四論》，臺北：東昇出版社，1980 年。

19. 江建俊著：《建安七子學述》，臺北：文史哲出版社，1982 年。

20. 余英時著：《歷史與思想》，臺北：聯經出版事業公司，1976 年。

21. 李曰剛著：《中國詩歌流變史》，臺北：文津出版社，1986 年。

22. 李辰冬著：《文學新論》，臺北：東大圖書公司，1975 年。

23. 李直方著：《漢魏六朝論詩稿》，香港：龍門書店，1967 年。

24. 李長之著：《司馬遷之人格與風格》，臺北：育幼圖書有限公司，1983 年。

25. 李劍農著：《先秦兩漢經濟史稿》，臺北：華世出版社，1981 年。

26. 李澤厚、劉綱紀主編：《中國美學史》，臺北：里仁書局，1986 年。

27. 李澤厚著：《美的歷程》，臺北：蒲公英出版社，1985 年。

28. 沈謙著：《神話、愛情、詩》，臺北：尚友出版社，1983 年。

29. 周伯乃著：《中國文學的探討》，臺北：中央文物供應社，1981 年。

30. 林文月著：《澄輝集》，臺北：洪範書店，1983 年。

31. 林瑞翰著：《中國通史》，臺北：三民書局，1973 年。

32. 河北師範學院中文系古典文學教研組編：《三曹資料彙編》，北京：中華書局，1980 年。

33. 姚一葦著：《藝術的奧祕》，臺北：開明書局，1988 年。

34. 柯慶明、林明德主編：《中國古典文學研究叢刊——散文與論評之部》，臺北：巨流圖書公司，1986 年。

35. 柯慶明著：《文學美綜論》，臺北：長安出版社，1983 年。

36. 洪順隆著：《六朝詩論》，臺北：文津出版社，1985 年。

37. 胡適著：《白話文學史》，臺北：胡適紀念館，1969 年。

38. 范況著：《中國詩學通論》，臺北：商務印書館，1979 年。

39. 徐嘉瑞等著：《中古文學概論等五書》，臺北：鼎文書局，1977 年。

40. 馬茂元著：《古詩十九首探索》，高雄：復文圖書出版社，1984 年。

41. 馬起華著：《心理學》，臺北：帕米爾書店，1968 年。

42. 張仁青著：《魏晉南北朝文學思想史》，臺北：文史哲出版社，1978 年。

43. 張淑瓊主編：《唐詩新賞》，臺北：錦繡出版社，1992 年。

44. 張修蓉著：《漢唐貴族與才女詩歌研究》，臺北：文史哲出版社，1985 年。

45. 張蓓蓓著：《中古學術論略》，臺北：大安出版社，1991 年。

46. 曹淑娟著：《夢斷秦月——中國古典詩歌中的閨情》，臺北：故鄉出版社，1982 年。

47. 梁石著：《中國詩歌發展史》，香港：頌文出版社，1962 年。

48. 郭紹虞著：《中國文學批評史》，臺北：明倫書局，1976 年。

49. 陳義成著：《漢魏六朝樂府研究》，臺北：嘉新文化基金會，1976 年。

50. 陸侃如，馮沅君著：《中國詩史》，濟南：山東大學出版社，1996 年。

51. 傅樂成著：《中國通史》，臺北：大中國圖書有限公司，1962 年。

52. 傅隸僕著：《中國韻文通論》，臺北：正中書局，1982 年。

53. 曾祖蔭著：《中國古代文藝美學範疇》，臺北：文津出版社，1987 年。

54. 黃永武著：《中國詩學──思想篇》，臺北：巨流圖書公司，1976年。

55. 黃永武著：《詩與美》，臺北：洪範書店，1985年。

56. 黃景進：《中國詩歌研究》，臺北：中央文物供應社，1985年。

57. 黃慶萱著：《修辭學》，臺北：三民書局，1988年。

58. 楊家駱主編：《古詩集釋等四種》，臺北：世界書局，1962年。

59. 楊鴻烈著：《中國詩學大綱》，臺北：商務印書館，1970年。

60. 葉嘉瑩著：《迦陵談詩》，臺北：三民書局，1970年。

61. 葉慶炳、吳宏一等著：《中國古典文學批評論集》，臺北：幼獅文化事業公司，1985年。

62. 葉慶炳著：《中國文學史》，臺北：學生書局，1983年。

63. 董季棠著：《修辭析論》，臺北：益智書局，1981年。

64. 廖蔚卿著：《六朝文論》，臺北：聯經出版事業公司，1985年。

65. 廖蔚卿著：《文學評論》，臺北：書評書目出版社，1975年。

66. 劉大杰著：《中國文學發展史》，臺北：華正書局，1980年。

67. 劉紀華著：《漢魏之際文學的內容與形式》，臺北：世紀書局，1978年。

68. 劉若愚著：《中國詩學》，臺北：幼獅文化公司，1977年。

69. 劉茂英著：《普通心理學》，臺北：大洋出版社，1978年。

70. 劉師培著：《中古文學史》，臺北：文海出版社，1972年。

71. 鄭振鐸著：《中國俗文學史》（上冊），臺北：商務印書館，1986年。

72. 鄧仕樑著：《兩晉詩論》，香港：中文大學，1972年。

73. 盧清青著：《齊梁詩探微》，臺北：文史哲出版社，1984年。

74. 蕭滌非著：《漢魏六朝樂府文學史》，臺北：長安出版社，1981年。

75. 錦繡出版社編：《唐詩新賞》（四），臺北：錦繡出版社，1992年。

76. 錢鍾書：《七綴集》，上海：上海古籍出版社，1985年。

77. 謝无量著：《中國婦女文學史》，臺北：中華書局，1977年。

78. 瞿同祖著：《中國法律與中國社會》，臺北：里仁書局，1982年。

79. 藍田出版社編：《中國詩詞發展史》，臺北：藍田出版社，出版年不詳。

80. 顏崑陽著：《喜怒哀怒──中國古典詩歌中的情緒》，臺北：故鄉出版社，1982年。

81. 羅宗濤等著：《中國詩歌研究》，臺北：中央文物供應社，1985 年。

82. 羅根澤著：《樂府文學史》，臺北：文史哲出版社，1974 年。

83. 譚汝謙等編：《論中國詩》，香港：香港中文大學出版社，1986 年。

84. 龔鵬程著：《讀詩偶記》，臺北：華正書局，1982 年。

（三）外文譯著

1. （日）小川環樹著，譚汝謙編：《論中國詩》，香港：香港中文大學出版社，1986 年。

2. （日）吉川幸次郎著，劉向仁譯：《中國詩史》，臺北：明文書局，1983 年。

3. （日）吉川幸次郎著，鄭清茂譯：《宋詩概說》，臺北：聯經出版公司，1988 年。

4. （美）西爾格德等（Ernes. R. Hilgavd etc.）著，鄭伯薰、張東峰編譯：《心理學》，臺北：桂冠圖書有限公司，1985 年。

5. （美）韋勒克（Rene Wellek）、華倫（Austin Warren）著，王夢鷗、許國衡譯：《文學論》，臺北：志文出版社，1990 年。

6. （美）劉若愚著、賴春燕譯：《中國人的文學觀念》，臺北：成文出版社，1979 年。

7. （美）桑塔耶那（George Santayana），杜若洲譯：《美感》，臺北：晨鐘出版社，1983 年。

（四）單篇論文

1. 王夢鷗：〈魏晉南北朝文學之及發展〉，《中華文化復興月刊》第 14 卷第 7 期（1981 年 7 月），頁 6～11。

2. （日）吉川幸次郎著，鄭清茂譯：〈推移的悲哀——古詩十九首的主題〉（上）、（下），《中外文學》第 6 卷第 4、5 期（1977 年 9 月、10 月），頁 24～54，113～131。

3. 吳天任：〈漢詩的發展與古詩十九首〉，《中國詩季刊》第 15 卷第 2 期（1984 年 6 月），頁 9～41。

4. 林文月：〈蓬萊文章建安骨——試論中世紀詩壇風骨之式微與復興〉，《中外文學》第 11 卷第 1 期（1982 年 6 月），頁 4～41。

5. 邱燮友：〈樂府詩的特性及其源流〉，《幼獅月刊》第 47 卷第 6 期（1987 年 6 月），頁 21～28。

6. 金達凱：〈魏晉六朝詩的特色〉，《民主評論》第 9 卷，第 11 期。

7. 洪順隆：〈談兩漢的詩歌〉，《世界華學季刊》第 3 卷第 4 期（1982

年 12 月），頁 45～68。

8. 高友工：〈文學研究的美學問題（下）：經驗材料的意義與解釋〉，《中外文學》第 7 卷第 12 期（1979 年 5 月），頁 4～51。

9. 高莉芬：〈落入人間的仙子——論漢魏詩歌中的織女〉，《國文天地》第 16 卷第 3 期（2000 年 8 月），頁 32～36。

10. 高耀德著，蔡振念譯：〈曹植的宴會詩〉，《中華文化復興月刊》第 19 卷第 12 期（1986 年 12 月），頁 35～48。

11. 張春榮：〈古詩的悲怨之情〉，《鵝湖》第 3 卷第 5 期（1977 年 11 月），頁 24～28。

12. 曹淑娟：〈論漢賦之寫物言志傳統〉，《國立臺灣師範大學國文研究所集刊》第 27 期（1983 年 6 月），頁 659～780。

13. 陳怡良：〈陶淵明創作背景淺探——陶淵明研究之一〉，《中華文化復興月刊》第 17 卷第 1～2 期（1984 年 1 月、2 月），頁 46～51，30～40。

14. 陳器文：〈論古典詩中思古與慕遠之情〉，中國古典文學研究會《古典文學》（第一集），臺北：臺灣學生書局，1979 年，頁 115～142。

15. 曾永義：〈漢高祖的大風歌〉，《幼獅月刊》第 44 卷第 3 期（1976 年 9 月），頁 38～41。

16. 楊明：〈魏晉文學批評對情感的重視和魏晉人的情感觀〉，《復旦學報》1985 年第 1 期。

17. 葉嘉瑩：〈鍾嶸詩品評詩之理論標準及其實踐〉，柯慶明、林明德主編：《中國古典文學研究叢刊——散文與論評之部》，臺北：巨流圖書公司，1978 年，頁 201～228。

18. 廖蔚卿：〈建安樂府詩溯源〉，《幼獅學誌》第 7 卷第 1 期（1968 年 1 月），頁 1～76。

19. 廖蔚卿：〈漢代民歌的藝術分析〉（上），《文學評論》第 6 冊，臺北：巨流圖書公司，1980 年，頁 31～117。

20. 廖蔚卿：〈漢代民歌的藝術分析〉（下），《文學評論》第 7 冊，臺北：黎明文化事業公司，1983 年，頁 259～307。

21. 廖蔚卿：〈鍾嶸詩品析論〉，文學評論編輯委員會主編《文學評論》（第一集），臺北：書評書目出版社，1976 年，頁 1～63。

22. 鄭毓瑜：〈詩歌創作過程的兩種模式——詩緣情與詩言志〉，《中外文學》第 11 卷第 9 期（1983 年 2 月），頁 4～19。

23. 鄧中龍：〈六朝詩的演變〉，《東方雜誌復刊》第 2 卷第 6 期（1968 年 12 月），頁 80～86。

24. 龔鵬程：〈由鮑照詩看六朝的人生孤憤〉，《鵝湖月刊》第 3 卷第 4 期（1977 年 10 月），頁 27～34。

（五）學位論文

1. 王文進：《論六朝詩中巧構形似之言》，臺北：國立臺灣師範大學國文研究所碩士論文，1978 年。

2. 王淳美：《兩漢民間樂府與後人擬作之研究》，臺北：國立政治大學中國文學研究所碩士論文，1986 年。

3. 李正治：《六朝詠懷組詩研究》，臺北：國立臺灣師範大學國文研究所碩士論文，1980 年。

4. 李偉萍：《南朝文學中的婦女形象》，臺北：國立政治大學中國文學研究所碩士論文，1981 年。

5. 李國熙：《兩漢魏晉辭賦中失志題材作品之研究》，臺北：中國文化大學中國文學研究所碩士論文，1986 年。

6. 李瑞騰：《六朝詩學研究》，臺北：中國文化大學中國文學研究所碩士論文，1978 年。

7. 沈禹英：《魏晉隱逸詩研究》，臺北：國立政治大學中國文學研究所碩士論文，1985 年。

8. 林麗雲：《六朝賦之抒情傳統與藝術表現》，臺北：國立師範大學國文研究所碩士論文，1983 年。

9. 徐銀禮：《建安風骨探析》，臺北：國立臺灣大學中國文學研究所碩士論文，1982 年。

10. 高莉芬：《元嘉詩人用典研究：以顏、謝、鮑三大家為主》，臺北：國立政治大學中國文學研究所博士論文，1994 年。